LA REINE DES OMBRES

DEBBIE FEDERICI
SUSAN VAUGHT

Traduit de l'américain
par Renée Thivierge

Titre original anglais : Shadowqueen

Éditeur : François Doucet
Traduction : Renée Thivierge
Révision linguistique : Johanne St-Martin
Révision : Nancy Coulombe, Suzanne Turcotte
Design de la couverture : Ellen Dahl
Illustration de la couverture : © 2005 photoAlto
Graphisme : Sébastien Rougeau et Matthieu Fortin
ISBN 978-2-89565-418-6
Première impression : 2007
Dépôt légal : 2007
Bibliothèque et Archives nationales du Québec
Bibliothèque Nationale du Canada

Éditions AdA Inc.
1385, boul. Lionel-Boulet
Varennes, Québec, Canada, J3X 1P7
Téléphone : 450-929-0296
Télécopieur : 450-929-0220
www.ada-inc.com
info@ada-inc.com

Diffusion

Canada :	Éditions AdA Inc.
France :	D.G. Diffusion ZI de Bogues 31750 Escalquens Cedex-France Téléphone : 05.61.00.09.99
Suisse :	Transat - 23.42.77.40
Belgique :	D.G. Diffusion - 05.61.00.09.99

Imprimé au Canada

SODEC

Participation de la SODEC.
Nous reconnaissons l'aide financière du gouvernement du Canada par l'entremise du Programme d'aide au développement de l'industrie de l'édition (PADIÉ) pour nos activités d'édition.
Gouvernement du Québec - Programme de crédit d'impôt pour l'édition de livres - Gestion SODEC.

Catalogage avant publication de Bibliothèque et Archives Canada

Federici, Debbie Tanner, 1965-

La reine des ombres
Traduction de : Shadow queen.
Pour les jeunes.

ISBN 978-2-89565-418-6

I. Vaught, Susan, 1965- . II. Thivierge, Renée, 1942- . III. Titre.

PZ23.F32Re 2007 j813'.6 C2006-940830-0

Debbie Tanner Federici est née et a été élevée dans l'Arizona rural du sud-est. Elle et son mari vivent maintenant avec leurs trois fils dans un grand sanctuaire métropolitain nommé Phoenix.

Susan Vaught est écrivaine et psychologue en pratique privée. Elle vit avec son fils et sa fille à Westmoreland, un petit sanctuaire du Tennessee des temps modernes.

À mes trois fils, Tony, Kyle et Matthew.
Vous, les gars, vous êtes mon univers.

– Debbie

À mes adorables tantes Judy, Carol, Gloria et Sylvia,
et à mes grand-mères chéries Nell et Gert.
Il ne faut jamais sous-estimer les femmes fortes.
Vous avez maîtrisé les ombres.
Vous avez changé le monde.

– Susan

Remerciements

Nous aimerions offrir notre vive et criante reconnaissance à Sheri Gilbert, notre intrépide collaboratrice et critique, qui a été assez courageuse pour lire ceci (vraiment rapidement) ; à notre agente, Erin Murphy, qui a été assez courageuse pour vendre ceci (vraiment rapidement) ; et à Megan Atwood, éditrice chez Llewellyn's Acquisitions, qui a été assez courageuse pour acheter ceci (vraiment rapidement). Notre reconnaissance tout aussi vive et criante va à Rhiannon Ross, qui a été assez courageuse pour nous publier et qui a fait des miracles pour préserver notre oh si tendre intégrité d'écrivaines. Finalement et non la moindre, nous vouons une renaissance toute calme, gentille, appropriée, et absolument non criante à Ellen Dahl pour une autre étonnante page couverture (chut ! artiste de talent au travail).

Merci !

Les Ombres sont défaites,
Les ténèbres viendront assouvir leur vengeance,
Et si leurs mains sont fermes,
Et si leur vision est puissante,
Et si leurs buts sont vrais,
Par leurs coups, l'espoir mourra pour toujours* .

— Passage MCLXXX
Wytches Book of Tyme

---

*Traduction libre.

chapitre un

JAZZ

La mort n'est pas censée ressembler à cela.

Pas de lumière. Pas d'obscurité. Pleurer dans le désert sans chemin à suivre.

Je luttai contre un bref moment de panique. Les Ombres étaient-elles sur le point d'arriver ?

Mais… bon, qui *étaient* ces Ombres ? Pourquoi en avais-je peur ? Si je pouvais seulement retrouver mon nom, ou n'importe quel détail de ma vie d'antan, je pourrais mieux comprendre ce qui se passe. J'essayai encore et encore, mais une seule de mes pensées faisait sens.

Avant de mourir, j'étais peut-être une sorcière.

Les sorciers parlaient de Summerland, cet autre monde où se rendent les gens après leur vie sur terre. Certains sorciers connaissaient même Talamadden, le Sanctuaire particulier de Summerland, réservé à ceux qui pourraient obtenir une seconde chance et retourner à la vie.

Avant de mourir, j'étais peut-être une sorcière.

Aurais-je une seconde chance ?

Dans mon lieu de néant au pays du néant, je souhaitais une fin à mon existence de néant. Je ne pouvais même pas me voir, ni mes jambes, ni mes bras, ni mes vêtements. À ma connaissance, je n'étais qu'air et pensée. Un peu plus de néant.

Aide-moi, Déesse. S'il te plaît. Si tu me connais, aide-moi maintenant parce que je n'en peux plus.

Si j'avais été une sorcière, peut-être que la Grande Mère m'écouterait. J'avais la certitude d'avoir déjà cru en elle, mais croyait-elle encore en moi ?

Un léger bruissement me fit lever les yeux. C'était le premier bruit dont je pouvais me souvenir, depuis tellement, tellement longtemps.

« Montrez-vous ? Êtes-vous des Ombres ? » Ma voix semblait faible et cassée et désespérée. J'aurais aimé avoir une épée, puis je me demandai pourquoi.

« Parlez », ai-je ordonné, même si je n'avais pas le pouvoir de les y obliger.

« Levez-vous, Jasmina. »

L'ordre lancé à voix basse résonna de ma droite, et je me retournai brusquement pour apercevoir un oiseau émergeant gracieusement de l'obscurité. Il ne faisait pas partie des Ombres menaçantes, non. Une véritable créature à la démarche guillerette, et aux plumes brillantes, bien soignées.

Jasmina. Il m'a appelée Jasmina.

C'était ça ! C'était mon nom. Les noms avaient du pouvoir. Je pouvais sentir un léger tressaillement dans mes entrailles, une chaleur sur mes joues.

Jasmina.

D'un certain écho au tréfonds de mon être, le murmure d'un garçon…

Jazz…

Une lourdeur m'envahit, comme si je passais de l'état d'air et de pensée à quelque chose de beaucoup plus solide. Mes pensées devenaient aussi plus solides.

Plissant et clignant des yeux pour retrouver mes sens, j'essayai de croire ce que percevait mon cerveau. La dernière chose que je m'attendais à trouver dans le royaume des morts, c'était un paon parlant qui connaissait mon nom. Les animaux sont censés être innocents, ne jamais avoir à se préoccuper des luttes spirituelles.

Ce sont des connaissances de sorcière, Jasmina. J'étais certainement une sorcière. Jasmina, la sorcière.

Puis, encore une fois, ce murmure. *Jazz…*

Je ne pouvais m'imaginer pourquoi un paon ferait exception dans la conception d'innocence associée à l'animal ; la seule vue de son corps bleu étincelant et de sa longue queue de plumes, me rendit donc nerveuse — sans compter sa façon de me regarder, comme s'il m'avait connue... *avant*. Ses yeux tels des perles noires luisaient comme des cierges allumés par la magie noire. Sauf qu'il n'y avait pas de magie à Talamadden. Du moins, pas de cette magie dont je pourrais me servir, si j'avais effectivement été une sorcière.

Tout en observant l'oiseau, je me raidis, le dos contre l'arbre sans feuilles sur l'étendue de terre nue. Non loin de l'arbre, il y avait une cabane où je n'étais jamais entrée. Depuis ma mort, je n'avais rencontré aucun être vivant. Seulement la cabane, le sol poussiéreux, un ruisseau, et cet arbre. J'en étais arrivée à croire qu'il m'appartenait, même s'il était sans vie, dénué de feuilles, de cœur d'arbre qui battait sous son écorce spongieuse. Ses branches décharnées pointaient vers le ciel sans étoiles et sans lune, comme des douzaines de doigts de sorcières, tentant d'agripper les yeux de la nuit.

Le ruisseau — si de telles profondeurs d'un noir d'encre pouvaient porter le nom de ruisseau — était singulier. Il serpentait de manière inhabituelle — à contre-courant, contre nature. J'ignorais si l'eau était chaude ou froide, car je ne sentais jamais réellement la soif ou la faim. Je n'avais ni perdu ni gagné de poids. Rien n'était jamais sale, et rien n'était jamais propre. Je me sentais en paix et à la fois perturbée. Seule, et pourtant entourée d'énergies étranges quelque part dans l'obscurité, loin au-delà de mon fragment limité d'existence.

Maintenant, j'étais presque nez à nez avec un paon à l'air hautain qui n'aurait jamais dû se trouver dans le royaume des morts.

« Vous devez quitter cet endroit, dit l'oiseau d'une voix monocorde. L'obscurité tombe et a faim de vous. »

J'avalai avec difficulté, tentant de mouiller suffisamment mes lèvres et ma langue pour continuer à parler. « Qui êtes-vous ? »

Le paon fit une pause de quelques secondes pour se lisser les plumes, projetant des particules de saleté dans ma direction. Puis il sembla se ressaisir et, une fois de plus, me fixa de ce regard d'ébène scintillant.

« Jasmina Corey, reine des sorciers, s'il vous plaît, cessez de perdre du temps et levez-vous. »

Le fait d'entendre ce nom et cette désignation me fit reprendre mes sens. Je hochai la tête, soudainement consciente du poids de mes cheveux. Ils avaient — ou ils avaient eu durant ma vie — la même nuance de noir que les yeux implacables de l'oiseau. Lorsque j'avais une forme humaine, mes cheveux *étaient* noirs. Dans une forme entièrement magique, ils étaient d'un or brillant, comme la plupart des vraies sorcières de naissance.

Lentement, lentement, je compris. Et je devins ce que je comprenais. Cette fille qui avait existé. Cette fille qui existait encore. Des jambes, des bras, des cheveux, des yeux — j'étais moi, et je croyais que l'oiseau avait raison. J'avais jadis été la reine des sorciers. Avant de mourir, avant de me battre contre un être si maléfique qui m'avait tuée avant le temps venu, avant de devoir faire face à mon destin à seize ans.

Avais-je encore seize ans ? Étais-je ici depuis une journée ? Une semaine ? Qui pouvait déterminer le rythme du temps dans le royaume des morts ?

« Summerland, dit l'oiseau, lisant aisément dans mes pensées. Du moins, la principale partie. Cette région où vous vous cachez, c'est Talamadden, oui, le royaume des morts — mais ce royaume n'existera bientôt plus pour vous. Levez-vous. »

Un courant froid me parcourut, et je frissonnai. Cette sensation me surprit. Je n'avais senti ni le froid ni la chaleur depuis ma mort. « Qui *êtes*-vous ? », demandai-je encore une fois.

À quoi le paon exhala un profond soupir. « La dernière chose que vous ne verrez jamais si vous ne vous mettez pas debout et ne me suivez pas. »

Je m'exécutai, m'agenouillant d'abord, puis dominant de toute ma taille la curieuse créature aux plumes bleues.

Une déesse, mais le simple geste de me lever était pour moi un effort.

« Ne comprenez-vous pas ? demanda l'oiseau calmement, comme s'il parlait à un bambin entêté. C'est vrai, la mort n'est pas censée ressembler à ça. Plus important encore, le royaume des morts ne devrait pas ressembler à ceci, à l'obscurité et à l'absence de vie, à l'épuisement de l'âme. Summerland – particulièrement Talamadden – est un lieu de renouveau et de contemplation, un endroit où il y a encore plus de vie et de choix. »

« Ce n'est pas ce que j'ai trouvé. » J'enroulai mes bras autour de moi et me berçai d'avant arrière, des orteils au talon.

« Parce que vous n'avez pas regardé. » La vérité sortait des convaincantes notes de basse de l'oiseau. De brefs halètements caractérisaient maintenant ma respiration. « Mon nom est Egidus, ajouta-t-il. Et vous devez me suivre hors de ce pays de nulle part en ruine. »

« Egidus », murmurai-je pendant que j'essayais de faire un pas. Le nom me troubla, comme si j'avais dû le reconnaître. Mais je n'avais pas le temps de me concentrer sur des choses triviales. J'avais l'impression que mes jambes étaient guidées machinalement. Une sensation douloureuse, atroce remonta le long de ma colonne. J'avais mal à la poitrine.

« C'est pourquoi j'ai cessé de regarder. » Je frottai mes côtes et mon cou en même temps. « Si je bouge encore, je serai frappée d'une vision. Je serai capable de voir, de sentir, de goûter, d'entendre – mais je ne pourrai jamais toucher –, je ne ferai jamais partie de ce que je vois. Si je bouge trop, ou que je fais trop de bruit, les Ombres peuvent venir me kidnapper – j'ai l'impression que tout est une punition. »

« Vous n'êtes pas le centre de l'univers, Jasmina. » L'oiseau semblait si confiant que je voulais le frapper, et cette émotion me procura une nouvelle surprise plus intense encore. « Les visions surviennent toujours pour une raison. Avant que vous ne vous oubliiez, vous le saviez. »

Contrariée par son insulte, je réussis à faire un autre pas m'éloignant de l'arbre et me rapprochant de l'oiseau. En réponse, il se dirigea doucement vers le ruisseau anormal, complètement de l'autre côté de l'arbre sans feuilles. Je jetai un regard vers l'eau, puis vers l'impénétrable obscurité qui masquait son courant quelques mètres plus loin.

Si les Ombres n'étaient pas un produit de mon imagination, sûrement qu'elles vivaient au-delà de ces limites. Elles me consumeraient. Je serais avalée vivante !

Mon corps se crispa.

À ce moment, une fenêtre s'ouvrit dans l'obscurité, une longue fenêtre invitante, à partir du sol jusqu'à la hauteur des branches les plus basses, montrant le spectacle de la vie comme un film que je refusais de regarder.

Jazz...

Je me souvins alors de lui, mon Bren, mon champion. Le compagnon de mon cœur. Je pouvais le voir ! Ah, dieux, comme mon cœur faisait mal, simplement à la vue de sa démarche familière. À ses côtés, Rol ressemblant à un géant, lui qui avait un jour été mon maître lors de ma formation et le père dont j'avais tellement eu besoin après que le mien fut assassiné.

« Si Jasmina se trouve maintenant dans le royaume des morts – ce n'est pas ta faute. » Rol posa sa main sur l'épaule de Bren et la serra, attirant le regard de Bren sur lui. « Vous devez vous libérer de votre culpabilité et d'une partie de votre colère, sinon vous serez incapable de rencontrer de nouveau la reine. »

Bren frissonna comme si un fantôme venait de le traverser. « De quoi parles-tu ? »

Rod contempla ses bottes usées, puis ramena ses yeux sur Bren. « Je... pensais que vous saviez. J'étais même impressionné que vous n'ayez pas essayé impulsivement de découvrir ce qui ne peut être découvert. »

Bren se retourna brusquement, serrant et desserrant les poings. « Cesse de parler par énigmes, Rol. Tu donnes l'impression que Jazz n'est pas morte. »

« Elle est morte, dit-il d'une voix monocorde. Trop jeune, de mains maléfiques. »

Rol ! Je me raidis à nouveau, luttant contre ce que je voyais. Comment pouvait-il rappeler à Bren la façon dont j'étais morte ? Comment pouvait-il donner à Bren une information susceptible de le porter à croire qu'il pouvait venir me chercher ?

Je fermai les yeux bien fort, mais, dans l'œil de mon esprit, j'étais encore capable de les voir là debout. Rol, mon loyal maître – Bren, presque aussi grand que Rol, avec son propre système musculaire. Et ces cheveux, maintenant d'un brun doré et plus longs que dans mes souvenirs. Une barbe foncée d'un jour comme toujours, et ces yeux chaleureux brun chêne. Il avait plus que jamais l'air d'un champion. Le Marcheur des Ombres. Le nouveau roi des sorciers.

Un élan de tristesse me fit m'étouffer. Pouvait-il me manquer encore ?

Mais Rol n'avait pas le droit de mettre des idées dans la tête de Bren. Qu'arriverait-il si l'idiot essayait de me trouver ? Il serait tué, ou possédé, ou pire.

Pour un moment, les visions s'atténuèrent. Egidus demeura silencieux. La vue de Bren était douloureuse dans mes pensées.

« J'étais Jasmina Corey, reine des sorciers, murmurai-je. J'ai péri de la main d'une Ombre pendant que j'aidais Bren à vaincre Nire, l'être le plus vil que j'aie jamais connu. Dommage que Nire ait été la mère de Bren.

« Vous avez kidnappé le garçon, celui que vous nommez Bren, déclama Egidus. Vous l'avez obligé à vous aider dans votre dessein de sauver les sorciers. Vous l'avez piégé sur le Chemin et vous ne lui avez presque pas donné d'autre choix que de devenir le Marcheur des Ombres.

« Ne me le rappelez pas. » Je serrai les poings. Mes mains et mes bras semblaient peser des centaines de kilos.

« Mais je le dois, dit l'oiseau avec froideur. Vous avez une dette envers lui qui ne peut être remboursée aussi longtemps que vous vous soumettrez aux forces obscures qui conspirent pour vous éliminer, même ici à Talamadden. »

« Personne ne sait comment quitter le royaume des morts, ripostai-je, ma peur au sujet de Bren m'animant encore plus. Et si le vivant entre, il ne sera plus vivant longtemps. Pire encore, parce qu'ils sont morts de leur propre folie, ils devront continuer à avancer, comme l'a fait mon père. Pas de Talamadden. Pas de seconde chance. »

« Alors, nous sommes d'accord. » Les paroles de Rol donnaient l'impression qu'il était plus confiant qu'il n'y paraissait. « Vous n'entreprendrez pas de démarche téméraire pour trouver Talamadden ? »

Le retour de la vision me faisait l'effet d'un traquenard. J'enfonçai mes doigts dans mes paumes, et je regardai, impuissante.

Les joues de Bren devinrent rouges. « Bien sûr que non. Je suis le roi des sorciers maintenant. J'ai une responsabilité – et il y a Papa et Todd et tout le reste. »

Le regard que Bren reçut de Rol montrait qu'il ne croyait absolument pas au mensonge que Bren venait tout juste de proférer.

Pour sa part, Rol semblait être en train de décider quelque chose, puis il s'immobilisa comme le roc et ne parla plus.

J'eus la sensation que Bren voulait transformer Rol en un véritable rocher simplement pour le plaisir.

« Êtes-vous réveillée ? », demanda Egidus d'une voix douce et moqueuse. Sous l'effet de la surprise, je braquai mon regard sur ses yeux troublants.

Je lui décochai un air furieux, mais je fis signe que oui.

« Faites attention », ordonna-t-il.

Je clignai des yeux, mais je ne vis plus d'obscurité. Encore une fois, mes sens furent remplis de visions floues et onduleuses du monde vivant.

Le crépuscule.

Bren semblait au bord de la frénésie. Il n'arrêtait pas de frotter la cicatrice irrégulière sur sa joue droite tout en observant Rol, et ma mère, puis il partit discrètement vers la vallée derrière le magasin général à Live Oak Springs Township. L.O.S.T., mon endroit favori dans la ville que j'avais édifiée. La ville dont je n'ai jamais pu profiter.

« Je peux lui parler. » La voix triste et rude de Bren attira mon attention. « Je dois croire que nous comptions l'un pour l'autre à ce point. »

À ces mots, je me mis à pleurer. Les larmes semblaient froides et inutiles sur mes joues. Quelque chose dans la détermination de Bren me déstabilisait, mais je continuai à regarder, incapable de me détourner. Même en automne, la vallée semblait toujours aussi magnifique, comme toujours. Les arbres, le petit étang — ah, le vent, dessinant des rides sur la surface bleue, et les feuilles qui tombaient en spirales paresseuses pour atterrir sur la pelouse sèche autour de

Bren. Nous n'avions pas de vent à Talamadden. C'était agréable d'observer et d'imaginer.

Bren s'assit sur la pelouse au bord de l'étang. Il semblait absorbé dans ses pensées, tantôt fâché et impuissant, tantôt radieux et rempli d'énergie. Il fronça les sourcils et contempla l'eau, semblant examiner son propre reflet. Ses doigts suivaient distraitement les lignes de sa cicatrice.

Le cœur battant, je fus brusquement rappelée à ma propre réalité. J'avais le bout des doigts qui picotait. J'avais touché cette cicatrice, il y a fort longtemps. Je me rappelais la sensation tactile et chaude d'une blessure, juste avant que je dise à Bren que je l'aimais. Juste avant que je meure. Pendant un long et angoissant moment, j'eus l'impression d'être revenue dans le monde des vivants.

Je pouvais imaginer que j'étais étendue sur la pelouse en bordure de l'étang et que je touchais les doux cheveux brun pâle de Bren. Je pouvais presque l'entendre me réprimander de l'avoir changé en âne quand je m'étais mise en colère.

Juste alors, dans la vision, il tourna son attention vers l'étang et fit comme si j'étais assise près de lui. Je me *sentais* comme si j'étais assise près de lui, obstacle ou pas. Je n'avais plus l'impression qu'il s'agissait d'une image, mais bien d'une situation réelle, vivante. Je restai là en tremblant, m'appuyant fortement contre la barrière qui nous séparait.

« Maman – je veux dire Nire – je ne parviens pas encore à oublier tout ça. »

Bren semblait si net et si réel.

« J'ai noté tout ce que je savais sur elle et j'en ai donné des copies aux oldeFolkes, pour que si elle réapparaît un jour, peut-être seront-ils capables de la retenir. » Il soupira. « Papa a divorcé d'elle peu après que j'ai... euh... rompu les liens. Que pouvait-il faire d'autre ? »

J'eus l'impression que deux poings pressaient contre mon cœur. Comme je voulais l'atteindre à travers le temps et l'espace, la mort et la vie pour l'enlacer. Il était si seul !

« Mais elle... elle me manque. » Il ramassa une roche plate et la fit sauter à la surface de l'étang. « Pas Nire. La mère que j'ai aimée dans mon enfance me manque, et c'est aussi le cas pour Todd. C'est comme si elle était morte, aussi, tu comprends ? »

Mon pauvre Bren. Qu'est-ce que je t'ai fait ? Je laissai échapper un long soupir, et, dans ma vision, le vent souffla, et les vagues de l'étang se soulevèrent. Certaines giclaient sur la rive herbeuse.

Bren trouva une autre pierre et la lança dans l'étang. « Todd et moi n'avons toujours pas trouvé Alderon. C'est malheureux qu'il se soit échappé avant que nous ayons eu une chance de le capturer. Mais nous y arriverons. » Il ramassa une autre pierre, la lançant cette fois à l'autre extrémité de l'étang, dans un bosquet de chênes vivants. « Ce sera toute une tâche de retrouver tous nos demi-frères. C'était aussi tout un défi de déterminer si tous ceux que nous avons rencontrés sont loyaux à Nire ou si ce sont de bonnes personnes, mais ça doit être fait. »

Je t'ai laissé dans un tel gâchis. Je soupirai à nouveau, et, dans ma vision, le vent s'enfla davantage au-dessus de l'étang. D'autres vagues jaillirent sur la rive.

« Ta mère est vraiment emmerdante. » Bren commença à tirer le cordon de sa chemise, puis laissa tomber sa main. « Pourtant, elle m'aide beaucoup avec cette affaire de roi des sorciers. Elle et Papa se disputent tout le temps, mais je crois qu'au fond, il l'aime vraiment. Un peu comme nous. Les contraires qui s'attirent, et toutes ces âneries. »

Sans réfléchir, je ris. Cela dépassait l'imagination. Le père de Bren aussi normal qu'on peut l'être s'entendait bien avec ma sorcière perfectionniste et rancunière de mère.

Bren hocha la tête. « Mon père – je n'aurais jamais cru qu'il prendrait tout ça calmement. Mais il a dit que, si Todd et moi appartenions à ce lieu, c'était aussi son cas. Puis il a conçu ce logiciel pour nous aider à conserver la trace des sorciers que nous sauvons, et de l'endroit où nous les conduisons.

« Le nouveau Chemin fonctionne bien. J'ai été capable de réunir deux Sanctuaires. » Il sourit. « Le logiciel de Papa nous aide aussi dans cette tâche, puisqu'il a chargé tellement de renseignements historiques sur mon ordinateur et m'a aidé à trouver les meilleurs endroits. »

Il frotta son visage avec sa paume. « Oh, bon Dieu, Jazz. Je ne peux faire ça. Rol m'a parlé de Summerland. De Talamadden – du royaume des morts, et du fait que ton âme pourrait encore se promener quelque part autour d'ici. »

À ces mots, je voulus trouver un moyen de tuer Rol. J'aurais dû le décapiter à la minute où il parla à Bren de la possibilité que je me trouve à Talamadden. Comment pouvait-il me faire ça ? Faire ça à Bren ?

« Je ne peux croire que tout ce temps, j'aurais pu te chercher, continua Bren. Que tu m'as peut-être parlé, ou que tu m'as envoyé des rêves, ou quelque chose. »

« Ce n'est pas pour cette raison que vous entendez tout ça », m'avertit Egidus de quelque part, ce qui semblait être à un million de kilomètres de distance. Je l'avais oublié celui-là, et je souhaitai qu'il ait disparu. « Ne faites qu'écouter. »

Bren paraissait au-delà de la simple souffrance. Je pouvais dire qu'il avalait un juron après l'autre, et je voulais jeter mes bras autour de lui. Il n'aurait rien senti, même si j'avais été en mesure de réussir un tel exploit.

« Es-tu quelque part ici ? cria-t-il. Ne me laisse pas tomber comme ça, toi arrogante sorcière de l'enfer ! Je... »

Ses paroles s'étouffèrent complètement, mais il toussa tout comme le faisait toujours ma mère et finit par conclure : « Je t'aime ! Je n'aimerai jamais personne d'autre, et je viens te chercher, peu importe, donc... donc... tu pourrais juste parler, si tu peux. »

La prudence me quitta en un éclair. Je martelai la barrière entre nous. Elle ondula, comme la surface de l'étang, mais elle ne céda pas.

« Bren ! hurlai-je. Je le ferais si je le pouvais ! »

De l'autre côté de la barrière, la clairière demeurait aussi tranquille qu'une tombe... puis, une bouffée de brise s'éleva, et souleva les cheveux de Bren de ses épaules. Il regarda autour, en reniflant.

Je reculai en chancelant, puis m'avançai de nouveau, pressant mes mains contre la barrière.

Ne pouvait-il pas ressentir ma présence d'une certaine manière ?

« Bren, s'il te plaît. Pardonne-toi et laisse-moi aller, sanglotai-je. Pardonne ! »

Pendant un moment, Bren sembla écouter. Puis il marmonna. « Ce que Rol a dit... je sais que je dois passer pardessus. Mais si j'avais été plus fort ! Si seulement j'avais lancé ce maudit golem loin, très loin, tu ne serais pas morte. »

Il ferma les yeux.

« Pardonne », sanglotai-je à nouveau, tombant vers l'avant, pressant tout mon corps contre la barrière.

Les yeux toujours fermés, Bren leva la tête et regarda droit dans ma direction. « Je t'aime, Jazz », dit-il, cette fois doucement, avec tout le sentiment que je voulais entendre.

Le visage pressé contre la barrière, les bras étendus, je répondis avec la force de mon propre sentiment. *Je t'aime aussi, Bren.*

Mon cœur battit la chamade alors que Bren sembla capter mon murmure désespéré. Il tourna sa tête dans diverses directions, captant une odeur qui lui plaisait.

Cannelle et pêches. Il disait toujours que je sentais la cannelle et les pêches.

Bren ouvrit les yeux. Il leva la main comme s'il voulait que je m'extraie du monde des morts et que je touche ses doigts.

« Jazz ? », demanda-t-il simplement, et il y avait toute l'émotion du monde dans ce simple mot.

« Sur un autre Chemin, un autre jour, nous serons à nouveau ensemble, Bren. » J'espérais – je priais – pour qu'il puisse m'entendre. « Ne viens pas me chercher à Talamadden, s'il te plaît. Tu ne pourras que te faire tuer. »

« Tu me manques tellement. » Il avala sa salive et sembla retenir un élan d'émotion. « Je veux être avec toi maintenant. »

« Un autre Chemin. Un autre jour. » Je me sentis faible. Ma voix tomba. La barrière elle-même semblait me repousser, me forcer à reculer. « Ne fais rien de stupide. Sache seulement que je t'aime. »

« Ne me quitte pas. » Bren sauta sur ses pieds, mais il savait que j'étais déjà partie. « Reviens ! »

Mais bien sûr, j'en étais incapable. Tout ce que je pouvais faire, c'était de m'asseoir, puis de me laisser tomber en arrière sur la terre sombre et froide et d'observer. Le cœur de Bren, son courage incroyable et sa détermination – bien sûr, il viendrait me chercher. Bien sûr, il essaierait de prendre d'assaut Talamadden, où qu'il soit, quoi qu'il soit – d'aucune façon, il ne se reposerait avant qu'il m'ait trouvée et ramenée à la maison — ou qu'il meure dans l'aventure.

« Ça n'a pas fonctionné, commenta Egidus. J'avais espéré que vous seriez plus prudente. Je croyais que vous le dissuaderiez de venir parce qu'on aura tellement besoin de lui dans L.O.S.T. Son absence aura... des conséquences. » L'oiseau soupira. « De plus, il fait maintenant face à un plus grand danger encore. Plus que vous, peut-être. Si c'est possible. »

J'ouvris la bouche pour lui crier de se taire, mais les larmes rendaient ma voix rauque et étouffée. Bizarrement, la fenêtre sur le monde des vivants ne s'était pas refermée. Et pourtant, c'était différent. Elle... se transformait.

« Il est arrivé autre chose plus tôt aujourd'hui, dit posément Egidus. Avant votre petit rendez-vous galant en bordure de l'étang. »

Je reconnaissais trop bien l'image-vision qui émergeait. De larges épaules, des cheveux blonds filandreux, des yeux bleus luisant comme des ecchymoses sur son visage haineux et méprisant — c'était le demi-frère de Bren, Alderon. Oh, oui. Le mufle lui-même. La sale progéniture de Nire, mon faux champion. Je l'avais sorti du Chemin le jour où j'avais rencontré Bren, mais le bâtard avait essayé d'aider sa bête de mère à nous tuer à Old Salem.

Mais cet Alderon semblait beaucoup, beaucoup plus puissant. Il irradiait de lui une énergie sombre et haineuse. Je l'avais longtemps associée à Nire — mais comment était-ce possible ? Nire avait été défaite, n'est-ce pas ?

En examinant Alderon, on pouvait facilement douter. Le bâtard avait été affiné et épuré, comme par le soin de l'un de mes sortilèges de nettoyage. Ses cheveux gras étaient noués en queue de cheval, et il portait des jeans et une tunique noire, comme un gourou des temps modernes. Pour compléter le tableau, il était assis sur le bout de ce qui semblait être un bureau de professeur, parlant à ce qui ressemblait à une élève fervente.

« L'émotion est un luxe, une drogue pour une personne faible et mignarde. » La voix mielleuse d'Alderon était apaisante et résolument fausse. « Le pouvoir est la seule vérité. Le courage est la seule vertu. »

Il soupira, et ses yeux méprisables lancèrent une lueur bleue dans la classe sombre, vide à l'exception d'eux,la fille aux yeux noirs et lui-même. « N'êtes-vous pas lasse d'être torturée par ceux qui se disent vos amis, Sherise ? »

La Sherise aux yeux noirs fit signe que oui, son regard plongeant en direction de la rangée de fenêtres à sa droite. À l'extérieur, clairement visibles à travers les vitres rectangulaires sales, grouillaient une douzaine d'adolescents ou peut-être plus. Une bande de chacals qui attendaient, et elle était leur proie.

« Je ne veux pas sortir, Alderon », murmura Sherise d'une douce voix traînante de la Georgie.

« Cette fois, les choses se termineront autrement. Vous avez ma parole en tant que grand prêtre de votre cercle de sorciers.

La fille essuya ses paumes humides sur ses jeans et son chandail noirs. Son maquillage correctif mal appliqué masquait à peine son éclat doré en plein épanouissement. De toute évidence, Sherise amorçait tout juste le processus de réalisation de son propre plein et puissant potentiel.

Et pourtant, elle faisait preuve de timidité et de balourdise d'esprit.

Je pouvais presque lire dans le cerveau d'Alderon, comment il croyait qu'elle constituait le choix parfait pour tromper ses demi-frères, ses louangés et royaux frères sorciers, Bren et Todd. Alderon avait dû travailler pendant des mois pour faire succomber Sherise sous ses charmes et ses maléfices. Il était son chef indiscuté. Son protecteur. Il était tout pour elle, et elle agirait selon sa volonté.

« Êtes-vous certain au sujet de ce Chemin, Alderon ? Au sujet d'un havre pour les vrais sorciers et des garçons qui ont planifié de le détruire ? »

« Absolument. » Puis une petite vérité du maître des mensonges. « J'y suis déjà allé. J'ai grandi sur le Chemin. Comme nous en avons parlé, je ne suis pas de votre époque. Vous me croyez, n'est-ce pas ? »

Sherise jeta un dernier coup d'œil nerveux à la bande à l'extérieur de la classe, puis elle hocha la tête.

« Prenez mon talisman. » Il lui tendit la petite sculpture, prenant soin de détourner son visage malveillant. Tout

ce qu'elle pouvait voir, c'était son côté souriant, paisible. « Placez-le dans votre poche, et ne le montrez jamais au grand jamais à personne. Grâce à lui, vous serez toujours en sécurité. Oh, vous pourrez souffrir de quelques bosses et de quelques ecchymoses – mais rien de permanent. Mon talisman m'aidera à vous retrouver n'importe quand, n'importe où. »

Sherise enfonça la sculpture dans sa poche sans l'examiner. Elle respira lentement, puis regarda son chef droit dans les yeux. « Vous reverrai-je encore ? »

Il lui adressa son meilleur sourire et haussa les épaules. « Bien sûr. Je ne laisse jamais partir longtemps ma plus vaillante sorcière. »

Sherise s'illumina. Elle se redressa, esquissa une expression stoïque, puis sortit de la classe sans se retourner.

En quelques minutes, l'agression commença. J'entendis Sherise crier, et j'observais la scène pendant qu'Alderon fronçait les sourcils à la fenêtre. Bien sûr, le bâtard ne fit aucun geste pour intervenir. Il contemplait le ciel. Mes ongles s'enfoncèrent encore plus dans mes paumes, et mes yeux brûlaient.

Il y eut une longue attente, mais pas trop longue. Sherise pensait probablement autrement, elle qui était étendue sur le sol et gémissante, même si ses attaquants étaient partis. Elle était toujours roulée en boule, apeurée, lorsque Bren et Todd posèrent sans bruit deux larges slithers* tout près.

*NdT : Il s'agit de créatures reptiliennes ailées.

« Gros spécimens », marmonnai-je, surprise par leur envergure, la taille de leurs dents, et la longueur de leurs plumes de feu. « Et là, à l'extérieur en plein jour, rien de moins. Quelqu'un avait mené à bien un programme de reproduction. »

Bren enveloppa d'une cape magique les bêtes bien portantes alors que son plus jeune frère s'approchait de Sherise en se pavanant.

Mon ouïe affinée capta l'échange en entier.

« Salut », dit Todd, s'accroupissant à côté d'elle.

Sherise leva les yeux, et je l'entendis laisser échapper un hoquet de saisissement alors qu'elle reconnaissait l'aura de lumière de sorcier argentée qui émanait de Todd.

Il sourit. « Donc, qu'en dites-vous, beauté ? Vous voulez atteindre L.O.S.T. ? »

À cela, Bren gémit. J'en fis autant.

Sherise jouait son rôle à la perfection, prenant la main de Todd et se laissant conduire vers les deux créatures géantes aux doubles cœurs.

Elle émit un glapissement de surprise, mais Todd lui tapota l'épaule. « Ne vous en faites pas. Ce n'est que notre moyen de transport. Les balais ne sont pas mon style. »

Puis d'un seul coup, la vision s'évanouit. Mais pas avant que la vérité ne me saisisse. Pendant que j'essayais de rejoindre Bren dans la clairière, l'espion effectuait une visite guidée de son nouveau lieu de résidence. Alderon avait maintenant un informateur sur le Chemin, le Chemin que Bren avait si soigneusement construit. Alderon avait introduit un golem dans le Sanctuaire protégé des sorciers. Maintenant, il pouvait commencer à former des alliances avec les oldeFolkes mécontents, ces sorciers à moitié humains et incroyablement puissants des époques anciennes. Il pouvait même déterminer l'endroit où était retenue sa mère Nire, l'être le plus puissant jamais connu.

Il pouvait la libérer, et même tuer Bren et Todd et tous ceux que je connaissais.

La perte des gens que j'aimais — cela détruirait mon espoir et m'emprisonnerait pour toujours dans le sanctuaire de la mort. Nire aurait alors le champ libre, sans résistance aucune.

Cette fois, elle triompherait.

« Et maintenant, dit Egidus sur un ton mécontent, j'imagine que vous comprenez le problème. »

Je chancelai vers l'avant, trébuchant presque contre le paon, plongeant presque dans l'obscurité repoussante.

« Qui êtes-vous ? demandai-je. *Qu'êtes-vous* ? »

L'oiseau hérissa ses plumes indigo, se gonflant d'indignation, puis ramena son plumage à son état normal, détendu.

« Je peux être un ami ou un ennemi. » Il ne tenta pas d'atténuer son commentaire énigmatique par une expression amicale. « Ça dépend de votre point de vue. Maintenant, suivez-moi dans ce ruisseau, ou vous mourrez pour toujours. »

chapitre deux

BREN

La vie n'est pas censée ressembler à cela.

Une grosse boule de colère palpitait à l'endroit où résidait mon cœur, et mes entrailles étaient désormais transformées en un nœud géant. La moitié du temps, la nourriture goûtait le papier. Même le soleil m'embêtait. Le Chemin, ma vie, le monde entier étaient dénaturés depuis la mort de Jazz, et maintenant que je savais qu'il était possible de la récupérer, de la ramener dans le royaume des vivants – et bien. Oublions tout le reste. Rien d'autre n'avait d'importance.

La vie n'était pas censée ressembler à cela, et zut, je me préparais à la transformer.

J'avais les muscles endoloris à force d'être resté assis, et mes yeux brûlaient et larmoyaient en raison de toutes mes lectures. Marmonnant pour moi-même, je lançai brutalement encore un autre livre détérioré qui parlait des traditions de la mort et de nécromancie, répandant un nuage de poussière à travers le dépôt d'archives. Des chandelles à la lueur faible vacillèrent dans leur bougeoir, dessinant des ombres étranges sur le livre ancien et sur la table de bois. Si je m'étais écouté, je me serais servi d'une lumière magique, mais la gardienne des manuscrits m'aurait envoyé une volée de bois vert, ou plutôt elle m'aurait donné un coup de bec. La version oldeFolke d'une bibliothécaire ressemblait bien trop à un oiseau.

Même si j'étais le roi des sorciers, cette garce de volatile filiforme surveillait tout ce que je touchais, chaque seconde. Si j'y touchais trop ou trop longtemps, elle finissait par glousser. Je gage que, si j'avais soulevé sa cape, j'aurais découvert des ailes de poulet. Même à présent, elle voletait quelques tables plus loin, ses yeux d'insecte-oiseau fixés sur mes mains. Sur le livre, je crois. La seule chose qui lui importait, c'était le livre.

Et la seule chose qui m'importait à moi, c'était de trouver un moyen de parvenir jusqu'à Jazz.

« *Trouvez un véritable guide non consentant.* Comme si ça avait du sens. » Je souhaitai briser ma plume et me servir des fragments pour écrire des commentaires impolis sur la table balafrée, mais je mis fin à ce petit songe mental de vengeance. J'écrivis plutôt une note sur le parchemin que j'utilisais comme papier à copie. La plupart des livres que j'avais essayé de lire étaient écrits dans des langues qui m'étaient incompréhensibles, même si j'en avais appris deux ou trois depuis la mort de Jazz cinq mois plus tôt. Pour ce qui est des autres langues, je recourais à des traducteurs — sauf pour celle des oldeFolkes. Je le jure. Ces livres ne m'ont vraiment rien appris. C'était bien ma chance si tout ce qui avait été écrit sur Talamadden avait été gribouillé en alphabet runique et en énigmes les plus anciens. Hormis ceci, on aurait dit que quelqu'un avait craché sur les pages de parchemin et effacé la moitié des lignes pour faire bonne mesure.

De toute façon. Au moins, j'avais découvert encore un autre morceau du foutu casse-tête.

Trouvez un véritable guide non consentant.

Depuis que j'avais entendu Jazz près de l'étang, le temps passé cette semaine à cette chasse, à ces lectures et à ces prises de notes me paraissait une éternité, et les livres n'étaient vraiment pas mon truc. Je frottai la cicatrice qui picotait sur ma joue, m'imaginant que je pouvais sentir son odeur de cannelle et de pêches, que je pouvais encore voir ses cheveux noirs et ses yeux dorés. Un sentiment d'urgence m'envahit, comme si la force de mon besoin de la retrouver allait m'extraire de ma peau. Je ne voulais pas attendre, je voulais partir *maintenant*. Mais comment pourrais-je donner un sens à toutes ces conneries ?

Moi en train d'étudier comme un érudit du collège — maintenant, cela aurait dû être suffisant pour déranger l'équilibre naturel de l'univers, mais jusqu'ici, les choses me semblaient toujours assez normales. Bien, normales pour un Sanctuaire rempli de sorciers, d'oldeFolkes, de créatures mythiques, et pour mon père qui faisait les yeux doux à une sorcière guindée qui s'avérait justement être la mère de ma petite amie décédée. Oh, il ne fallait pas non plus oublier mon plus jeune frère cinglé qui passait son temps à concevoir des programmes de reproduction et d'amélioration pour la création d'un quelconque monstre qui le faisait hurler « Cool ! »

Rol avait dit que je devais passer plus de temps avec le petit crétin, que la perte de Maman — je veux dire de Nire — avait été difficile pour lui. Rol m'avait aussi expliqué que je n'avais pas ma place dans le dépôt d'archives pour trouver de l'information sur les moyens de retrouver Jazz.

Vous avez des responsabilités. Vos sujets ont besoin de vous.

C'est comme si mon père était devenu un hippie et que sa vieille conception paternelle centrée sur fais-ce-que-je-dis avait migré en Rol. Et croyez-moi, la plupart du temps, je pouvais très bien me passer d'un pseudo-père géant désapprobateur muni d'une épée de chevalier. L'abruti me suivait comme s'il était ma conscience. Sauf dans le dépôt d'archives. Quand je m'étais dirigé vers les piles de livres et de parchemins défendus, le grand gaillard s'était éclipsé.

Au moins, je pus profiter d'un peu de paix pendant que j'allais récolter les indices sur une piste de runes et de gribouillages maculés d'encre. Une phrase par-ci. Un paragraphe par-là. Des fragments — comme le fait que Jazz devrait faire appel à un pouvoir magique assez puissant et faire preuve d'une volonté assez forte pour recouvrer la forme physique de son corps. Autrement, elle vivrait sous une forme spirituelle.

Non, ma petite amie ne supportera jamais de n'être qu'une forme spectrale éthérée. Trop ardu, et tout le reste.

Je souris presque à cette pensée, puis je fronçai à nouveau les sourcils pendant que j'examinais les indices sur le parchemin.

La porte est située dans des pays oubliés.

Le vivant ne doit pas traverser.

Ceux qui cherchent errent pour l'éternité.

Attention au Gardien.

Seul l'ancien sang peut passer.

Trouvez un véritable guide non consentant.

« Merveilleux. » Je froissai le bout du mince papier brun. « Je chercherai pendant quoi ? Un million d'années ? Alors, je devrai être mort pour y entrer. Il me semble que ça va à l'encontre du but recherché. »

La bête volante de bibliothécaire gloussa. Elle était probablement inquiète que je tripote le livre et que je froisse ses pages si elle le laissait trop longtemps devant moi.

« Oui, oui, je m'en vais. » Je ramassai mes notes sur parchemin et les fourrai dans les poches de mes pantalons. Avant que la vieille bonne femme ait l'occasion de me donner des coups de bec ou de me forcer à l'aider à épousseter, je me précipitai vers la sortie, l'épée claquant contre mes jambes à chacun de mes pas.

Le poids de la lame me réconforta un peu, mais alors je me fâchai aussi à ce sujet. Pourquoi ne serais-je pas simplement capable de prouver ma valeur dans un combat ? J'excellais dans les combats. Si j'avais simplement dû pourfendre un slither géant à cinq têtes pour me rendre à Talamadden, il n'y aurait pas eu de problème. Mais toute cette connerie d'énigmes et d'avertissements de désastre me tombait vraiment sur les nerfs.

La lumière m'aveugla à moitié au moment où j'atteignis la sortie, dans le quartier oldeTowne de L.O.S.T., construit par les oldeFolkes à la périphérie du Sanctuaire après que Jazz et moi avions terrassé Nire. Je veux dire, ma mère. Je veux dire — merde ! Par-dessus tout, je ne voulais tellement pas aller là.

Comme je passais devant une bande de hideuses sorcières rassemblées autour d'un gros chaudron situé à l'extérieur (non, je ne voulais pas voir ce qu'elles faisaient bouillir), certaines commencèrent à faire pleuvoir des menaces de mort. Contre moi, bien entendu, parce que j'avais lu les anciens manuscrits interdits. J'étais prêt à les tuer, ces esprits de furies sifflantes et sournoises, et tout le reste.

Si seulement j'avais eu mon bâton de baseball avec moi, cela aurait pu faire l'affaire. C'était trop salissant de se servir d'une épée pour tuer une sorcière. Tout ce sang noir puant.

Aussi rapidement que possible, j'abandonnai les sorcières chantantes au capuchon sombre, et je grimpai sur la butte qui séparait oldeTowne du village principal. Les vents hivernaux glaçaient mon visage. À l'horizon, vers l'ouest, des nuages orageux foncés bouillonnaient comme le chaudron des sorcières, l'air sentait le soufre et la pluie imminente, et les arbres sans feuilles s'agitaient sous les fortes rafales de vent. Je pouvais presque jurer que j'avais entendu un chant de klatchKeepers porté par le vent.

Mais c'était impossible. Les Keepers ne chantaient pas dans L.O.S.T. – Live Oak Springs Township. Le traité passé entre l'ensemble des sorciers avait permis de préserver la paix au cours des six derniers mois – et ce, depuis que Nire avait été prise au piège et que son Sanctuaire avait été séparé du Chemin.

Au moment même où je franchissais la crête de la colline, je vis une immense foule, comme si tous les habitants du Sanctuaire avaient accouru sur la place de la ville. Les poings étaient menaçants, des étincelles de maléfices crépitaient, et des cris de colère animaient le sommet de la colline.

C'en était fait de la paix. Je n'eus *même* pas besoin de regarder pour voir qui était responsable du désastre. Grognant de frustration, je descendis la colline où mon frère de quatorze ans essayait de calmer l'un de ses plus énormes slithers. La bête ailée géante était sortie de son repaire diurne bien plus tôt qu'elle ne l'aurait dû — comportement résultant sans doute du programme de reproduction de Todd et de la mutation de la vision diurne. La monstruosité d'un rouge chatoyant venait tout juste d'embarquer d'un pas lourd sur un char de citrouilles et avait renversé au moins une douzaine de sorcières et d'oldeFolkes avec ses ailes massives. Mon père courait en cercles tout autour, esquivant les sortilèges et aidant les sorcières et les oldeFolkes tombés à se relever. La mère de Jazz, Dame Edwina Corey, faisait de son mieux pour apaiser un groupe d'elflings revêches qui avaient sorti leurs dagues.

Je me préparais à renvoyer le monstre d'où il venait, lorsque je vis l'autre source de tapage. Des licornes mangeaient des carottes sur les étalages. Des crapauds géants bondissaient en travers des rails de wagons. Un furet chantant s'égosillait sur la tête d'une sorcière furieuse, une bande de poms — des créatures de la taille d'un porc ressemblant au paresseux — fouillaient tous les recoins pour des pelures de pommes, pendant que des shim — une volée de cailles mangeuses d'hommes — lorgnaient le groupe d'enfants hurlants le plus près. Des cris fusaient entre les maisons comme les gens fuyaient des bugbears chevelus qui grondaient férocement, mais qui semblaient vraiment ne vouloir que les morceaux de citrouille.

Bien, une vraie pagaille. Todd avait-il libéré sa ménagerie tout entière ?

Je jurais et faisais pleuvoir des interdictions sur tout ce qui s'agitait, sautait, grognait, écrasait, ou avait vaguement l'air non humain.

Pendant ce temps, l'oldeFolke s'en prit à mon petit frère.

« Vous voulez me tailler en pièces ? », cria Todd à la sorcière le plus près de lui pendant qu'il s'éloignait du monstre reptilien et du char de citrouilles pulvérisé. « Mords-moi, vieille salope ! »

La vieille sorcière s'approcha de lui, la mâchoire grande ouverte, la salive à la bouche, trop heureuse d'obéir à cet ordre. Son esprit de furie se dressait bien au-dessus de sa tête, sa couronne sombre oscillant, ses crocs bien visibles.

Todd sortit vivement son épée et agrippa la poignée de ses deux mains, se préparant à parer à son attaque.

À ce moment précis, une klatchKeeper chantante et l'ensemble de sa tribu de klatchKovens apparurent sur le sommet de la colline. En quelques instants, les femmes dansant et se balançant entourèrent mon père, instantanément hypnotisé par leur beauté éthérée et leur chant. Aucun simple mortel ne pouvait résister au chant des klatchKeepers ; seul le plus puissant des sorciers en était capable. Du coin de l'œil, je vis le boulanger insérer des boules de coton dans ses oreilles et plusieurs sorciers plaquer leurs mains contre les leurs. Grâce à Jazz, j'avais appris à me protéger de ce chant tentateur, mais la plupart des autres n'étaient pas aussi chanceux.

Todd ne sembla même pas remarquer les chants. Il essaya de frapper la furie, qui bondit vers l'arrière trop rapidement pour que l'épée puisse l'atteindre.

Les mâchoires relâchées et les yeux vitreux, Papa tomba sur ses genoux devant la klatchKeeper, qui était pour la plupart des hommes la femme la plus superbe jamais rencontrée. Étant le roi des sorciers, je la vis exactement pour ce qu'elle était – une bête hideuse avec une tête qui ressemblait à une gigantesque aubergine, et une bouche remplie de dents irrégulières.

La furie poussa un cri strident et se jeta à la gorge de Todd. La klatchKeeper plongea sur mon père, sa bouche en dents de rasoir toute grande ouverte.

Je dégainai mon épée, la brandissant dans un mouvement rapide comme l'éclair. Avec tout le pouvoir que je possédais, un pouvoir décuplé par mon épée, ma voix mugit à travers tout le village. « Arrêtez ! »

Tout s'arrêta. Même le vent cessa de souffler, et les nuages s'immobilisèrent dans le firmament. La lame de mon épée brilla dans les demi-rayons du soleil comme je la baissais lentement.

Chaque sorcier, furie, elfling, enfant et créature était figé sur place, telles les statues dans le fameux musée de cire d'une certaine dame dont le nom m'échappe. La tête de la créature reptilienne était projetée vers l'arrière, enveloppée de bouffées de vapeur glacées dans le ciel de fin d'après-midi.

En réalité, tout le monde était immobile, sauf mon frère et le halo argenté qui l'entourait. Alors même que je regardais avec étonnement, l'épée de Todd vint à quelques centimètres de sectionner la tête de la furie avant qu'il ne recule.

Je fus frappé par le choc de constater que, cette fois-ci, mon pouvoir magique ne l'avait pas fait broncher, mais, plus important encore, j'étais *furieux* contre lui.

« Que diable croyais-tu faire ? avançant à grands pas vers Todd, ma voix résonnant à travers le village silencieux. Et que sont toutes ces... ces *choses* en train de démolir le village ? Cette furie aurait pu te tuer ! »

L'air surpris de Todd fut rapidement remplacé par une mine renfrognée. « Je n'ai pas besoin de ton aide. J'aurais pu en venir à bout par moi-même. »

« Es-tu une espèce de crétin ? » Je tendis le bras et c'était tout ce que je pouvais faire pour ne pas taper l'idiot. « Tu aurais violé le traité entre les sorciers et les oldeFolkes, et ensuite nous aurions eu une foutue guerre sur les bras. »

« Va te faire voir. » Todd enfonça son épée dans sa gaine, le son du cuir contre l'acier retentissant dans le paisible village. Il plissa les yeux, étrangement du même bleu que ceux de notre mère — je veux dire de Nire. « J'avais juste besoin d'aller faire courir les bugbears, les crapauds et les chevaux cornus nous ont accompagnés. J'ignorais qu'ils avaient brisé les loquets. Et je n'ai pas voulu réveiller Harold, mais il aime les licornes et… »

« Encore ! Pas sans ma permission, tu as compris ? Nous avons besoin de planifier… »

« Mec, ferme-la ! Tu n'es pas mon père. » Les murs du village renvoyèrent l'écho du rugissement de Todd. « Tu te crois tellement doué simplement parce que tu es le roi des sorciers. »

Todd et moi nous étions souvent affrontés, mais je ne l'avais jamais entendu parler ainsi — comme s'il était rempli d'autant de venin que le serpent d'eau que j'avais combattu l'été dernier.

Un après l'autre, j'usai de mes sortilèges pour retourner sa ménagerie dans les enclos à l'extérieur d'oldeTowne. À chaque explosion de magie, je m'efforçais de me calmer même si je voulais frapper mon frère sur la tête. Le petit morveux n'avait même pas essayé d'être utile, même pas lorsque j'avais dû conduire Harold vers son repaire diurne.

Finalement, quand le supercrapaud regagna l'endroit d'où il venait, je me tournai vers Todd. Il était debout, les bras croisés, ses yeux luisant encore d'un doux bleu argenté.

« Je *suis* le roi des sorciers », lui rappelai-je sur le ton le plus paisible possible. Dieu que je ressemblais à Papa. « Je suis responsable de cet endroit et de tous ceux qui s'y trouvent. »

Todd fit un petit sourire en coin et jeta un regard au chaos figé qui nous entourait. « Tu fais vraiment du beau travail ! »

À ces mots, il se retourna et quitta les lieux d'un air digne.

Pendant un moment, je ne fis que le fixer, voulant lui botter le derrière, mais en même temps je voulais trouver un moyen de me rapprocher de lui. Il était en train de devenir un puissant sorcier de plein droit, et, s'il n'apprenait pas à contrôler ce pouvoir ou sa colère — sans mentionner toutes les créatures qu'il essayait d'améliorer et de repeupler —, il pourrait nous poser de sérieux problèmes.

Todd disparut derrière un bosquet d'arbres, en direction des enclos et des quartiers d'entraînement des créatures reptiliennes, et je me lançai dans le nettoyage du désordre dans le village. D'une chiquenaude de mon épée, je renvoyai la klatchKeeper et ses klatchKovens dans leur repaire. Je nettoyai même tous les dommages que le reptile avait causés et je réparai le char citrouilles.

Mon cœur cessa de battre un instant en me rappelant ce moment dans Shallym où Jazz m'avait sauvé des sorcières et des oldeFolkes, et avait réparé ce char de pommes. À ce moment-là, j'étais plutôt en colère contre elle, mais maintenant je donnerais tout pour qu'elle revienne et qu'elle rouspète contre le fait que je me sois montré si peu soigneux.

La porte est située dans des pays oubliés. Le vivant ne doit pas traverser. Ceux qui cherchent errent pour l'éternité. Je soupirai. « Attention au Gardien. Seul l'ancien sang peut passer, et j'avais besoin de trouver une sorte de vrai guide, mais non consentant. »

Je voulus commencer à l'instant même, mais j'en étais incapable. J'étais tellement épuisé que j'avais du mal à réfléchir. L'usage intense que j'avais fait de pouvoir magique m'avait exténué, et je devais me reposer avant de reprendre la suite des choses. Même si cela emmerdait les furies. Les oldeFolkes détestaient vraiment, mais vraiment être l'objet de sortilèges, particulièrement par un sorcier moderne. Ils m'acceptaient comme leur roi, mais seulement parce que mon pouvoir magique était plus fort que le leur. Ils ne voulaient pas d'un chef métissé de souche moderne — et, par-dessus tout, j'étais le fils de Nire.

Je jetai un regard sur les furies, les elflings et les sorcières statufiés, et je hochai la tête. Que se passait-il dans L.O.S.T. ? Depuis ce jour en bordure de l'étang, le jour où j'avais senti si nettement la présence de Jazz, tout était devenu de la folie furieuse — plus qu'à l'accoutumée. Todd avait toujours causé des problèmes, mais tout ceci dépassait les limites, même en ce qui le concernait. On aurait dit que tout un chacun savait que j'avais l'intention de quitter L.O.S.T. pour chercher Jazz, et tout le monde faisait tout pour m'empêcher de partir.

Je me renfrognai à cette idée. Je ferais en sorte que les choses reprennent un cours normal, puis je partirais, juste comme je l'avais planifié. Jazz avait besoin de moi, et je devais arriver à comprendre mes indices et la ramener.

Je levai mon épée et criai : « Que tout redevienne comme avant ! »

À nouveau le vent souffla et les gens bougèrent. Certains atterrirent sur leur derrière parce qu'ils avaient été frappés par les ailes du slither juste avant que je ne paralyse toutes les activités et que je ne renvoie la créature à l'endroit d'où elle venait. Des voix remplirent le village, à partir de ceux qui s'étaient trouvés au beau milieu d'une conversation, et les chiens aboyèrent et les chats miaulèrent. Mon père se leva, rougissant, secouant la poussière de ses jeans pendant que Dame Corey lui lançait un regard furieux. Tout le monde s'arrêta et leurs regards se rivèrent sur moi et sur mon épée. Je pouvais presque entendre le coup de glotte des sorcières et le ronchonnement des oldeFolkes sous leurs respirations collectives.

« Calmez-vous ou vous aurez affaire à moi. » Je rendis mon regard aussi menaçant que possible.

Les oldeFolkes me jetèrent le même regard fulminant avant de retourner à leurs affaires, et les sorcières détalèrent de mon chemin. Même la furie que Todd avait presque décapitée partit sans incident.

C'était bien d'être le roi.

Les commissures de ma bouche s'incurvèrent, et je fus presque pris d'un fou rire. J'étais tout un roi !

La brise de plus en plus froide répandait l'odeur d'une tempête imminente. Le solstice d'hiver arriverait bientôt, et tout serait si froid. Mais au moment du solstice, je voulais que Jazz soit ici, avec nous, et cette seule pensée réchauffa quelque chose au tréfonds de mon être.

Je fronçai les sourcils, les yeux tournés vers le ciel, avant de me diriger vers la cuisine où j'étais certain de retrouver Acaw. Peut-être saurait-il quelque chose au sujet des indices que j'avais découverts. Rol ne me serait certainement d'aucune aide.

L'elfling brassait un chaudron de quelque chose qui sentait réellement bon — comme des boulettes de poulet — et mon estomac gronda. Des arômes de pain et de gâteaux au miel tout frais ne firent qu'attiser ma faim, mais j'imaginais que, si j'en prenais un morceau, leur goût serait terne et fade comme presque tout depuis la mort de Jazz.

Ce que je donnerais maintenant pour deux ou trois doubles hamburgers au fromage et des frites. J'avais tenté d'en transmettre la recette à Acaw et aux autres elflings cuisiniers, mais le résultat était très loin de ce que l'on servait chez Mickey D's.

Installé sur le rebord de fenêtre le plus proche, le frère-corbeau d'Acaw émit un fort croassement, et son regard furieux était presque aussi mauvais que celui d'Acaw.

« Trop de farine », gronda l'elfling, et je savais qu'il me blâmait d'avoir paralysé tout le monde. D'après le sac de toile qui pendait dans la main, et la poudre blanche qui recouvrait le plancher et son tablier, il semblait bien qu'Acaw avait été en train d'incorporer de la farine dans les boulettes pour les épaissir. Mais au moment où j'avais permis la reprise des activités du village, une bonne partie du contenu du sac était tombé dans le chaudron avant qu'il ne puisse l'empêcher.

« Euh, désolé. » Je me balançais sur la partie antérieure de la plante de mes pieds. « Écoute, j'ai besoin d'en savoir plus sur cet endroit qu'on appelle Talamadden. Les vieux manuscrits et le livre du temps des sorcières sont en train de me rendre fou avec leurs énigmes et leur langage mystérieux. Mais le dernier manuscrit que j'ai lu m'a appris à quel point les elflings détiennent une sagesse en ce qui a trait au royaume des morts. Donc, voici ce que j'ai trouvé d'intéressant. » Je pris une profonde respiration, retirai le parchemin de ma poche et le lui tendis. « Est-ce que ceci a du sens pour toi ? »

Les sourcils foncés en broussailles d'Acaw se rapprochèrent comme il étudiait les phrases que j'avais gribouillées. Pendant qu'il lisait, il manda d'un air absent un seau d'eau qui était derrière la pompe dans le coin de la pièce, puis il versa l'eau dans le chaudron.

« Il n'y a que péril dans un lieu où l'on n'est ni vivant ni mort », finit-il par dire.

Je m'approchai plus près de lui, et, à nouveau, le frère-corbeau d'Acaw poussa des cris rauques et hérissa ses plumes noires.

« Ne me raconte pas de conneries en me disant que c'est trop dangereux. » Je reposai ma main sur la gaine de mon épée. « J'irai chercher Jazz et rien ne pourra m'en empêcher. »

Acaw renvoya le seau maintenant vide près de la pompe à eau et commença à brasser les boulettes. « Ce n'est même pas votre responsabilité comme roi des sorciers ?

« Ne joue pas la corde de la culpabilité. » La joue recommença à me picoter. J'avais senti de plus en plus ces picotements depuis ce jour près de l'étang, et je résistai à l'urgence de frotter la cicatrice que Nire m'avait léguée. « Je m'assurerai que l'ordre est revenu en toute chose, et que tout le monde est en sécurité avant mon départ, donc je ne négligerai pas mes devoirs. Et puis, je ne partirai pas longtemps. Rol, Papa, Dame Corey et Todd exerceront une surveillance pendant mon absence. »

Acaw arrêta de brasser les boulettes et une petite boîte d'herbes apparut dans sa main. Il prit une pincée de feuilles vertes et de graines séchées qu'il jeta dans le bouillon avant de me répondre. Le fumet sentait le persil et le basilic. « Le moment est néfaste pour vous », dit-il.

Je serrai les dents. « Je retrouverai Jazz et j'aimerais que tu m'aides à comprendre comment je dois m'y prendre. Que veut dire tout ce charabia – la porte dans des pays oubliés, et le vivant qui ne doit pas traverser. L'errance pour l'éternité, le Gardien, l'ancien sang, le guide – je ne comprends rien de toutes ces énigmes ! »

« M'ordonnez-vous de vous aider ? », demanda l'elfling encore plus doucement à l'accoutumée.

« Bien… je… non. » Je frottai ma paume contre la gaine de mon épée. Tout le monde sauf Acaw – même Rol. J'aurais pu donner des ordres à Rol.

L'elfling renifla. « Si je ne suis pas assujetti par un commandement, alors je choisis de ne pas vous aider dans cette folie. Celui qui entre à Talamadden risque d'être possédé par des esprits troublés et en colère. En plus, j'ai un mauvais pressentiment au sujet de notre avenir de ce côté-ci de la barrière entre la vie et la mort. »

Je ne crois pas l'avoir jamais entendu prononcer autant de mots à la fois, et il n'avait même pas terminé.

« Vous n'avez pas de moyen de savoir si sa Majesté Jasmina a pu retrouver son ancien corps physique. Il est possible que vous la cherchiez et que vous ne retrouviez qu'un moineau ou un vautour. » Ses yeux fixèrent de manière significative son frère-corbeau. « Le destin peut être bien cruel. »

Je fronçai les sourcils. Je ne pouvais et ne voulais croire que Jazz n'était qu'un fantôme. « Franchir cette barrière menant à Talamadden — c'est possible, n'est-ce pas ? » Je frottai la cicatrice sur ma joue et j'essayai d'imaginer l'endroit où Jazz était prise au piège.

Acaw fit disparaître la boîte d'herbes et recommença à brasser le chaudron. « Seules les âmes les plus fortes retiennent la conscience de leur ba individuel — leur énergie spirituelle. Ils quittent leur ka, le corps, qui ne revient jamais. Même les oldeFolkes qui ont le pouvoir de résister à la possession n'oseraient entrer dans Talamadden. La plupart ne pourraient le trouver, même sous la contrainte. »

« Soit. » Je le regardai droit dans les yeux. « Les elflings ont pris le risque de s'y rendre, n'est-ce pas ? C'est ce que veulent dire les manuscrits lorsqu'ils affirment que vous, les elflings, détenez une sagesse concernant le royaume des morts. »

À cela, Acaw ne répondit rien. Ses yeux étincelèrent, et il retourna son attention vers ses chaudrons fumants. Quelque chose… quelque chose n'allait pas. Je n'avais jamais pu lire en lui. Il ressemblait à un livre fermé. Non, attendez. Un livre fermé, attaché avec une chaîne, cadenassé, et jeté dans une rivière. Ses paroles ne signifiaient rien — et voulaient tout dire.

Pourtant, je refusais de lui donner un ordre. Cela me paraissait immoral. En même temps, il semblait qu'il n'y avait pas d'autre moyen.

« Je veux que tu me montres le chemin vers l'entrée de Talamadden », dis-je, faisant de mon mieux pour paraître aussi calme qu'Acaw l'était toujours. « Lorsque nous y arriverons, tu pourras entrer avec moi ou demeurer de ce côté, ça ne me fait rien. Mais moi, j'y vais. »

Le frère-corbeau d'Acaw gloussa, un son lancinant, coléreux, mais l'elfling continua de se taire.

Dans les jours qui suivirent, je travaillai à fabriquer des sortilèges pour sécuriser le Chemin. J'avais besoin de m'assurer que tout serait protégé contre toute forme d'invasion d'un être malfaisant comme Nire — même s'il était évident qu'elle était maintenant hors d'état de nuire. On ne pouvait être trop prudent dans ce monde étrange de sorciers et d'oldeFolkes.

J'essayai aussi de rétablir la paix dans le Sanctuaire, mais ce n'était pas aisé. J'avais l'impression que toutes les personnes et toutes les choses m'empêchaient de partir pour retrouver Jazz. Finalement, nous nous mîmes d'accord sur les conditions. La mère de Jazz, Dame Corey, servit de médiatrice. Côté politique, elle était fantastique, mais j'étais fâché contre elle parce qu'elle passait son temps à me répéter que je ne devrais pas me rendre à Talamadden, tout comme le reste des gens. J'allais chercher sa fille, et si elle avait un tant soit peu d'affection pour Jazz, elle aurait dû m'encourager et me dire ce que je devrais faire pour la sauver d'une mort qui n'avait pas à être un état permanent.

En attendant mon départ, je fis tout en mon pouvoir pour comprendre mes indices. J'embêtai même Rol jusqu'à ce qu'il me menace de me transformer en âne comme Jazz l'avait fait à l'époque où j'étais en train d'apprendre le métier, et je lui promis de le changer en bâton de baseball et de le frapper sur toutes les citrouilles que je pourrais trouver. Peut-être une roche ou deux. Finalement, il céda alors que, moi, je n'abandonnerais pas, mais, tout compte fait, il me disait la même chose qu'Acaw — que j'étais fou, voué à l'échec, et que je négligeais mes responsabilités comme roi des sorciers.

« L'entrée est cachée à tous sauf à quelques-uns, se permit-il finalement de me dire. Dans l'un des endroits oubliés. Même si vous l'aviez trouvée, vous ne pourriez pas la traverser pour rejoindre Jasmina — sous quelque forme qu'elle puisse être maintenant — à moins que vous ne mouriez vous-même. D'ailleurs, le Gardien vous tuerait sur le chemin. »

« Je peux m'arranger avec le Gardien, fais-moi confiance. » Je tapotai la poignée de mon épée. « Tu m'as bien formé. »

Pendant quelques secondes, Rol parut avoir vraiment peur. Voilà quelque chose que je n'avais *jamais* vu auparavant. « Le Gardien, c'est le mal, dit-il sans desserrer les dents. Il attaque au moment où l'on s'y attend le moins – et, une fois que c'est commencé, le combat est sans fin. »

« Jusqu'à… ? » Je changeai de position, envisageant de retirer mon épée pour pratiquer un peu. « Jusqu'à ce que je la sauve, n'est-ce pas ? Ou que je tue le Gardien. »

« Non. » Rol frémit carrément en me tournant le dos. « Jusqu'à ce que vous soyez mort – ou que vous souhaiteriez l'être. »

C'était cela. Il ne dirait plus rien, peu importe combien je le pressais de continuer. Il passa même à l'attaque et je dus me battre pour sortir de l'arène de pratique.

Lorsque je revins à la maison, Papa fut le suivant sur la liste, me suppliant quand la logique n'avait pas réussi. « Todd n'a pas besoin de te perdre aussi. Ni moi. »

« Je sais ce que je fais, Papa. Je suis capable de la sauver. » Je serrai les poings, frustré. « J'ai étudié les manuscrits et je peux me servir de mon pouvoir magique pour traverser la barrière entre les vivants et les morts. Je suis le plus puissant sorcier sur le Chemin. »

« Bien, tu es certainement le plus effronté. »

Je lui lançai un regard furieux. « J'ai défait Nire, n'est-ce pas ? »

Il me jeta un air tout aussi courroucé, et le reste demeura inexprimé. Oui, j'avais défait Nire, avec l'aide de Jazz. Par le transfert de son pouvoir magique sur moi. Et presque tout le monde était mort.

« Elle est partie, Papa. » Je tendis la main vers son bras, et il ne recula pas. « Le pire est passé maintenant. Rien n'arrivera si je suis parti pour une courte période, et tout ira bien pour moi. »

Cela me valut une brève étreinte, et le départ silencieux de Papa de ma maison. Il ne revint pas ce soir-là, pas plus que Todd.

Chaque jour, je devenais de plus en plus inquiet et de plus en plus obsédé par mon départ et la délivrance de Jazz. Je pris toute la deuxième semaine après avoir senti sa présence pour mettre tout en ordre et en sécurité dans L.O.S.T., de manière à pouvoir quitter les lieux. À ce moment-là, j'étais si désespéré de partir que j'étais incapable de demeurer immobile.

La partie la plus difficile, évaluai-je, ce seront les premières étapes. Faire deux choses que je ne voulais vraiment, vraiment pas faire. J'attrapai mon sac à dos rempli de nourriture pour le voyage et m'assurai que mon épée était bien fixée dans son fourreau. Je marchai péniblement dans l'eau et la boue vers les terrains d'entraînement des slithers au-delà du bosquet d'arbres derrière le magasin.

Il avait plu presque continuellement pendant deux semaines complètes, le ciel était couvert, et la pluie menaçait à nouveau de tomber. Une odeur de fraîcheur et de propreté remplissait l'air, mais j'aurais pu me passer de son refroidissement qui faisait couler mon nez. Acaw, qui me parlait à peine à moins que je ne l'y force, disait que le temps orageux était dû aux Sylphs, les esprits élémentaires de l'air, qui étaient mécontents de moi parce que je projetais de partir, mais j'estimais qu'il s'agissait d'une autre de ses tactiques pour m'empêcher de me rendre à Talamadden.

Je ne fus pas surpris de trouver Todd qui parlait avec Sherise au terrain d'entraînement des reptiles. Les deux étaient perchés sur des rampes de bois encerclant le terrain qui me rappelait les terrains de rodéo. Chaque instant, je m'attendais à ce qu'une créature traverse à toute vitesse le terrain, agitant ses ailes de dragon, la terre tremblant à la force 3,0 sur l'échelle Richter, et la bête courant autour de barils de rodéo striés.

Todd et Sherise se tenaient continuellement ensemble, et c'était comme ça depuis le jour où nous l'avions sauvée. Leurs deux têtes étaient rapprochées, et ils riaient, mais, lorsque je m'approchai, le sourire de Todd se transforma en un froncement de sourcils.

Je relevai mon sac à dos sur mon épaule. « Je m'en vais maintenant. »

Todd garda la même expression, mais descendit de la rampe. « Je peux voir ça. »

La fille sourit, et je pus comprendre pourquoi Todd l'aimait autant. « Comme je l'ai dit avant, vous faites la bonne chose, Bren. » Ses dents blanches brillaient dans la lumière du matin.

Sherise avait été la seule dans L.O.S.T. qui ne m'avait pas dit que j'étais complètement cinglé de me rendre à Talamadden, et je l'aimais encore plus à cause de cette attitude. Pourtant, lorsque j'étais près d'elle, j'éprouvais toujours une impression étrange que je ne pouvais tout simplement pas faire disparaître. Comme maintenant.

« Ouais, dis-je finalement tout en frottant ma cicatrice qui piquait. Je ne pourrais vivre avec moi-même si je n'essayais pas de ramener Jazz. »

Les cheveux blonds de Todd s'ébouriffèrent dans le vent. « Nous prendrons soin de tout ici. »

Je me rendis compte que je tirais sur l'ourlet de ma chemise de cuir, selon mon habitude depuis l'enfance. Je m'obligeai à arrêter. « Prends soin de Papa. Il a besoin de toi. »

Cela fit grogner Todd.

Sherise glissa de la rampe dans la boue. Elle vint vers moi, avec un sourire encore plus lumineux sur son visage. Elle tendit la main, et je pris la pierre qu'elle m'offrait. La chose pendait sur une épaisse chaîne d'argent. « Une pierre de lune. Une pierre de déesse pour la magie de la lune, un voyage sécuritaire et l'intuition. Je vous la prête, assurez-vous donc de rester hors de danger et de la retourner — et vous aussi — en un morceau. » Elle sourit. « J'allumerai aussi un cierge pour vous. Et pour que Jazz soit dans son corps terrestre au lieu de sa forme spirituelle. »

Mes doigts picotèrent pendant que j'enfilais la chaîne et la pierre par-dessus ma tête. « Euh, merci. »

Pendant qu'elle lissait ses cheveux noirs derrière son oreille, elle ajouta : « Ramenez Jasmina saine et sauve. »

« Je la ramènerai. » Je lui fis un signe de tête ainsi qu'à Todd, puis leur tournai le dos et marchai à travers le bosquet d'arbres vers la clairière où je savais qu'Acaw était allé ramasser quelques herbes.

Maintenant que la scène d'au revoir avec mon frère était terminée, je devais faire face à la prochaine partie. Zut. Ce n'était tellement pas ce que je voulais, mais je ne voyais pas d'autre moyen.

Je trouvai Acaw penché sur un carré de menthe, insérant une quantité inhabituelle d'épices, d'herbes et de baume dans son sac. Il tenait un long bâton de marche où étaient gravés des symboles des quatre éléments — la terre, l'air, l'eau et le feu. À des ficelles enfilées dans un trou sur le bâton étaient attachés plusieurs objets : une plume de faucon à une ficelle jaune, une hématite percée à une ficelle verte, une écaille de dragon à une ficelle rouge et un coquillage à une ficelle bleue. Des charmes pour le pouvoir, la guérison et la clairvoyance. À l'instar de son chapeau pointu, il portait des vêtements de cuir brun et vert se fondant dans les arbres et la terre, et son frère-corbeau était perché sur son épaule.

Somme toute, il paraissait prêt à voyager.

J'étais stupéfait. « Tu... tu savais, n'est-ce pas ? Que je finirais par t'en donner l'ordre. »

Le frère-corbeau d'Acaw émit un cri rauque et ébouriffa ses plumes bleu noir tout en me décochant des yeux rageurs. L'expression de l'oiseau était à peine plus aimable que celle d'Acaw. Je soupirai. Peut-être devrais-je emmener Sherise au lieu d'Acaw puisqu'elle était la seule personne qui avait exprimé une quelconque foi en moi. Mais Sherise n'avait pas plus d'idée que moi de l'emplacement de l'entrée cachée qui menait au royaume des morts. Ce devait donc être Acaw.

Je fis face à l'elfling au moment où Rol arrivait à travers les arbres et avançait à grandes enjambées vers nous. Il s'arrêta à côté d'Acaw et croisa ses bras puissants en travers de sa poitrine massive. Comme toujours, sa peau d'ébène était bien huilée, comme un culturiste professionnel, et il semblait capable d'enfoncer des poteaux de téléphone dans le sol avec son poing. Nul doute qu'il le pouvait.

À cet instant, Rol paraissait vouloir me jeter un sort et me changer en statue pour m'empêcher de partir. « Vous faites une erreur stupide », dit-il en grognant, et il ajouta : « Votre Altesse. »

J'étais tellement fatigué de me faire constamment traiter d'idiot. J'étais prêt à combattre Rol à mains nues, même s'il était bâti comme une maison de briques.

Mon père arriva ensuite, marchant les mains dans les poches, une expression sérieuse sur son visage barbu. « Je te prie de changer d'avis, Bren. »

« J'ai pris ma décision. » Je serrai les dents avant de continuer à parler. « Tu sais déjà que j'ai renforcé le Chemin, et je me suis assuré que le traité conclu avec les oldeFolkes les empêchera de causer du trouble. Dame Corey peut se charger d'eux. » Cela me rendait vraiment malade de me répéter ainsi.

« Il est clair que vous avez l'intention de poursuivre avec cette mission. » Rol fit jouer ses énormes biceps. « Mais il est probable que vous ne reviendrez pas parmi nous. »

Je serrai les poings. « Merci de ta confiance en moi, homme fort. »

Mon père étendit les bras vers moi, ses yeux bruns remplis d'une inquiétude que je n'avais jamais vue auparavant. « Prends soin de toi, Bren. » Il se tourna vers Acaw. « Assure-toi qu'il demeure hors de danger. »

Le frère-corbeau d'Acaw poussa un cri rauque, et, si l'elfling n'avait jamais paru ému, je pouvais l'imaginer roulant ses yeux minuscules.

Mais Acaw leva plutôt son regard vers moi, de toute évidence, il attendait la suite.

« Bien. » Je soupirai, exaspéré. « Acaw, je te donne l'ordre de me guider à l'entrée de Talamadden. »

Rol baissa la tête.

L'expression d'Acaw demeura inchangée. Il s'inclina, puis se dirigea hors de la clairière, son bâton broyant la terre à chacune de ses foulées.

Je regardai mon père, puis Rol, pour ensuite me retourner et emboîter le pas à Acaw.

chapitre trois

JAZZ

Ce n'était pas une mince tâche de poursuivre un paon à contre-courant dans un ruisseau singulier. L'oiseau marchait gracieusement, la queue levée, protégeant ses plumes de l'eau gelée. La froideur de l'eau me paralysait, tout comme la sensation de mouvement. Je fis quelques pas – mal assurés dans l'obscurité opaque – puis je tombai. L'eau glacée recouvrait mes jambes. Les genoux m'élançaient à cause de ce qui semblait être de légères blessures.

Pourquoi n'avais-je jamais remarqué qu'il y avait des pierres dans le ruisseau, juste sous la surface ?

« Les pierres ont-elles blessé vos jambes ? », demanda Egidus, s'arrêtant sans se retourner.

Je grinçai des dents. « Oui. »

« Bien. La douleur vous aidera à réfléchir. Peut-être d'autres souvenirs vous reviendront-ils, et plus rapidement. » L'oiseau poursuivit sa marche en se pavanant inlassablement dans l'obscurité. Sa tête disparut, puis ses épaules, et la moitié de son corps d'un bleu-plus-que-bleu.

À ce moment, l'arbre sous lequel je m'étais abritée paraissait tendre ses rameaux vers moi et me tirer par en arrière. Pas dans le sens littéral, avec des branches en forme de griffes ou un trou ressemblant à une bouche grande ouverte. Je ressentais plutôt une énergie maléfique, subtile d'abord, puis s'intensifiant en une rage puissante. Elle s'agrippait à mes épaules et cherchait à saisir mon âme. Mon cœur — si j'en avais encore un — palpita, puis se mit à battre la chamade.

Les Ombres ! Elles vont me tuer !

« Oiseau ! » Mon cri perça le silence enfiévré, oppressant. « Egidus. Attendez ! »

Je ne peux que vous guider, répondit l'oiseau dans mon esprit. *C'est à vous d'ouvrir le chemin.*

« Fameux. Merci quand même ! » Revoyant instantanément tout mon passé, me souvenant puissamment de mes pires moments avec Bren, j'essayai d'accéder à mon ancien pouvoir magique et criai : « Cessez ! »

Bien sûr, rien ne survint. Je savais déjà qu'il n'existait pas de magie traditionnelle à Talamadden, sans compter le fait que j'avais transmis mon pouvoir terrestre à Bren avant ma mort. La force de cramponnement malfaisante dans mes entrailles persistait. Je tombai sur le derrière et eus le souffle coupé par la brusque froideur de l'eau.

« Relâche-moi », réclamai-je, m'efforçant de me remettre sur mes pieds. Mes dents commencèrent à claquer. Ce tremblotement rivalisait avec une nouvelle bouffée de chaleur dans ma poitrine. Ma propre rage. Une fureur si totale que je crus que ma tête prendrait feu.

Je me tournai vers la bande foncée de terrain, la cabane et l'arbre sans feuilles. Tout le tremblement s'arrêta abruptement. Plissant des yeux, je pouvais presque distinguer une sombre et immense présence planant juste au-dessus de la contrée tout entière.

Une Ombre. Ce doit être une Ombre.

Mes mains commencèrent à s'affaiblir, et je voulus m'agenouiller et crier. De tout ce que je pourrais devoir combattre, pourquoi la seule chose que je connaissais pouvait-elle — et devait-elle — me vaincre ?

« Laisse-moi tranquille. » Ma voix retentit comme un grondement profond et menaçant, empreinte d'un courage que je ne sentais pas en réalité. « Mon pouvoir magique a peut-être disparu, mais il me reste ma volonté. Je connais l'essence de la vie et l'art de la sorcellerie. J'oserais vous défier au combat. Qui plus est, je ne veux aucun mérite en dehors de ma satisfaction de contempler votre destruction ! »

L'entité obscure fléchit, montrant ses énormes muscles. En cet instant, je crus distinguer sa véritable forme – ressemblant à un faucon, avec d'énormes serres rétractables à l'extrémité de mains quasi humaines, surmontée d'un visage quasi humain. Pas une Ombre. Cela ressemblait bien plus à une… harpie ?

Un sentiment de soulagement me saisit tel un éclair d'énergie nouvelle. Après Nire et les horreurs du dessein presque réussi du Maître des Ombres, je n'étais pas impressionnée par un simple monstre, peu importe combien ancien ou mythique il pouvait être. Je n'en avais jamais vu auparavant, mais mes longues études avec Père m'avaient familiarisée avec les créatures existantes. Il m'avait informée de la présence de différentes créatures anciennes qui préféraient toutefois ne jamais être vues, même par la plupart des oldeFolkes. Les harpies faisaient partie de ces clans mystérieux, et il était préférable de les laisser à leurs propres ambitions.

Avec une force délibérée, et une lente réflexion, je pris une longue inspiration mesurée. Je repliai ma main droite en un poing au-dessus de mon cœur. J'étendis ma main gauche et la pointai vers la créature qui voltigeait. Peut-être ne possédais-je plus de pouvoir magique, mais tout sorcier ou tout humain peut l'invoquer s'ils y croient, s'ils savent quelles paroles prononcer et que leur requête vient du fond du cœur. J'ignorais si je pouvais utiliser l'essence de Talamadden comme je le faisais sur terre, mais je devais certainement essayer.

L'abandon ne faisait plus partie de mon style de vie, hormis ma mort récente.

« Déesse, je te supplie, entends mon appel. » Je psalmodiai tout en pointant du doigt la créature. « Assujettis ce malin, terrasse-les tous. Fais en sorte que je sois en sécurité, je t'en prie, entends ma prière. Bénis mon voyage. Ainsi soit-il. »

La chose qui ressemblait à une harpie chercha de nouveau à imposer sa force, devenant encore plus noire. Je murmurai une autre invocation, demandant l'aide des pierres, de l'étrange ruisseau, même de la terre nue et de l'arbre sans feuilles.

Un hurlement fendit l'air brusquement animé de turbulences, et le néant vide commença à gronder et à trembler. Les murs et le toit de la cabane craquèrent, puis celle-ci tomba sur elle-même dans un fracas de bruits d'ossements qui s'entrechoquaient. Je ne sentais plus le froid de l'eau sur mes chevilles, mais je n'étais pas engourdie. Soit que je réchauffasse l'onde, soit que celle-ci me réchauffât.

La forme de l'être devant moi se précisait. Je pouvais voir l'agitation de ses ailes féroces se détachant dans l'obscurité.

L'eau éclaboussait mes cuisses et mes genoux alors que le ruisseau s'élargissait. Je conservai ma position, gardai un contact visuel avec la créature qui m'avait prise au piège — qui était déterminée à me maintenir sous le pouvoir de ses maléfices.

« Libère-moi au nom de la Déesse », ordonnai-je.

D'autres hurlements me répondirent, aigus, assourdissants, en même temps qu'ils intensifièrent la pression sur mon âme. J'avais l'impression que je pourrais me scinder, craquer de toutes parts, et vaciller comme ma cabane et m'effondrer sur moi-même, mais ce sentiment décuplait ma détermination.

Changeant de tactique, je tentai un commandement moins compliqué, plus naturel. « Va-t'en ! »

Pendant que je parlais, je priai pour que l'essence de Talamadden, quelle qu'elle soit, réponde à mon honnête invocation. Je n'avais pas beaucoup d'espoir, mais j'avais tort. Les mots sortirent de ma bouche comme une masse, rehaussés par une lumière fulgurante plus brillante encore que la lueur dorée habituellement émise par une sorcière. Mon corps physique sembla se fissurer, et je devins ce que je connaissais de la nature des véritables sorcières — plus une lumière qu'une substance. Une partie de notre essence, peu importe le monde ou l'univers que nous visitions.

La sombre créature laissa échapper un autre hurlement aigu, comme celui d'une bête en d'atroces souffrances.

Le son pitoyable me pénétra et mon cœur se serra. Des larmes coulèrent de mes yeux. De façon inexplicable, je voulais courir vers la créature et jeter mes bras autour d'elle comme si ce n'était rien de plus qu'un enfant humain blessé.

Oh, avais-je séjourné trop longtemps dans l'obscurité ?

D'un battement de ses solides ailes, la harpie jaillit de la parcelle de terre, bien au-dessus de l'arbre sans feuilles. Avant que je cède à mes absurdes pulsions ou que j'abaisse ma main, elle était partie.

Avec elle disparurent la force poignante, et toute l'obscurité autour de moi. À ma grande surprise, je me retrouvai debout dans un ruisseau d'un agréable bleu calme, tellement limpide que je pouvais apercevoir les pierres lisses qui tapissaient son lit. Un gazon verdoyant ondulait sur les deux rives, et l'arbre sans feuilles arborait fièrement une couronne épaisse de feuilles d'un vert chatoyant. C'était un chêne. Un véritable chêne.

Je me retournai lentement, mes yeux commençant tout juste à s'adapter aux rayons chauds et brillants du soleil, à mesure qu'ils chassaient les ombres.

Egidus se tenait quelques mètres plus loin, la queue étendue en un brillant éventail de bleus et de verts. Je pouvais maintenant en percevoir chaque détail, depuis sa couronne impressionnante de fines plumes jusqu'à la splendeur de chaque bouquet de plumes et de chaque touffe de duvet. Les « yeux » de sa traîne décorative étaient de la plus merveilleuse nuance indigo jamais vue. Ses yeux véritables semblaient beaucoup moins menaçants à la lumière du jour.

« Félicitations », lança-t-il, en baissant sa queue. Il se secoua, replaçant chacune de ses plumes. « À part le fait que vous semblez être trempée, vous n'êtes pas mal au combat. Je n'étais pas certain que vous vous sortiriez de ce premier essai accessoire.

Essai accessoire ? Essai accessoire ?

« Était-ce une harpie ? », demandai-je en fronçant les sourcils, jetant un coup d'œil à l'endroit où reposait la cabane en ruines, où poussaient des fleurs jaunes s'épanouissant pendant que je regardais. « C'est Talamadden, oui ? Que faisait cette chose ici ? »

Egidus émit un son qui ressemblait à un rire. « Croyez-vous que seules les bonnes créatures meurent à cause de maléfices ? Ou que le mal abandonne ses créatures du mal dans la mort ? »

J'ouvris la bouche pour répondre, puis, me ravisant, je la refermai d'un claquement. Bien sûr, l'art des maléfices provoquait la mort des créatures du mal avant leur temps, tout comme moi. Et bien sûr, elles ne laissaient pas leur essence derrière elles dans le monde des vivants. Cela déséquilibrerait l'univers, étant donné que les âmes illuminées apportaient leur lumière avec elles lorsqu'elles passaient dans le nouveau monde.

« Lorsqu'une créature à l'âme sombre entre dans Talamadden, elle cherche ou crée des endroits sombres, où elle est le plus comblée. » Egidus semblait maintenant modéré et réfléchi, comme un professeur ou un parent. Une fois de plus, je fus frappée par un sentiment de familiarité. Je frissonnai, incertaine de ce que me dictait mon instinct.

Egidus, je devrais savoir ce que signifie ce mot. Il me semblait tellement *familier.* L'image d'une chèvre s'introduisit dans mes pensées — pas une chèvre menaçante ou une chèvre qui ressemblait à Pan, mais un bouc typique d'à peine un an mâchonnant une bouchée d'herbe tendre printanière.

J'ignorais totalement pourquoi un brillant oiseau bleu me faisait penser aux chèvres. Peut-être mes pensées étaient-elles encore un peu confuses. Après tout, j'étais morte en combattant l'être le plus maléfique du monde, puis un être démoniaque m'avait presque vampirisée pendant je ne sais combien de temps. Puis un oiseau parlant m'avait approchée et mise au défi, et j'ai exploité l'essence du royaume des morts.

Somme toute, je dirais que j'avais subi une bonne dose de stress plutôt époustouflant.

« Oui, vous avez vécu passablement de stress, Jasmina Corey, reine des sorciers. » Egidus fit quelques pas d'oiseau dans l'herbe plus haute qui s'éloignait du ruisseau et s'étalait presque à perte de vue dans le pré. « Malheureusement, votre expérience jusqu'à maintenant n'est qu'un échantillon de ce qui vous attend. »

« De quoi parlez-vous ? », Je me dépêchai d'emboîter le pas au paon, surprise de trouver si difficile de le suivre. Sa tête tanguait à un rythme effréné, me mettant au défi à chaque foulée.

« Vous devez trouver le chemin pour sortir de Talamadden et regagner le royaume des vivants, ou tous vos sacrifices n'auront plus de sens. Le tangage de sa tête couronnée de plumes se poursuivait inlassablement. Sa traîne bruissait sur l'herbe douce. « Votre dette – le garçon que vous avez kidnappé et que vous avez obligé à vous servir – il mourra, et bientôt, si vous échouez. »

Devant cette déclaration, mon cœur supposément mort se remit à battre la chamade. Je pensai à mes visions d'Alderon et de l'espionne. Je pensai qu'il était possible que Bren cherche à me retrouver. D'une certaine façon, ces deux facteurs étaient destinés à s'amalgamer d'une manière horrible, et je devais empêcher tout cela.

« Me montrerez-vous le chemin de la sortie ? »

À ces mots, le paon commença à lisser nerveusement ses plumes, évitant mon regard. Après quelques moments de becquetage des saletés et de tout ce qui pouvait se trouver sur ses plumes d'oiseau, il dit : « Je ne peux que vous guider. »

Grimaçant, je terminai la phrase pour lui. « C'est à moi d'ouvrir le chemin. »

« La plupart n'ont pas la chance d'avoir un guide. » Son ton était bourru, mais aussi moqueur.

« Vous devriez reconnaître votre bénédiction au lieu d'en vouloir davantage que ce qui vous est donné. »

Je me balançai d'une jambe à l'autre, me sentant bizarrement admonestée. Pas comme cela m'arrivait quand ma mère impossible-à-contenter me réprimandait pour un écart de conduite, mais plus comme lorsque mon père exprimait sa déception à mon sujet.

« Qu'êtes-vous ? demandai-je, revenant à ma curiosité initiale et à mon premier questionnement. Comment savez-vous qui je suis ? »

« Vous devriez faire attention, Jasmina. Les mots sont importants. » L'oiseau battit des paupières dans ma direction, et j'eus l'impression bizarre qu'il souriait. « Je vous ai déjà dit ce que j'étais. »

« Vous êtes un paon », murmurai-je, cherchant dans mon esprit ce que le superbe oiseau bleu m'avait dit. « Vous êtes ici pour me conduire, et non pour résoudre mes problèmes. La plupart n'ont pas autant de chance d'avoir un... oh ! Vous êtes un guide. Mon guide spirituel ! »

Egidus me fit un clin d'œil quelque peu espiègle. « Un peu plus lent que j'aurais souhaité, mais impressionnant. »

« Merci, je suppose. » Je hochai la tête. « Je ne peux dire si vous êtes gentil ou sarcastique. »

Replaçant à nouveau ses plumes, Egidus se remit en route, assez lentement cette fois pour que je puisse le suivre.

« Vous êtes une philosophe, Jasmina, et une praticienne consommée. » Il semblait résolu dans ses opinions. « Très peu auraient pu lancer le sortilège pour trouver le véritable Marcheur des Ombres, et encore moins aider leur champion à vaincre Nire. Et vous avez réussi à invoquer la magie naturelle de Talamadden, étant donné que cette contrée du royaume des morts est encore rattachée au monde des vivants. »

Mes pensées se tournaient déjà vers Bren, ses yeux chaleureux et ses cheveux doux et rebelles. Même la barbe de plusieurs jours sur son menton. Une douleur apparut dans ma poitrine. Bren était en danger à cause de moi – encore une fois. Il avait besoin de mon aide, et, plus que tout, je voulais le secourir. Je *devais* trouver mon chemin de retour dans le monde des vivants. Je devais sauver Bren, lui rendre son geste de loyauté et de courage qu'il m'avait librement offert.

Pour le voir une fois encore, pour toucher son visage du bout de mes doigts, même pour un unique moment…

« Que dois-je faire pour sortir, Egidus ? »

« Le chemin pour sortir de Talamadden diffère pour chaque voyageur. » Le paon affichait de nouveau la prestance de l'oiseau-maître, parlant sur un ton monocorde et clair. « C'est pour cette raison que peu découvrent le bon chemin. Même si nous nous y engageons, le voyage sera inutile si personne ne vient vous rencontrer de l'autre côté. »

Je me fis silencieuse, réfléchissant à ses paroles, puisqu'il avait marqué un point plus tôt en me parlant de l'importance des mots. Peu découvraient le bon chemin. Cela me donna à penser au Chemin qui protégeait tous les sorciers de la persécution. Bren l'avait reconstruit, au moins en partie. Il était facilement assez puissant pour isoler des moments dans le temps et les relier entre eux, et pour escorter les sorcières d'un temps à un autre de manière à éviter ces inévitables instants où les humains se dressent contre ce qu'ils ne parviennent pas à comprendre.

Qu'il ait ou non appris à contenir les oldeFolkes, voilà une question qui se posait. Bren avait démontré une aptitude à attiser la colère des furies et avait échoué à percevoir les dangers d'anciennes créatures comme les klatchKeepers. Bren était parfois obstiné — et il était toujours impulsif.

« Marchez plus rapidement, exhortai-je le paon. Je crains qu'il ne meure avant que nous arrivions. »

« Une très bonne idée, ma charmante reine, mais pas pour l'amour du garçon. » L'oiseau accéléra le rythme. Ses ailes se froissèrent comme s'il se préparait à s'envoler.

Avant que je puisse lui demander ce qu'il voulait dire par là, ou exiger qu'il cesse de parler par énigmes, j'entendis le bruit insupportable d'énormes battements d'ailes, accompagné de cris à vous glacer le sang. Et les sons se rapprochaient.

Quelque chose comme un coucher du soleil s'abattit sur le superbe pré, l'air se refroidissant de plus en plus chaque seconde.

« La harpie est revenue. » Egidus, à moitié sautillant, à moitié courant, m'invitant à l'imiter. « Avec des amies. »

chapitre quatre

BREN

Sans hésiter, je suivis Acaw hors des bois jusqu'au village principal de L.O.S.T. Un roi ne devrait pas hésiter une fois qu'il a fait un choix et donné un ordre, n'est-ce pas ? De plus, je voulais voir où il m'emmènerait.

La porte est située dans des pays oubliés. Le vivant ne doit pas traverser. Ceux qui cherchent errent pour l'éternité. « Attention au Gardien », murmurai-je, reprenant la citation consacrée. « Sang ancien. Véritable guide non consentant. »

Mes sourcils se dressèrent.

J'avais résolu cette dernière partie, n'est-ce pas ? Un guide non consentant. Et un vrai guide, aussi. Les elflings connaissaient le royaume des morts, et ils étaient toujours loyaux. J'avais dû lui donner un ordre, mais Acaw se pliait à ce que je lui avais demandé.

Au moins, cette pensée renforçait quelque peu ma motivation. Un guide. Ouais. Consentant ou non.

Mais concernant le reste, je comptais réellement sur Acaw.

Je ne fus guère surpris lorsqu'il m'emmena directement au magasin général, vers l'arrière, vers le Chemin. Bien sûr, Talamadden devait se trouver sur le Chemin. Hormis un sorcier ou un oldeFolke, personne ne pouvait voir de l'extérieur la route magique à travers le temps. Pour un humain ou un non-initié, le Chemin ressemblait simplement à n'importe quel autre environnement où il se trouvait – et dans L.O.S.T., le principal point de contact, c'était ce magasin général rempli d'herbes, d'épices, d'ailes de chauve-souris, d'yeux de lézard et, bien, de doigts et d'autres trucs. Ce que les oldeFolkes faisaient avec des doigts, je ne voulais vraiment pas le savoir.

« Allez garçon. » Acaw jeta un regard vers l'arrière comme nous avancions dans les dernières allées du magasin, remplies de pattes, de peaux, de restes de squelettes, et de queues poilues suspendues. « Pas de rêvasseries. Si nous devons faire ça, nous devrions être partis avant que les furies ne protestent. »

Le frère-corbeau d'Acaw battit impatiemment des ailes comme je m'avançais vers le mur arrière, que je sortais mon épée et en glissais le bout vers le bas le long du côté du Chemin pour nous ouvrir une porte.

« Pourquoi les furies protesteraient-elles ? » Je rengainai mon épée alors qu'un courant d'air froid jaillit et souleva mes cheveux de mes épaules. La pierre de lune suspendue à la chaîne autour de mon cou sembla absorber l'air froid, et le dévier lentement de côté comme s'il ne m'avait jamais touché. « Ceci n'a rien à voir avec elles. »

Acaw marmonna quelque chose dans l'ancienne langue des oldeFolkes, puis il traduisit : « Les anciennes légendes disent que le jour où le vivant entreprendra son voyage vers le pays de la mort, davantage de *ba* et de *ka* reviendront. »

« Jazz reviendra », lançai-je.

L'elfling plissa les yeux. « Vous voyez seulement ce que vous souhaitez voir. Je crains que l'aveuglement ne vous coûte la vie aux mains du Gardien. »

« Qu'est-ce que c'est censé vouloir dire ? » Debout devant l'ouverture du Chemin, je lui jetai un regard furibond. « Vas-tu commencer comme Rol et Papa à me reprocher de me lancer tête baissée dans mes entreprises ? »

« Non. Dans ce cas-ci, vous ne vous êtes pas pressé. » Il fit une pause, puis continua. « Vous avez étudié, à ma grande surprise, mais comprenez-vous la signification des mots ? »

Je cochai chacun des points avec les doigts de ma main libre. « Il y a une porte oubliée, le vivant ne peut la traverser, ceux qui cherchent errent pour toujours. Je devrais me méfier du Gardien, seul l'ancien sang peut traverser, et j'ai dû trouver un véritable guide non consentant – vous. Ai-je oublié quelque chose ? »

Acaw hocha la tête et soupira. « Rien. Et tout. »

Le regard brillant de son frère-corbeau invitant à sombrer-dans-la-noirceur était plus éloquent, comme Acaw passa devant moi pour jeter un œil dans l'ouverture chatoyante menant sur le Chemin.

Contrairement à l'époque de Nire, nous n'avions pas à nous dépêcher de refermer le Chemin derrière nous pour que les Ombres demeurent à l'intérieur et les êtres malveillants à l'extérieur. Maintenant, les seuls êtres sur le Chemin étaient ceux que mon frère Todd et moi escortions d'un Sanctuaire à l'autre.

« Venez. » Acaw se fraya un chemin à travers la fente que j'avais ouverte.

« Ouais. Peu importe. » Je replaçai la chaîne de la pierre de lune, j'accrochai mon sac à dos sur mes épaules, et je le suivis à l'intérieur. L'odeur de terre fraîche, la brise printanière et le clair de lune m'envahirent. Disparue la puanteur de pourriture de l'époque de Nire. Disparues les Ombres hantées ayant essayé d'agripper et de griffer tout être qui avait été escorté sur le Chemin. Maintenant, les murs s'étaient avivés d'un argent doux, me rappelant un passage futuriste d'un film de Star Trek. Nul besoin des pouvoirs magiques de mon épée pour éclairer le chemin tant les murs rutilaient.

Une fois l'entrée du Chemin close, nous avons commencé à marcher sur le sol mouvant. Au moins, j'avais appris à m'exécuter sans être malade – ce qui constituait un pas important, si je peux m'exprimer ainsi. Le roi des sorciers ne devait pas se transformer en un garçon en proie à des vomissements chaque fois qu'il se lance dans une opération de sauvetage.

Live Oak Springs Township – L.O.S.T. – se trouvait à l'extrémité la plus reculée du Chemin, à l'époque moderne, où le temps s'écoulait dans le nouveau millénaire. Tous les autres Sanctuaires sur le Chemin étaient situés quelque part dans l'histoire, le temps continuait sa course dans chaque Sanctuaire, tout comme c'était le cas à notre ère. J'avais mis du temps à comprendre comment tout cela fonctionnait.

Si Jazz avait été ici, elle aurait pu l'expliquer avec ses bulles dorées et ses rubans mystiques flottants, mais c'était quelque chose que je n'avais jamais fait.

Peut-être parce que cela me rappelait trop Jazz. Et je croyais que je ne la reverrais jamais.

Quel idiot avais-je été de ne pas découvrir plus tôt la vérité au sujet de Talamadden.

Je serrai les dents et gardai la main sur la poignée de mon épée tout en marchant d'un pas lourd dans l'allée reluisante du Chemin. Comme toujours, j'avais l'impression que nous perdions trop de temps, que c'était trop long.

« Dans quel Sanctuaire est-il situé ? demandai-je derrière Acaw. Combien de temps cela nous prendra-t-il pour y arriver ? »

Son frère-corbeau jeta un regard irrité par-dessus son épaule, et j'eus l'impression d'être un enfant sur le siège arrière d'une voiture demandant toutes les cinq secondes : « Sommes-nous arrivés ? »

« Autant de temps qu'il sera nécessaire », répondit Acaw de sa voix râpeuse sans se retourner, et je lui jetai un regard furieux.

Il avait la moitié de ma taille, son visage était hâlé, et son air donnait toujours l'impression qu'on le dérangeait — sans aucun doute était-ce son sentiment à ce moment-ci. Le courtaud ne semblait jamais pressé. Le seul moment où je l'avais jamais vu être autre chose qu'une version elfling d'un moine, c'était lorsque les Ombres nous avaient attaqués au vieux château de Jazz à l'époque de Shallym. Ce jour-là, Acaw s'était transformé en une sorte de maître Kung Fu, à l'instar de son frère-corbeau. L'oiseau avait tué tout ce qui bougeait, et Acaw avait fait meilleur usage d'une fourchette de cuisine et d'une dague à lame courte que s'il s'était agi de deux épées à double tranchant.

J'y repensai plus tard, me disant que je préférais ne plus jamais le voir aussi fâché. Les oldeFolkes — ils étaient toujours mystérieux, irritants —, et vous n'étiez jamais vraiment capable de percer leurs intentions.

L'alliance neutre, la mère de Jazz avait essayé de l'expliquer. Les oldeFolkes poursuivaient de simples objectifs de survie et vivaient comme ils avaient toujours vécu. Ils s'alliaient toujours avec la nature et les choses naturelles, contrairement aux sorciers modernes. De leur point de vue, je pourrais bien aller au diable, roi ou pas. La seule raison justifiant leur attitude pacifique était qu'elle servait leurs meilleurs intérêts, et qu'ils respectaient mon pouvoir. Pas fameux comme situation, mais c'était le mieux que nous pouvions espérer dans les circonstances.

Acaw avait toujours semblé tellement loyal à Jazz, et j'avais découvert plus tard que les elflings fondaient leur vie et leur mort sur les promesses qu'ils faisaient. Une fois qu'ils juraient de servir, ils allaient jusqu'au bout si c'était nécessaire. Je me souviens du moment où Jazz l'avait libéré juste avant de mourir, et de l'émotion rarement présente dans son expression habituellement stoïque. « *Ce fut un plaisir d'être à votre service,* avait-il dit. *La plupart du temps.* »

L'humour de cette dernière déclaration était empreint d'une amère douceur. Maintenant, Acaw se trouvait à mon service, même si, en maintes occasions, il avait paru vouloir plutôt me tuer et me cuisiner pour le souper.

Il n'était probablement pas sur le point de me cuisiner pour le souper. J'en étais presque certain. Ouais. L'ordre que je lui avais donné de me conduire à Talamadden concourait à cet état de fait. Je l'espérais.

Au cours de notre marche sur le Chemin chatoyant, les seuls bruits qui nous parvenaient étaient son bourdonnement régulier, le léger tintement des amulettes d'Acaw sur son bâton, et le bruit sourd de mes bottes.

Nous passâmes devant une entrée de Sanctuaire après l'autre, toutes familières, toutes bien connues de moi. Il y en avait deux ou trois nouveaux, de ceux que j'avais créés, mais les autres étaient des Sanctuaires que Jazz et son père avaient rattachés au Chemin il y a longtemps. Todd et moi avions pu restaurer les liens après que je les eus rompus en vue de la défaite du Maître des Ombres.

Nous passâmes devant un Sanctuaire qui menait dans l'Ouest sauvage, un des Sanctuaires mirifiques que j'avais rattachés. Un autre menait à la France du dix-huitième siècle, puis, bien sûr, celui vers Salem — le Sanctuaire où nous avions combattu Nire — où nous avions appris qu'elle était ma mère.

Ma mère.

Elle me manquait toujours. Une boule de feu se forma dans ma poitrine, et je dus lutter contre la chaleur qui me gagnait. Nire était un être ancien qui avait choisi mon père pour compagnon, afin de produire des héritiers dans l'espoir qu'elle trouverait celui qui l'aiderait à restaurer la loi des plus purs oldeFolkes. Celui qui l'aiderait à éradiquer toute personne qu'elle considérait impure, indigne de vivre.

Mes entrailles se nouèrent à cette pensée. J'avais été cette personne. Celui qui était appelé à régner à ses côtés.

Je m'arrêtai net et frappai à la porte menant à Salem avec mon poing, mais ma main ne fit que simplement rebondir sur le mur ressemblant à une éponge. « Va au diable ! » Je pouvais difficilement retenir mes émotions. « Va au diable de ne pas être la Mère que j'aimais, d'avoir tué Jazz. »

Une main agrippa mon épaule, et je pivotai sur mes talons, prêt à donner un coup de poing à quiconque m'avait touché.

« Ça suffit si vous désirez rejoindre Jasmina à temps », dit Acaw, mais il y avait dans ses yeux d'être ancien une inhabituelle lueur de compréhension.

Il se retourna et reprit sa progression sur le Chemin.

Je me redressai et détendis mes mains. « Euh, ouais. » Puis ses dernières paroles me frappèrent : « Que voulez-vous dire par rejoindre Jazz *à temps* ? »

Acaw haussa légèrement une épaule sans se retourner pour me regarder. « Jasmina a besoin de vous. »

Je crois que ma mâchoire en tomba, mais je marchais trop rapidement pour en être certain, essayant de rattraper le petit bâtard. Comment un elfling pouvait-il avancer si rapidement ? « D'abord, tu as essayé de me convaincre de ne pas venir, puis tu as fait en sorte que je te l'ordonne et tu m'as dit que le temps était néfaste ou quelque chose du genre, et maintenant tu me demandes de me dépêcher parce que Jazz a besoin de moi ? » Ses pieds semblaient se déplacer plus vite et j'eus encore plus de difficulté à le suivre. « Qu'est-il arrivé et comment le sais-tu ? »

« Elle a besoin de vous », répéta Acaw, et son frère-corbeau agita ses stupides ailes noires.

Un oldeFolke typique. Qui ne dévoile que l'essentiel, et encore, pas de son plein gré. Cette pensée me rendait complètement dingue.

Je continuai d'avancer sur le Chemin, tripotant la chaîne de ma pierre de lune avec l'amplification de mon inquiétude au sujet de Jazz. Qu'arrivait-il ? Je tirai sur la chaîne. Pourquoi a-t-elle maintenant plus besoin de moi qu'au début de notre voyage ?

Nous passâmes devant le Sanctuaire qui menait au temps du roi Arthur, puis le Sanctuaire de Shallym d'une époque plus lointaine – actuellement en restauration après que les sous-fifres de Nire l'eurent envahi et presque détruit il y a déjà cinq mois. Cinq longs mois sans Jazz.

Inlassablement, nous marchâmes, passant devant des Sanctuaires des temps historiques, puis d'autres des temps préhistoriques.

Lorsque nous arrivâmes à l'endroit où j'avais disjoint le Sanctuaire pour bloquer Maman – je veux dire Nire –, je dus retenir un autre cri de rage et de frustration. Mon cœur faisait vraiment mal dans ma poitrine à cause de l'être qui avait été ma mère, de l'être qui avait causé la mort de Jazz. Elle errait maintenant pour toujours dans ces époques anciennes, incapable de revenir sur la route à travers le temps. Ce fut le mieux que je pus faire. J'avais tout simplement été incapable de tuer ma propre mère. Je ne le pouvais pas.

J'étais passé devant ces endroits de nombreuses fois auparavant et je n'avais pas ressenti cette émotion depuis une éternité. Mais pour une raison ou une autre, le simple fait de savoir que j'étais sur le point de retrouver Jazz raviva tout le passé de manière si douloureuse que j'en eus mal à la tête.

J'agrippai la poignée de mon épée et serrai les dents. Je continuai à marcher droit devant, dépassant le Sanctuaire désuni, suivant les secousses du chapeau pointu d'Acaw. Comme la maison de Nire pour l'éternité se trouvait à l'époque préhistorique, je savais que nous approchions de la fin du Chemin. Le royaume des morts devait se trouver dans le dernier Sanctuaire, le seul qui restait après celui que j'avais isolé.

Mais Acaw tourna le dos à la dernière porte même après que nous l'eûmes atteinte. Avant que je puisse le questionner, il donna un petit coup avec son bâton sur le mur directement en face de ce Sanctuaire, et les amulettes accrochées en haut tintèrent doucement. Il répéta encore et encore son geste sur un mur dénué de porte — un mur sur le côté où il n'aurait dû y avoir aucun Sanctuaire rattaché.

Pourtant, une porte s'ouvrit, aussi nettement que si je l'avais découpée moi-même… seulement elle était circulaire.

Une petite porte ronde.

« Que dia… », commençai-je, mais Acaw avait déjà disparu à travers la porte de la taille d'un hobbit*.

Dans mon cou, la pierre de lune ronronna. Je me baissai pour passer dans le trou, mais réussis quand même à me cogner la tête sur ce qui semblait être du bois solide. J'allais interroger l'elfling sur la façon dont il s'y était pris pour ouvrir le Chemin, alors que seuls Todd et moi étions censés pouvoir le faire – mais je vis l'endroit où je me trouvais et en fus bouche bée.

C'était comme un royaume des fées. Zut, c'*était* probablement le royaume des fées. Après tout, j'avais suivi un elfling ici, non ?

La porte est située dans des pays oubliés.

Pour moi, cela ressemblait certainement à un pays oublié. Deux énigmes résolues, il en restait donc quatre. En supposant, bien sûr, que je n'en avais pas oublié dans tous les vieux manuscrits que je *n'avais pas réussi* à lire.

Acaw referma la porte derrière nous et donna un simple coup avec sa canne pendant que je contemplais ce qui m'entourait.

C'était l'endroit le plus magnifique que je n'avais jamais connu. Des rayons de soleil dorés se répan-

---

*NDT : Les hobbits sont des créatures de petite taille imaginées par J.R.R. Tolkien, qui comptent parmi les héros de sa trilogie du *Seigneur des Anneaux*, et de son œuvre initiale *Bilbo le Hobbit*.

daient à travers des arbres majestueux aux multiples teintes de vert vif. Et la lumière caressait des fleurs violettes, bleues, rouges et orange. Une herbe douce recouvrait un sentier de dalles qui traversait le pays des fées – une sorte de chemin de briques jaunes qui n'était pas jaunes. Il se dégageait un merveilleux arôme de roses et de riche terre foncée.

Des elflings de tous les âges et de toutes les tailles entretenaient des jardins à l'avant de petites maisons construites dans des monticules de terre – non, attendez. Pas des elflings. Ils étaient plus petits, et certains étaient – euh, poilus. Étaient-ce des gnomes ? Des nains ?

De minuscules créatures voltigeaient autour des fleurs telles des libellules. J'étais certain qu'il s'agissait de fées. Particulièrement quand l'une d'elles battit des ailes juste devant mon visage et que je vis ses cheveux blonds chatoyants et son minuscule et parfait corps de femme. Elle me fit un clin d'œil, puis disparut dans un éclair.

« Ce pays oublié, est-ce Summerland ? », demandai-je tout en regardant, émerveillé, la beauté environnante. Dans mon cou, la pierre me procurait une sensation de chaleur, de paix – de bien-être. Je posai ma main sur elle, la frottant à de multiples reprises.

Cela ne semblait pas être un mauvais endroit où aller. Il y avait une telle diversité d'êtres tout autour, et ils semblaient tous travailler en parfaite harmonie. Un énorme lapin sautillait, portant sur son dos une horde de petits enfants elflings, et tout devint clair pour moi.

J'étais dans le foutu Pays des merveilles.

« Est-ce ici ? redemandai-je à Acaw. Est-ce Summerland ? »

Acaw émit un grognement qui aurait pu être un rire — s'il n'avait jamais ri.

« Un long voyage reste à faire », dit-il, et je ne retins pas mon gémissement.

« Où sommes-nous alors ? » Pendant que je le suivais sur le chemin de dalles, j'esquivai un bosquet de fleurs qui ressemblaient à des araignées roses ondulées. « Pourquoi est-ce que je ne connais pas cet endroit ? »

J'étais le roi des sorciers. J'estimais que j'étais en droit de tout connaître.

Acaw passa lourdement devant l'une des femmes les plus magnifiques que je n'avais jamais vue. Comme nous dépassions la femme, il baissa la voix pour que je sois le seul à l'entendre et dit : « Peu d'humains, même parmi les sorciers, violent les frontières sous la domination de l'Erlking et continuent à vivre. J'espère que votre demi-sang d'oldeFolke vous protégera. »

Je l'entendis à peine, ma tête pivotant comme nous passions près de la beauté rousse revêtue d'une sorte de tissu transparent qui épousait toutes ses courbes. Elle était parfaite, sauf pour une légère lueur dans les yeux. Une lueur d'acier. Trop consciente de ma présence, trop vigilante, comme si elle m'évaluait.

Une enchanteresse, me dit une voix dans ma tête. Une autre voix, qui ressemblait de façon agaçante à Jazz dans l'une de ses humeurs les plus agitées, dit : « Les choses ne sont pas toujours telles qu'elles paraissent, Bren. »

Je ramenai ma tête vers l'avant et concentrai mon attention sur le dos d'Acaw. J'aurais donné n'importe quoi pour entendre encore une fois la voix de Jazz, condescendante ou pas.

Dans un rare moment où il consentait à parler, Acaw dit : « Il existe d'autres sortes d'oldeFolkes et d'autres anciens Sanctuaires oubliés que ceux que vous connaissez – que tout sorcier moderne connaît. Nombre de ces lieux existaient avant l'époque du Chemin. »

« Mais je suis le roi des sorciers, et c'est important. N'existerait-il pas un livre que je pourrais étudier, ou quelqu'un qui pourrait m'enseigner ? »

Acaw sembla réfléchir un moment, puis répondit simplement : « Non. »

Je ne le crus pas. « Pourquoi pas ? »

Le frère-corbeau d'Acaw me lança un autre de ces regards oh-veux-tu-bien-te-la-fermer, alors que l'elfling disait : « C'est… c'est comme ça. Les secrets ourdissent le tissu du temps, Votre Majesté. Tous les peuples ont des secrets, et toutes les personnes aussi. »

Cela avait du sens. Après quelques autres enjambées, l'idée de me retrouver dans le pays de l'Erlking, le légendaire et impitoyable roi des nains sur lequel j'avais lu lorsque j'étudiais pour devenir un meilleur chef des sorciers, commença à m'embêter. « Euh, écoute. Ce Erlking. Il ne kidnappe pas réellement des enfants du monde des humains pour les manger, non ? »

Le courtaud ne se retourna pas ni ne ralentit, et le frère-corbeau garda son air mesquin pour lui-même. D'une certaine manière, je crus que c'était de mauvais augure. Peut-être très mauvais.

« Est-ce le Gardien dont je dois me méfier ? »

« Regardez droit devant, m'ordonna Acaw. Continuez à marcher et ne touchez à rien, particulièrement lorsque nous abandonnerons le chemin de dalles et que nous quitterons le pré. L'Erlking n'a pas la réputation de faire preuve de clémence. »

Nous marchâmes pendant des heures, puis pendant une journée. La lumière vint et repartit. Je devais prendre de la nourriture dans mon sac et la manger à la hâte. Chaque fois que je m'arrêtais pour aller aux toilettes, je finissais par courir après Acaw, dont la vessie semblait avoir la taille de l'océan Atlantique.

En plusieurs occasions, j'eus l'impression que quelque chose rôdait furtivement à côté de nous dans les régions boisées — quelque chose de très gros et de pas tellement amical. Je gardais ma main sur la poignée de mon épée. Mes épaules me faisaient souffrir. Mes pieds étaient douloureux. Mais j'obéis à Acaw. Sur le large chemin qui passait à travers la forêt sinistrement paisible, je ne touchai à rien sauf le sol sur lequel mes bottes se posaient. Pas une branche, pas un arbre, pas un bosquet.

Jazz, répétai-je inlassablement telle une cadence de marche. *Fais-le pour Jazz.* Cela importait-il que j'aie besoin d'un grand livre pour compter mes ampoules ? Si l'elfling semblait si affolé à l'idée de se rendre à l'endroit où Jazz était prise au piège, alors moi je me sentais doublement paniqué. Jazz avait besoin de moi.

Elle a besoin de moi…

La seule pensée qu'elle était vivante, que je la reverrais, que je lui parlerais, que j'enroulerais mes bras autour d'elle m'encourageait à avancer lorsque j'avais envie de me laisser choir, me faisait garder la main sur le manche de mon épée, prêt à m'en servir, alors que j'aurais voulu m'alanguir.

La troisième nuit, je vacillais sur mes jambes. Mon épée, la pierre autour de mon cou — tout, incluant mes pieds, semblait peser plus de cent kilos. Chaque fois que je fermais les yeux, je me sentais tomber endormi. Parfois, je trébuchais par en avant et me réveillais en ronflant.

Ceux qui cherchent errent pour l'éternité.

Jazz. Jazz a besoin de moi…

Je continuai sur la piste que suivait Acaw, regardant droit devant, ne touchant à rien sauf à mon épée, qui me servait de torche dans l'obscurité. J'ignorais les bruits de glissement et de froissement qui m'environnaient. Nous avions depuis longtemps quitté le royaume des fées. Nous nous trouvions maintenant au beau milieu de la Forêt de la mort. Si les rayons du soleil devaient toucher cet endroit durant le jour, jamais ils n'auraient pu trouver leur chemin à travers les arbres branchus. Ceux-ci étaient tordus et noueux comme des squelettes brisés, et j'eus le sentiment malsain qu'ils nous fixaient.

Si je ne faisais pas erreur, Acaw marchait un peu plus en ligne droite. Son frère-corbeau reposait solidement sur son épaule, la tête oscillant vers la droite, puis vers la gauche, vers la droite, puis vers la gauche. Ils marchaient juste à l'intérieur du rayon de lumière de mon épée.

De nulle part, faible et doux, nous parvint le son de la voix de femmes chantant dans le vent qui se levait. Ce n'était pas le chant d'une klatchKoven. Pas irrésistible, pourtant, je voulus l'écouter. Le son donnait un rythme à ma marche, et j'étais tellement fatigué que j'avais besoin de quelque chose – n'importe quoi – pour m'aider à continuer.

« Y a-t-il des fées ici ? » Mes mots sonnèrent à la fois âpres et ténus. Depuis combien de temps n'avais-je pas pris de gorgée d'eau ? Acaw ne m'avait probablement pas entendu. « Bon sang que le vent est glacial. On dirait que cet endroit se trouve au bout du monde. »

« Oui. » Acaw surgit à mes côtés comme s'il avait disparu pour brusquement réapparaître. Encore une fois, je devais avoir marché comme un somnambule. J'ignorais ce qu'il voulait dire – qu'il y avait des fées, ou que nous marchions vraiment au bout du monde. J'aurais pu croire l'un ou l'autre énoncé.

Une branche peu élevée sembla surgir de la nuit pour me frapper. Je la repoussai de mon visage, mais ne pus éviter de me faire érafler la joue droite. Tout semblait irriter ma cicatrice maintenant et j'en avais ras le bol.

Je fis deux pas de plus avant de me rendre compte qu'Acaw s'était arrêté. Lorsque je me retournai, l'elfling se tenait droit comme un piquet, les deux dagues sorties. Son frère-corbeau tournoyait dans les airs en cercles, luttant contre la violence du vent.

« Qu'y a-t-il ? » Je me frottai les yeux. Mes dents claquèrent. « Je n'entends rien à part ce chant de fée. J'aurais aimé avoir un manteau sur le dos. »

« Vous avez touché à la branche, dit doucement Acaw. Levez votre épée. »

Le chant devint si fort qu'il remplit mon cerveau. J'avais terriblement envie de dormir, mais le vent – je gèlerais à mort. « C'est stupide. Vas-tu me combattre ? Me punir ou quelque chose ? »

« Non. » Le ton exaspérant d'Acaw ne s'altéra pas. Il ne bougea pas, même pas lorsque la flèche perça à travers les arbres. Je la vis qui arrivait, comme si elle volait au ralenti, mais je ne pouvais me déplacer à temps.

Ce fut un coup droit, une unique flèche rouge, et elle me frappa de plein fouet, directement au cœur. Je m'attendais à ressentir de la douleur, à ce qu'il y ait du sang — mais rien sauf un craquement sourd. La flèche se brisa et tomba sur le sol, inoffensive.

Les yeux écarquillés, je levai ma main libre pour toucher l'endroit où j'avais été atteint, et je sentis la bosse dure et résistante de la pierre de lune que m'avait prêtée Sherise. La pointe de la flèche avait frappé directement cette pierre minuscule.

« Je ne suis pas mort », murmurai-je, n'y croyant pas encore.

Un rugissement bruyant et furieux me répondit.

C'était vraiment un mugissement. Retentissant au-dessus du vent et du chant, c'était si fort, si râpeux et si intense. Je n'avais jamais entendu le bruit d'un ours géant, mais je supposais que c'était ce que j'entendais. Lorsque je me tournai, j'en vis aussi un.

Un ours. De la taille d'un éléphant.

À une distance d'au moins la longueur de trois terrains de football, mais brillant d'une redoutable lueur rouge dans la nuit. Beaucoup trop près.

Mais cet ours était doté de mains et de pieds au lieu de pattes. Des mains et des pieds munis d'immenses griffes. Sa tête était énorme, il avait de longs crocs et sa fourrure ressemblait à celle de Bigfoot – et combien il puait. Le vent portait son odeur nauséabonde jusqu'à mon nez.

L'odeur dégoûtante me fit m'étouffer pendant qu'il labourait le chemin, se dirigeant droit sur moi. La chose marchait à quatre pattes, mais j'eus le sentiment qu'elle serait plus grosse qu'un slither lorsqu'elle se dresserait pour me tuer.

« Arrête », ordonnai-je au-dessus du vent et du chant assourdissants, me sentant à moitié ivre.

L'air vibra autour de moi, mais le chant devenait de plus en plus fort, et la bête qui ressemblait à un ours continuait à avancer, et ce vent glacé qui soufflait et qui soufflait. Un peu moins de deux cents mètres, et il approchait. Cent cinquante. Cent. Le froid brûlait mes doigts comme je serrais de plus en plus mon épée.

« Bien, si c'est comme ça. » Mes yeux étaient maintenant grands ouverts. Dans un éclair, la fatigue me quitta en même temps que mon cœur battait et se serrait. Je levai mon épée et me tins prêt comme dans une position de baseball. Sa lumière dessinait une forme de parapluie, projetant des rayons argentés sur Acaw, le frère-corbeau et moi.

La bête qui ressemblait à un ours parut tenter de ralentir un peu, mais trop tard. Comme elle se jetait sur moi, je fendis l'air avec mon épée. Ma lame frappa un grand coup amorti juste avant que l'impact m'arrache l'arme des mains.

Des tonnes de monstres-ours m'écrasèrent au sol. Ma poitrine, mes entrailles et mon dos brûlèrent de douleur. Mes bras s'engourdirent comme je tombais durement, face contre terre dans des aiguilles de pin gelées. De la terre. De la roche. Il semblait que toute la forêt remplissait ma bouche. Je me rassis rapidement, crachant des grains de saletés. Mes lèvres crevassaient et craquaient dans le froid. Quand je voulus crier, j'en fus incapable. Quelque chose criait, pourtant. Très fort. Et les chanteurs hurlaient comme si le son provenait du centre de mon cerveau.

Rampant, me hissant et poussant en me servant de mes genoux, je cherchai désespérément dans la nuit à atteindre la lointaine lumière de ma lame. Avais-je blessé la bête ? Comment pouvais-je léser quelque chose d'aussi gros ? Mes bras étaient-ils encore attachés à mon corps ? Je n'osais pas me retourner. Je ne voulais pas voir ce que la chose avait fait à Acaw ou au frère-corbeau. Je ne voulais pas la voir avancer pour en finir avec moi. L'épée — il fallait simplement que je l'atteigne.

Mes doigts douloureux et gelés trouvèrent la poignée, et je l'arrachai brusquement du sol meuble. Le métal était si froid que ma main y demeura littéralement collée. Peu importe. Au moins, je mourrais en la brandissant.

Lorsque je pivotai sur moi-même, je vis Acaw qui était toujours debout les dagues en garde, mais son frère-corbeau couvert de glace s'était réinstallé sur son épaule. Devant lui, il y avait six femmes – et chacune paraissait presque identique à la rousse rencontrée dans le village, celle avec les courbes et la robe transparente, sauf que certaines étaient blondes et d'autres avaient des cheveux noirs. Elles étaient toutes à genoux, berçant et chouchoutant un être poilu encore plus petit qu'Acaw. Le froid ne semblait nullement les déranger.

Pendant que je regardais, des étincelles blanches jaillirent de leurs doigts, disparaissant dans les cheveux du petit être. Dans la lumière étrange, je pus constater que ses cheveux – de la fourrure ? – étaient maculés de sang. Probablement à cause du coup que j'avais porté. J'ignorais si je devais être transporté de joie ou humilié. Il n'y avait aucun ours géant. C'était un être débraillé pas plus grand qu'un enfant de cinq ans. Peut-être m'étais-je encore endormi.

Je m'étais endormi et j'avais failli couper en deux un quelconque enfant chevelu de la forêt, et maintenant ces jolies enchanteresses essaieraient probablement de me manger. Fameux. Mes côtes grinçaient comme si elles étaient toutes brisées, mais je levai mon épée, laissant la lumière argentée éclairer l'obscurité.

« Baissez votre lame », m'ordonna Acaw alors que les femmes se couvrirent les yeux et se mirent à hurler.

Sans poser de questions, j'obéis à son ordre. Mes dents claquaient si fort que je crus qu'elles pourraient se fracasser les unes sur les autres, la lueur de l'épée diminuant pour finir par n'éclairer que moi. Je pouvais encore voir les belles aux robes de gaze et l'enfant chevelu parce qu'ils... et bien, ils brillaient. Juste un peu. Encore rouge. J'en avais assez de voir tout autour de nous les ombres des arbres énormes de la forêt. Je me demandai si je rêvais encore.

« *Wer reitet so spät durch Nacht und Wind* ? », demanda calmement Acaw, maintenant ses propres armes élevées. Il parlait allemand, j'en étais certain. Je me souvins de cette rime d'un poème à l'école, de Goethe ou de quelqu'un du même genre. Je l'avais entendue en allemand, et le professeur l'avait traduite.

Qui se promène si tard dans la nuit et dans le vent ?

Depuis le sol, l'enfant chevelu répondit : « *Erlkönig* ! »

« *Erlkönig* ! », firent écho les jolies enchanteresses.

Je n'avais pas besoin d'une traduction pour ce mot. Je l'avais certainement entendu auparavant.

Erlking.

De nulle part et de partout, le souvenir de Jazz murmura. *Les apparences sont souvent trompeuses, Bren...*

L'enfant chevelu n'était pas mort, et ce n'était pas un enfant. En réalité, il était maintenant debout, et grandissait et s'élargissait. La fourrure se transforma en des boucles rouges indociles et une barbe. Les sourcils du type étaient assez longs pour qu'on puisse les peigner et les tresser. Lorsqu'il eut terminé sa métamorphose, il portait une armure martelée et dentelée, incrustée d'un truc noir que je ne voulais pas identifier, et il portait un casque qui ressemblait à un crâne cornu. Seules sa bouche et sa barbe qui descendaient jusqu'à sa poitrine émergeaient au bas du couvre-chef. Il tenait une hache à double tranchant, sans aucun doute aussi longue que moi.

Il me fixait, tout au moins je le croyais, pendant quelques longues secondes comme je restais là debout, à trembler, à claquer des dents, et que je souffrais terriblement – saignant sans doute à plusieurs endroits. Instinctivement, je levai mon épée de quelques centimètres, laissant la lumière glisser derrière vers l'Erlking et ses… sous-fifres, ou quoi qu'ils fussent.

Ses filles, me dit mon cerveau, me rappelant des parcelles du poème de Goethe encore une fois, comme si le professeur était là dans ma tête.

Meine Töchter sollen dich warten schön : mes filles prendront bien soin de vous.

*Meine Töchter führen den nächtlichen Reihn : m*es filles font leur danse nocturne.

Und wiegen und tanzen und singen dich ein : et elles vous berceront, et danseront, et chanteront jusqu'à ce que vous vous endormiez.

Non, merci beaucoup. C'était plutôt qu'elles vous arroseront, vous cuisineront et vous mangeront pour souper. Elles ressemblaient peut-être à des calmars pourris sous cette robe de gaze. C'était probablement ce qu'elles étaient. Le froid me transperçait de plus en plus, et la lumière de mon épée s'accrut. Je devenais de plus en plus désespéré. L'épée le savait, et elle réagissait en devenant plus puissante.

Comme les rayons argentés se répandaient sur les orteils de l'Erlking, il grogna et se retourna vers Acaw. « Qui avez-vous fait entrer dans ma forêt, vous, elfe menteur et traître ? »

Je tressaillis parce que l'homme — la chose — la voix de l'Erlking était tellement forte.

Acaw ne broncha pas. Ni son frère-corbeau. « Le demi-sang », dit-il de cette manière calme et tranquille qui avivait habituellement mon désir de lui donner des coups de pied. « C'est mon roi qui m'en a donné l'ordre. Je n'avais pas le choix. Vous ne me toucherez pas. »

« Un demi-sang, grogna l'Elfking. Vous voulez me faire croire qu'un demi-sang peut exercer assez de pouvoir pour contrer ma charge ? Comment puis-je être assez fou pour questionner un elfe sanguinaire ? » À ses filles, il ordonna : « Tuez-le. »

« Non ! » Je levai mon épée au-dessus de ma tête, et la lumière embrasa les lieux de partout. Je sentis le pouvoir magique puiser dans une énergie que je ne possédais pas, mais il n'était pas question que je laisse ces calmars s'attaquer à Acaw.

Une fois de plus, les femmes hurlèrent lorsque la lumière les recouvrit. L'Erlking grogna et regagna les ombres.

« Il ne peut me toucher, Votre Majesté, et il le sait bien. » La voix d'Acaw était incroyablement calme. « Je suis ici sous les ordres de mon roi, et je ne viole donc aucun serment ni aucun engagement au sujet des secrets que mon peuple chérit et protège. » À l'Erlking, il précisa : « Je n'ai pas dit *un* demi-sang. J'ai dit *le* demi-sang. Et comme nous parlons de sang, le garçon a d'abord pris le vôtre. Par tous les anciens rites, Gardien, vous devez le laisser passer. »

Sentant que le danger diminuait, je baissai assez mon épée pour que les choses-femmes arrêtent de gémir et de s'agiter. L'Erlking se rapprocha de moi, m'examinant à travers ce casque cornu sans yeux. J'étais incapable de voir son regard rouge brillant, et pourtant je le pouvais. Ce tueur d'enfants. Ce mangeur d'enfants capable de métamorphose. J'avais à moitié à l'esprit de l'embrocher, juste pour le principe.

Calme-toi. Calme-toi. Je poussai un soupir et me demandai si la buée sortant de ma bouche gèlerait jusqu'à devenir solide. *Les apparences sont souvent trompeuses. Dans ce monde bizarre, les croque-mitaines peuvent être des héros et les mères peuvent être des croque-mitaines. Ne l'oublie pas.*

« Aaaaahhhh, murmura l'Erlking. Vous êtes le garnement du Maître des Ombres. Le garçon qui a fait périr sa propre famille. »

« Je n'ai pas fait ça… », commençai-je à dire, mais Acaw me coupa la parole.

« C'est le Roi des Sorciers. » L'elfling éleva ses lames. Elles étincelèrent dans le reflet de mon épée, et les filles du Erlking se voilèrent les yeux. « Il a défait le Maître des Ombres. Il porte en lui le sang ancien et il régit toutes nos contrées, même l'endroit qui vous a été confié. Voulez-vous le mettre encore une fois au défi, seigneur nain ? »

L'Erlking tourna son étrange tête cornue vers Acaw. « C'était loin d'être un défi. »

« Pourtant, le roi a fait couler le sang le premier. » Le ton d'Acaw se fit de plus en plus acharné, plus acéré que le froid qui me tuait là où je me tenais. « Rendez-lui justice. Les anciennes lois, les anciens rites. Si vous les déshonorez, vous vous exposerez à davantage d'écueils dans ces vastes terres. »

« Taisez-vous », rugit l'Erlking.

Le frère-corbeau d'Acaw battit des ailes, mais il n'était pas mû par la peur. Les yeux de l'oiseau brillaient tant que je pouvais les voir dans l'obscurité. Une rage noire, étincelante. Le nain-quoi-qu'il-puisse-être devait se compter heureux de porter un casque, ou ses yeux auraient été arrachés.

Pendant un moment, nous demeurâmes tous silencieux, sauf pour le claquement de mes dents.

J'étais en train de me transformer en ma propre statue sculptée dans la glace, j'en étais certain.

Lorsque l'Erlking se retourna finalement vers moi, j'étais prêt à commencer à hurler et à charger simplement pour que mon sang recommence à circuler dans mes veines. Pourtant, il ne m'attaqua pas. Au lieu de cela, il me fit un signe de sa main gantée de métal et aboya un mot que je ne compris pas.

« Ne bougez pas », ordonna Acaw alors que les filles de l'Erlking se levèrent et commencèrent à tournoyer autour de moi.

Je ne voulais pas demeurer immobile. Je voulais établir une distance entre moi et l'énergumène nain à la barbe rouge et sa progéniture cinglée, mais je fis ce qu'Acaw m'ordonnait.

Je sentis une pression dans ma tête, comme si quelqu'un cherchait à forcer mes pensées. J'avais ressenti quelque chose de semblable il y a tellement longtemps, lorsque Jazz avait dû pénétrer dans mon cerveau pour découvrir le golem qui m'avait dérobé ma volonté.

« Arrêtez », ordonnai-je. Elles martelaient mes défenses, fouillant trop loin dans mon essence. Je détestais cela. Si froid. Si perçant.

La pression décupla. Les femmes s'approchèrent encore plus.

Le méritez-vous ? semblaient-elles me demander, sans cesse, le vertige me gagnant de plus en plus.

Des étincelles blanches jaillirent de soixante doigts, tourbillonnant en cercle au rythme des filles tournoyantes. Elles virevoltaient et virevoltaient, et les étincelles, les étincelles rebondissant et tourbillonnant, engendrant un vent du diable, une tornade qui m'avalait, me recouvrait, m'enveloppait – zut, la chaleur s'intensifiait. Chaud. Je suais. La poignée de mon épée brûlait dans ma paume, et je voulais tant la relâcher.

Non. Non. Non ! Serrant les dents, je demeurai de marbre. Toutes mes douleurs et mes souffrances s'évanouirent vers l'arrière de mon cerveau, alors que les filles assaillirent le devant de mes pensées. Je devais garder mon épée élevée. Pas question que je la baisse avec toute cette folie merdique qui régnait.

Mon niveau de conscience commença à faiblir et à danser avec toutes ces étincelles. J'étais en nage.

Les images me cernaient de toutes parts. Nire-Maman, et Jazz, et Papa, et Todd, et Sherise, et L.O.S.T., de retour à Todd, et tout ce que j'avais jamais connu, tout le monde que j'avais jamais connu, chaque endroit où je m'étais aventuré. L'Erlking salissait tout, égratignant le visage de mon petit frère, feuilletant mes souvenirs comme les pages d'un livre, riant, le sang coulant du bout de ses doigts…

Pensiez-vous que ce serait aussi facile, garçon ? Sa voix me frappa tel un maillet, me réduisant à néant. *Que vous êtes fou de m'avoir emmené un demi-sang. Même un comme vous !*

C'est alors que le chant recommença. Le chant. Ce chant magnifique…

chapitre cinq

JAZZ

Egidus courait si rapidement que sa tête bleue s'activait tel le piston d'un moteur. Mes jambes se mouvaient tout aussi rapidement. Les harpies arrivées à toute allure masquaient le soleil, et le pré avait pris une dangereuse teinte grisâtre.

Comment se faisait-il que tant de harpies aient accédé au royaume des morts ? C'était insensé, mais c'était la réalité.

« Nous devons atteindre la barrière ! », cria le paon. Il s'envola et battit des ailes sur une certaine distance, puis atterrit, courant encore plus vite.

Je souhaitais trouver une branche de chêne vivant. Je désirais n'importe quelle sorte de pouvoir magique au-delà des simples sortilèges que même un non-initié pouvait lancer. S'il s'était agi d'une seule harpie, une incantation aurait pu faire l'affaire, mais avec un ciel rempli de ces créatures ? C'était certainement impossible. Je pouvais presque sentir les griffes qui déchiraient mes cheveux, ma tête, ma peau.

Comme les Ombres. Ces Ombres froides, malfaisantes, infectes. À cette simple pensée, mon cœur se serra comme s'il allait exploser. La douleur me transperça le flanc comme la lame d'une épée, et je ne pouvais plus respirer. Comment pourrais-je à nouveau combattre les Ombres ? Elles me tueraient. Je mourrais une seconde fois, et je retournerais à l'endroit obscur avec l'arbre ressemblant à une furie. Je perdrais la raison.

« Jasmina ! » Des ailes me frappaient à la tête, et pas des ailes de harpie à la sensation que j'éprouvais. Des pieds d'oiseau me labouraient le crâne. Egidus était en train de me cingler !

« Arrête ça ! » D'un grand geste avec mes bras, je tentai de le repousser, et il descendit pour courir à côté de moi. Lorsque je le regardai, il avait le bec ouvert, et je pouvais carrément voir sa langue comme il haletait. Encore une fois, le regard qu'il réussit à me jeter était des plus éloquents.

Concentrez-vous.

Me concentrer. Oui. « Ce sont des harpies, non des Ombres. »

Je retrouvai ma présence d'esprit. Je fis de mon mieux pour redoubler ma cadence. Nous approchions de l'extrémité du pré. Devant nous, les arbres se dressaient magnifiques et grands. Si nous pouvions seulement parvenir sous leur voûte, nous serions sauvés.

Au moins, les feuilles et les branches ralentiraient la folle progression de nos attaquantes.

Dans le ciel, les harpies hurlèrent. Elles ressemblaient à un troupeau de moutons en panique mêlés à des furies terrifiées.

Avais-je jamais vu une furie terrifiée ? Les furies ressentaient-elles vraiment de la terreur ?

Oui, je le crois.

Les arbres étaient proches. Si proches. Je bondis en avant.

Des griffes me raclaient le dos, le cou. Au feu ! Déesse, la bête m'avait-elle déchiquetée ? Pendant une seconde, puis deux, je volai au-dessus du sol, mes jambes couraient dans l'air avec la harpie qui m'agrippait. J'eus l'impression que mes bras se disloquaient.

Un appel ressemblant au cri strident d'une femme fit écho au bêlement des harpies. Je vis un éclair bleu, puis une pluie de plumes, des plumes noires comme des plumes indigo brillant.

La pression sur mes bras se relâcha.

Je tombai comme une pierre, culbutant sur le sol à l'atterrissage. Ma peau grésillait à l'endroit où les griffes de la harpie m'avaient lacérée. Empoignant l'herbe, des bouts de bois, la terre, j'avançai maladroitement jusqu'à ce que je heurte violemment la base rugueuse d'un pin géant.

J'étais sans souffle, et je ne pus rien faire d'autre que m'asseoir et haleter. J'eus l'impression que mon corps était brisé en trois morceaux. Je ne sentais plus mes bras, mes jambes étaient à moitié mortes et picotaient, et quelque chose reposait-il sur ma poitrine ?

Non, non.

Les dents serrées, je me forçai à marcher à quatre pattes vers l'avant, plus loin sous les arbres. Je devais me mettre à l'abri.

Où était le paon ? Est-ce qu'il avait – non ! Non. Il fallait que je continue. Juste continuer à avancer. S'il m'était possible de mourir une seconde fois, c'était ce qui était en train d'arriver, mais je ne permettais pas cela. Je devais parvenir jusqu'à Bren, l'avertir de ce que j'avais vu. Je ne pouvais l'abandonner, abandonner tous ceux que j'aimais, succomber à la nouvelle traîtrise d'Alderon.

« Déesse, aide-moi », suppliai-je tout en marchant à quatre pattes. Des douleurs aiguës, des douleurs sourdes, j'aurais eu bien du mal à les compter. Ma tête se soulevait à peine du sol, mais je pensai que je progressais. Un petit peu, puis un petit peu plus.

Quelque chose atterrit à côté de moi, respirant fort. Des ailes. Des plumes. Egidus boitait beaucoup. L'une de ses ailes traînait sur le sol entre nous. « Allez, répétait-il. Allez, allez, allez. »

Et je rampai et je rampai et je rampai. Roches, pierres, herbe, mousse, bouts de bois – peu importe. Je rampais.

Le hurlement mêlé de gargouillements d'une harpie écarta tous les autres bruits, tous les espoirs. La lumière faiblit – puis il n'y eut plus rien.

Bren. Il était avec moi ! Juste à côté de moi. Assez près pour que je puisse tendre le bras vers son bras musclé avec lequel il maniait habituellement son épée. Je ne pouvais attendre pour le toucher, pour savoir qu'il était réel. Il me souriait, ses yeux brillants m'embrassant comme si j'étais la seule fille au monde.

Je touchai son épaule, ses doux cheveux bruns plaqués derrière son oreille. La chaleur m'emplissait le cœur, j'étais débordante de joie – mais je trouvai ses cheveux drus. Trop longs.

Et rouges ?

Où étais-je ?

Je m'éloignai de Bren.

Mais ce n'était absolument pas Bren. C'était un horrible petit homme avec des tonnes de cheveux et une barbe rouge. Une armure maculée de sang recouvrant ses muscles énormes et puissants, et surmontée d'un casque cornu masquant ses yeux noir de jais.

« Je me demandais, je l'ai fait. » Sa voix était plus rêche que la peau d'un slither, plus malveillante qu'un esprit de furie dans sa forme véritable de vipère. « Maintenant je comprends. Et nous nous rencontrerons de nouveau, ma jolie. Considère cela comme un serment. »

Ses paroles me firent frissonner, ébaucher un geste de repli. Déesse, il – la chose – me cherchait. Comme je tombais sur le dos, tentant de m'éloigner de lui, il rit... et c'était le pire son entre tous.

« Jasmina. » La voix de mon père dispersa l'affreux homme comme s'il n'était rien de plus que de la poussière. Il chanta de paisibles incantations, et la musique de ses mots me recouvrit telle une douce couverture, apaisant mes blessures. Ses mains planèrent au-dessus de mon corps brisé.

Je voulus m'asseoir, le serrer dans mes bras et sentir aussi son étreinte, mais j'étais incapable de bouger. « Père. Aide-moi. »

« Non, mon enfant. Reste calme. »

Ses mains glissèrent sur mes épaules, puis ma poitrine, puis mon ventre, mes hanches et mes genoux. Une lumière blanc doré brillait entre ses paumes et mes vêtements déchirés. Profondément à l'intérieur de mon corps, mes os bougèrent. Le flot sanguin s'arrêta puis recommença. J'avais l'impression que je pouvais entendre mon cœur qu'on ramenait à son rythme normal.

Au-dessus de nous, une lumière dorée scintillait. Un bouclier. Il nous recouvrait, nous protégeant des formes obscures extérieures.

Les Ombres !

J'ouvris la bouche et criai, mais aucun son n'émergea.

« Père ! » J'étais finalement capable de parler. « Les Ombres arrivent ! »

Mais il était parti aussi rapidement qu'il était arrivé, s'évanouissant dans le néant dans la beauté de cette lumière étincelante.

Je me réveillai, étendue sur le ventre, recouverte de sang et de boue et d'épines de pin. Je levai la tête. Aucune lumière dorée au-dessus de moi, seulement une dalle de roc froide et grise qui dégoulinait d'humidité. Des éclaboussures d'eau glaciale aspergeaient mes cheveux. Je me trouvais dans une caverne, une faible lumière brumeuse provenant de l'entrée.

Chaque centimètre de mon corps élançait ou brûlait, mais je découvris que j'étais capable de bouger assez pour me retourner. Un feu craqua près de moi, et de l'autre côté des flammes se trouvait Egidus en train de se lisser les plumes.

« Les oiseaux peuvent allumer des feux ? »

Le paon interrompit son toilettage assez longuement pour me lancer un regard hautain. « Je possède beaucoup de talents à part le style et la grâce, Jasmina. »

« Et l'humilité », murmurai-je. En m'assoyant, je me rendis compte que la peau de mon dos et de mon cou était moins douloureuse. Tout bougeait comme en un seul morceau, comme si les griffes de la harpie ne m'avaient pas écorchée à l'extrémité du pré.

« Comment sommes-nous arrivés à ce – quoi que soit cet endroit ? »

« C'est une grotte, dit Egidus en guise de réponse. Nous sommes au pied des Wal Mountains, et, aussitôt que vous pourrez marcher, nous devons risquer d'affronter encore une fois les harpies. Le garçon mourra si nous tardons trop. »

« Comment sommes-nous arrivés ici ? », répétai-je. Ses mots m'avaient poussée à masser mes bras et mes jambes pour déterminer dans combien de temps je pourrais me remettre sur mes pieds. « Je doute que tu m'aies portée. »

Si les paons pouvaient sourire, Egidus m'offrit quelque chose qui ressemblait à un mystérieux sourire. « Comme je l'ai dit, j'ai beaucoup de talents. Même si ce monde est relié au plan physique, nous n'en faisons pas encore vraiment partie. Il est possible de… modifier certaines des lois complexes de la physique les plus éprouvées. Mais de moins en moins à mesure que nous avançons. »

Il tourna sa tête vers l'arrière et se remit à fouiller dans ses plumes, secouant un petit nuage de squames. Lorsqu'il leva à nouveau les yeux, il ajouta : « De plus, je n'ai pas abandonné mon pouvoir magique derrière moi lorsque je suis venu ici. »

Fermant mes yeux très forts, je m'obligeai à me remettre debout, certaine que je découvrirais une quelconque fracture. Ce n'était pas le cas. Mais chaque muscle de mon corps semblait douloureux ou étiré dans quelque impossible direction.

« J'ai rêvé que je voyais mon père. » J'étirai les bras au-dessus de ma tête. Mes doigts effleurèrent le plafond humide et froid de la grotte. « J'ai rêvé qu'il me guérissait. »

« Peut-être l'a-t-il fait », dit l'oiseau avant de se relancer dans un autre délire d'expulsion de particules animales. « Dans la mort, comme dans la vie, tout est possible. »

Mon estomac gargouillait, et j'eus l'idée de faire cuire le paon s'il me présentait une autre énigme savante.

Bonne Déesse, Bren me suggérerait quelque chose comme de rôtir mon guide de paon. Lorsque je lui ai transmis mon pouvoir magique, ai-je pris une part quelconque de sa personnalité en retour ?

« Je n'ai pas de nourriture à vous offrir, et je vous l'assure, je ne ferais pas un repas tellement nutritif. » Egidus battit l'air avec sa traîne et secoua ses plumes, causant la réverbération d'un bourdonnement sourd dans l'air calme de la grotte. « Pour réussir ce voyage, une certaine combinaison d'éléments est nécessaire — comme un guide sage d'un certain type, un voyageur consentant aux intentions pures — bien, en tout cas, si vous me mangez, vous ne trouverez probablement pas seule votre chemin vers la barrière. Pour le moment, les harpies s'en sont allées autre part. Partons-nous ? »

Après m'être étirée quelques autres secondes supplémentaires, je fis signe de la tête. « Mais où ? »

« Levez-vous, ma sorcière. Debout, debout, debout ! » L'oiseau dessina une sorte de sourire. « D'ici à ce que nous ayons terminé notre montée vers la Glorieuse, vous souhaiterez posséder des ailes aussi splendides que les miennes. »

Des jours plus tard, tôt dans la soirée, non seulement je voulais cuire le paon, mais je souhaitais abandonner ses tripes pour le bonheur des harpies. Il m'adressait rarement la parole, me laissait à peine dormir quelques heures à la fois, se tenait quelques pas devant moi, et poursuivait infatigablement ce ridicule tangage de sa tête bleue. Sa traîne, qu'il maintenait à peine à quelques centimètres de la terre et des roches sur le chemin, était déployée derrière lui. Si on pouvait nommer chemin l'infernal filet de terre tortueux que nous empruntions. Cela ressemblait bien davantage à une route étroite destinée à punir quiconque tentait l'escalade.

La route serpentait toujours plus haut, jusqu'au ciel s'obscurcissant de plus en plus, masqué par la brume. Nous avions grimpé tous les autres pics que je pouvais apercevoir, et je commençais à croire que la satanée montagne n'avait pas de sommet. Ou si elle en avait un, je le trouverais seulement des mois après avoir succombé le long du chemin rude et poussiéreux.

Peut-on mourir une seconde fois dans le royaume des morts ?

Champignons, baies, et un poisson cru, généreux cadeau de l'oiseau – mon estomac était à la fois vide et rempli. Dans un petit sac de toile huilée, je conservais l'eau que l'infecte volaille avait rapportée de je ne sais où, et le liquide s'amenuisait de plus en plus jusqu'à ce que nous trouvions un autre ruisseau ou une flaque d'eau pour refaire le plein.

Bren. Pauvre Bren. Trouverais-je jamais un moyen de le rejoindre ? Pourrais-je arriver à temps ? Le troisième ou le quatrième jour – j'avais complètement perdu le compte –, je ne pensais à rien d'autre qu'à Bren et à ma gorge sèche. Je brûlais littéralement d'avaler une boisson pendant que je grimpais sur la face d'un rocher, posant une main et un pied après l'autre, me hissant vers le haut de toutes mes forces. Au moins, la montée avait détendu mes muscles endoloris et étiré ma peau peu élastique, fraîchement guérie.

Ai-je réellement vu mon père dans un rêve enfiévré ? M'avait-il vraiment guérie ? Ce fichu oiseau ne parlait qu'en dictons et énigmes – et au nom de la Déesse, qui était cet homme aux cheveux rouges ?

« Qui était-il ? », me demandai-je à voix haute comme je parvenais à me projeter vers l'avant sur une saillie rocheuse au lieu de tomber des kilomètres plus bas vers ma mort. Il faisait maintenant assez sombre pour que la scène autour de moi prenne une teinte grisâtre.

« Très bien, Jasmina », me servit Egidus tout en volant vers l'endroit que j'avais mis tant de peine à atteindre. Il atterrit sans l'ombre d'un souffle laborieux, retirant avec son bec le sac huilé suspendu à mon cou, puis s'envola.

Je m'assis, soufflant et bouillonnant, jusqu'à ce qu'il revienne quelques minutes plus tard avec le sac huilé rempli d'une eau impeccablement fraîche. Incapable de résister, je la bus en quelques gorgées.

Egidus gloussa comme un poulet et secoua son élégante tête. « Vous devez être plus respectueuse des cadeaux que vous offre la montagne si vous voulez atteindre la Glorieuse. »

Je criai de frustration, juste pour entendre l'écho terne de ma voix se répercuter vers le haut dans l'air froid cristallin, de plus en plus glacial avec la tombée de la nuit. « Vas-tu me parler de la Glorieuse ou dois-je aussi deviner cela ? »

Egidus considéra la chose. « Il n'y a pas beaucoup à dire, vraiment. C'est le pinacle du Wals, et notre destination. Lorsque nous l'atteindrons, j'ai confiance que vous saurez quoi faire. »

« Comment peux-tu être aussi confiant ? criai-je encore une fois, beaucoup plus par épuisement que par désir d'entendre mon écho. J'ai échoué dans presque tout ce que j'ai essayé. Je… »

« L'apitoiement sur vous-même ne vous sied pas. » Egidus hérissa ses plumes, puis les laissa retomber en place. « C'est une forme de fierté. Déplorer vos nombreux échecs comme si vous deviez réussir dans toutes vos tentatives — c'est de l'arrogance pure et simple. Le saviez-vous ? »

Les pensées d'un large oiseau bleu cuisant lentement sur la broche remplirent mon cerveau.

« Comment peux-tu parler de fierté et d'arrogance ? Tout ce que tu fais, c'est te lisser les plumes et te pavaner, et ensuite dire des absurdités autoritaires. »

« Et que faites-vous, Jasmina Corey, reine des sorciers ? Avez-vous traité différemment votre Marcheur des Ombres ? Et vos gens ? » Egidus m'examinait avec ses yeux de perle noire. Ceux-ci brillaient dans la lumière brumeuse de la montagne.

La rage m'emplissait de chaleur, depuis ma tête douloureuse jusqu'à mon orteil crampé. La seule personne qui pouvait me rendre aussi furieuse que cet oiseau ampoulé, c'était Brenden lui-même.

« J'ai fait mon possible ! », criai-je, puis je frottai ma gorge déjà desséchée. Puisant dans la plus infime parcelle de force que je pouvais trouver, je me mis debout.

Le fichu paon bleu m'examina encore une fois. Je pouvais jurer que ses yeux dansaient, qu'il voulait sourire. « C'est cela. » Il inclina sa tête au délicat plumage. « Il est préférable que vous vous en souveniez et que vous évitiez vos déclamations sur votre terrible échec. »

Je donnai un coup de pied à l'oiseau, qui sauta habilement sur le côté, en disant : « Nous devrions être en route, et rapidement. Notre bonne fortune ne nous sourira pas éternellement. »

« Que veux-tu dire ? » J'emboîtai le pas à Egidus. Heureusement, nous étions revenus sur un vrai chemin, pour le temps que cela durera. Notre bonne fortune ne nous sourira pas – que voulait-il dire ?

Subitement, le froid s'intensifia alors que j'évaluais les explications possibles.

La première chose qui me vint fut évidemment la pire. « Des Ombres ? Penses-tu qu'il y a des Ombres ici ? » Je voulais bondir sur le paon, saisir sa queue et l'obliger à répondre.

Cette fois-ci, ce ne fut pas nécessaire. Egidus arrêta, se retourna et me lança un sévère regard rempli de rage froide. « Si vous craignez suffisamment quelque chose, Jasmina, vous l'attirerez sur vous. »

Mes dents claquèrent d'elles-mêmes. Comment cet horrible oiseau pouvait-il exploiter ainsi ma terreur ?

À ce moment, quelque chose dans les manières du paon me rappela ma mère. Cette idée me fit baisser la tête.

Nous recommençâmes à marcher en silence, suivant le chemin, suivant toujours le chemin.

« Vous pensez encore à vos innombrables échecs, Ô être arrogant ? » Egidus tenait le rythme à mes côtés, se pavanant de cette manière propre au paon. « Pourquoi donc ne pouvez-vous recevoir un conseil sans toujours avoir l'impression que vous avez nécessairement été dans votre tort ? Qu'arriverait-il si, cette fois, j'en savais plus que vous à cause de mon expérience ? »

Sa tête tangua une fois comme je levais les yeux.

« Vous êtes devenue reine trop jeune, je le crains, dit-il sur un ton plus doux que jamais auparavant selon le souvenir que j'en avais. Vous avez oublié comment apprendre dans la joie. Comment grandir avec la grâce rafraîchissante d'un enfant. »

« Aucune sorcière n'est une fleur terminée », murmurai-je alors que mes pieds continuaient à marcher, à marcher toujours. Mon père me le répétait souvent lorsqu'il m'aidait avec mes leçons. « Il n'y a pas de honte à être une fleur nouvelle. »

Egidus me gratifia d'un hochement-tangage de tête – et le ciel au-dessus de nous devint plus sombre que l'obscurité même.

Le martèlement d'énormes ailes remplit mes oreilles.

« Fuyons ! cria Egidus. Les harpies nous ont trouvés. »

Presque au même instant, la lumière déclinante céda finalement sa place à la nuit.

À l'aveuglette, nous escaladâmes le chemin à toute vitesse côte à côte, tombant, sautant, plongeant. L'oiseau bondissait et battait des ailes, gardant la cadence, puis prenant la tête, puis revenant à ma hauteur pour hurler des instructions.

« Gauche. Gauche, fille ! Droite ! Évitez cette branche ! »

Je lui obéis sans poser de question, courant sous un nuage noir de harpies. L'air frémissait effroyablement près de mon cou.

« Non ! » J'agitai les bras au-dessus de ma tête comme si ce geste pouvait être d'une quelconque utilité. Au même moment, je sentis un tressaillement dans mon ventre. Quelque chose sombré dans l'oubli, quelque chose de familier. Une énergie, une charge.

Une sensation de pouvoir – *mon* pouvoir, le pouvoir magique que j'avais cédé à Bren – comme si j'étais en quelque sorte attirée plus près de sa source, découvrant ses origines une fois de plus et le réclamant comme étant mien.

Le bruit de quelque chose d'énorme descendant en piqué dans l'air me fit hurler de frustration. « Arrêtez ! criai-je. Au nom de la Déesse, cessez ! »

À ma grande surprise, tous les bruits s'interrompirent – tous les mouvements sauf les miens et ceux d'Egidus. Je continuai à trébucher vers l'avant, voulant lever les yeux pour voir si les harpies étaient suspendues dans l'air brumeux, mais je n'osai pas perdre ce temps précieux. Déjà, j'avais l'impression que mon pouvoir m'abandonnait. Le sortilège ne durerait pas aussi longtemps que j'en aurais besoin. Quels que soient les lambeaux de mon pouvoir retrouvés, ce n'était pas fort.

Je m'engageai dans une courbe et arrivai face à un renfoncement peu profond dans la montagne, davantage une grotte d'apparence cérémoniale qu'un véritable abri. Une lumière argentée baignait la scène — la lune, compris-je, qui brillait pleine et lumineuse sur ce qui devait être un autel. Comme je m'approchais, je pouvais constater que c'était bien le cas. Un autel sculpté comportant des cierges, de la sauge séchée, un calice d'argent, une chaîne argentée avec un pendentif en forme de croissant de lune, et un anneau vert fait de ce qui semblait être du laurier mêlé à des feuilles d'olivier. Tout ce dont j'avais besoin pour un rituel convenable — mais quel rituel, et pourquoi ?

« Egidus ! », criai-je, mais l'oiseau s'était posté derrière, sur le chemin entre moi et les harpies — qui avaient même commencé à se lamenter et à frétiller. Le vent se mit à souffler. Mon sortilège de discontinuation devenait inopérant, et je ne croyais pas que j'avais la force ou le pouvoir d'en jeter un autre.

Faiblesse…

Échec…

Avec un grondement, je plaquai mes mains de chaque côté de ma tête pour éradiquer les vieilles pensées. Elles ne me sauveraient pas maintenant. Elles ne sauveraient pas Egidus, ni ne m'aideraient à rejoindre Bren.

Au moment où je pensai à son nom, je sentis une poussée dans mon cœur. Un autre lambeau de mon propre pouvoir se remit à circuler en moi. Était-il quelque part tout près ? Plus loin sur le chemin ?

Mais non. Après la grotte, la montagne semblait se terminer. Simplement se terminer. Comme si la brume et le ciel et la nuit l'avaient avalée.

Ramenant le calme à l'intérieur de moi grâce aux années de formation auprès de mon père et d'exercices avec ma mère, je me forçai à me concentrer et à réfléchir. L'autel. L'autel.

Oh !

Derrière l'autel se dressait un mur de pierre noire polie. C'était du marbre ou de l'obsidienne ou quelque chose du genre. Je ne pouvais en être certaine par ce clair de lune. Le mur s'étendait jusque dans la montagne à ma droite, et bloquait le chemin à ma gauche. Le roc formait une petite saillie au-dessus de ma tête, le double de ma taille, mais vraiment étroite. Même si je me tenais debout sur l'autel, elle m'offrirait une bien piètre protection.

L'insupportable martèlement des ailes des harpies commença à prendre le contrôle de la nuit. Je balayai les bruits de mon esprit.

Je disposais d'un maigre pouvoir — alors que pouvais-je faire ? Les objets sur l'autel.

« Dessiner un cercle. Peut-être puis-je lui donner assez de puissance pour me protéger. »

Forte de cette pensée, je me dépêchai d'avancer, ramassant les cierges et les disposant aux quatre coins de la grotte, au meilleur de mon jugement, commençant par le cierge jaune censé se trouver à l'est. Puis le cierge rouge, le plus au sud. Je le déposai contre le mur, évitant instinctivement tout contact avec la surface lisse de cette pierre terrifiante. Puis je plaçai le cierge bleu à l'ouest, et le vert au nord.

À l'aide d'une étincelle de magie, j'allumai l'encens, m'oignant moi-même avec l'huile trouvée dans le calice d'argent, et je commençai à prononcer les paroles destinées à fabriquer un cercle protecteur.

Egidus atterrit durement dans le cercle avant que je le referme. « Cela ne tiendra pas longtemps contre un tel assaut perverti », haleta-t-il.

Effectivement, le martèlement des harpies ébranlait déjà le champ d'énergie entre nous. Je sentais les coups sur mon pouvoir magique comme si elles frappaient ma tête et mes épaules – pas durement, mais quand même assez.

« Vite, grinça Egidus, boitant vers moi. Invoquez la déesse. C'est la seule façon. Il n'est pas encore minuit, le pouvoir n'est pas optimal, le temps n'est pas synchronisé puisque c'est le jour de l'autre côté – mais faites-le. Vous devez ouvrir la Glorieuse. Peut-être reste-t-il encore un miracle pour la famille Corey. »

Mon regard plongea vers la pierre noire, et je compris – mieux encore, je me souvins. La Glorieuse était un nom tiré des anciennes légendes. L'épée invulnérable des héros chevaliers, faite d'acier ou de pierre magiques.

En quelque sorte, le mur noir était magique. Qu'il soit fabriqué de métal ou de pierre, il devait être une barrière — *la* barrière, séparant le royaume des morts du monde des vivants.

J'avais découvert mon chemin pour sortir de Talamadden, et je l'avais parcouru.

D'une certaine façon, le fait d'être si près du but me donna assez de confiance pour ignorer le bruit et la douleur de l'attaque des harpies. Mes pensées s'aiguisèrent.

« Invoque la Déesse », murmurai-je comme j'empoignais la chaîne et le pendentif, ainsi que l'anneau de feuilles. Je ne me sentais ni fatiguée, ni endolorie, ni même assoiffée. Je savais ce qu'il me fallait faire, et je savais que le reste reposait entre les mains des dieux. S'ils se détournaient de moi maintenant, j'étais perdue.

Comme je déposais mes cadeaux et ressentais une poussée d'énergie encore plus grande, je levai mon regard sur le firmament sombre, vers le cercle argenté chatoyant de la Déesse au-dessus de moi.

Il était temps de faire appel à l'astre lunaire.

chapitre six

BREN

Nous avions couru depuis mon réveil jusqu'au pied des montagnes. Puis l'ascension. Interminable. Pourtant, je n'étais pas si fatigué. Je sentais encore ma force malgré le fait que nous escaladions une montagne apparemment sans cime.

Acaw avait expliqué que le Gardien du royaume des morts, l'Erlking confiné à l'intérieur de ses frontières depuis une éternité par un quelconque sortilège, avait dû me guérir puisque je l'avais vaincu dans un combat singulier. Le bâtard qui avait le don de se métamorphoser avait laissé ses filles exécuter leur magie – et apparemment l'une d'elles pensait que j'étais mignon. La blonde m'avait donc donné un petit supplément. La force. Le renouveau. Une poussée d'énergie temporaire, mais certainement sublime, pour le temps qu'elle durerait. Le seul élément négatif, une démangeaison derrière mon oreille gauche, mais c'était une situation gérable.

« Peut-être ai-je attrapé des puces de l'Erlking pendant qu'il était poilu et tout le reste. » Je grattai le site agaçant derrière mon oreille. « Ce serait ma chance. »

« C'est une créature fière, dit l'elfling, ses jambes s'agitant rapidement à côté de moi. Je doute qu'on en ait fini avec lui. »

« Un perdant vexé, euh ? » J'étais quelque peu à bout de souffle, contrairement à Acaw.

« Effectivement. Je soupçonne qu'il essaiera de vous surprendre la prochaine fois. »

« S'il y *a* une prochaine fois. Ça ne m'inquiète pas vraiment. » Je grattai mon oreille une fois de plus, puis replaçai mon sac à dos sur mes épaules. « Laissons le connard tenter une autre attaque, et nous verrons qui gagnera. »

Voilà qui semblait bien dit, mais quelque chose me taquinait à l'arrière de mon cerveau. Un mauvais rêve au sujet de pages de livre et de sang et le rire éclatant de l'Erlking. Tout cela faisait-il partie du rituel ? N'essayait-il pas une dernière charge, cherchant à me prendre au dépourvu ? Probablement, parce que j'étais vivant, et que je courais, et que je me sentais bien. Si la chose meurtrière choisissait de réapparaître au sommet, je m'en occuperais.

« Quand arriverons-nous ? » C'était probablement la millionième fois que je posais la question. L'énergie que m'avaient insufflée les filles de l'Erlking s'émoussait, et je veillai à éliminer toute coloration mortifiée de ma voix, alors que mes bottes écrasaient les feuilles et les brindilles humides. « Donne-moi un indice ? »

L'elfling ne s'arrêta pas, ses petites jambes le menant invariablement vers l'avant, le long de la piste sinueuse qui faisait le tour de la montagne jusqu'à son faîte. Contrairement à moi, il ne faisait aucun bruit en traversant la forêt. « En temps et lieu », devint sa réponse classique, et malgré ma bonne humeur, j'aurais voulu lui lancer une boule de feu au derrière.

Deux ou trois enjambées plus tard, nous atteignîmes la limite des neiges éternelles. Nous semblions avoir couvert des kilomètres en seulement quelques minutes, mais j'ignorais quel était le rythme de notre progression. Je ne voulais même pas le savoir. Et je ne voulais vraiment pas non plus avoir affaire avec la neige. J'avais grandi tel un rat du désert, et je n'avais pas beaucoup d'affinités avec cette chose blanche. J'étais déjà trempé et gelé jusqu'aux os, et par-dessus tout la fatigue était en train de faire son œuvre. Tout ce qui me manquait, c'était la neige. Je me grattai derrière l'oreille et m'assurai de ne laisser échapper aucun grognement.

Quelque chose semblait puiser l'énergie dans les profondeurs de mon être, comme si mon pouvoir magique avait été saigné. Je hochai la tête. C'était idiot. Qui voudrait drainer mes pouvoirs à cette hauteur ? Et puis, ce n'était pas si important. Juste un peu. Mais, pourtant…

Les arbres s'espacèrent autour de nous et, soudain, tout devint clair et ensoleillé, et, pendant un moment, je dus plisser les yeux pour me protéger de la lumière éblouissante. Je n'avais pas vu de rayon de soleil depuis ce qui me semblait une éternité. Sa chaleur baigna mon visage, chassant quelque peu la sensation de froid, même si le sol était recouvert de neige.

Le frère-corbeau d'Acaw s'envola, dessinant lentement des cercles au-dessus de nous en même temps qu'il émettait quelques brefs croassements.

Nous prîmes un autre tournant sur le chemin et atteignîmes au petit trot la cime plate et enneigée. Mais ce qui attira mon attention au premier coup d'œil, c'était le mur de pierre large et uni dressé devant nous, directement au milieu de la clairière au sommet de la montagne. Il n'y avait rien de chaque côté de la pierre. Elle ne faisait que se trouver là, rattachée à rien. Très bizarre.

La neige crissait sous mes bottes comme je ralentissais à la cadence de marche et que je faisais le tour du mur. Aussi large qu'une paire de portes doubles, aussi haut qu'un slither de bonne taille, mais pas plus épais que ma cuisse.

« Qu'est-ce que c'est ? », demandai-je alors que je m'arrêtais et levais ma paume pour toucher la surface pure noire.

Le geste pour retirer ma main fut tellement brusque et rapide que je ne me rendis pas compte qu'Acaw m'avait rejoint. « Ne touchez pas la pierre sacrée », dit-il, dans un long grognement. Sa voix était empreinte de la plus vive émotion jamais entendue et je ne pus retenir mon regard surpris.

« Pourquoi as-tu fait ça ? » J'arrachai ma main de sa poigne.

« Vous n'êtes pas préparé. » Il se pencha à côté de son sac d'où il avait déjà retiré plusieurs objets. Je n'avais pas du tout fait attention à lui pendant que je tournais autour de la pierre, et je fus surpris de voir un assortiment de cierges, un encensoir, un pot d'eau, un bol de sel et une paire de cornes de cerf à ses pieds.

« Qu'est-ce que c'est ça ? » Je commençai à toucher la ramure, mais Acaw claqua ma main pour que je l'enlève.

« Vous n'êtes pas préparé », répéta-t-il, puis il me tendit une bouteille. « Vous devez vous oindre. »

Je levai un sourcil. « Me quoi ? »

Il fit un signe impatient vers le pot. « L'huile. Sur votre front, votre cou et vos poignets. »

Je fronçai les sourcils pendant que j'ouvrais le pot et le rapprochais de mon nez. « Des roses ? Pas question. » Je hochai la tête. « Je ne vais pas sentir comme une fille. »

Il était occupé à disposer les cierges autour de l'énorme chose noire qui ressemblait à une porte. Un cierge jaune à l'est, un rouge au sud, un bleu à l'ouest et un vert au nord. Il alluma chaque cierge d'un geste magique, soit en soufflant simplement sur eux.

« Si vous espérez sauver Sa Majesté, vous suivrez exactement mes directives. » Il leva les yeux vers le soleil. « Presque le milieu du jour. Dépêchez-vous. »

Je sentis encore une secousse, à l'intérieur de moi, dans mes entrailles. Une ponction de mon pouvoir magique. Comme si on puisait à ma source, mais plus important cette fois-ci.

Le contact était cependant familier.

Je frottai mon estomac et fermai les yeux – et, en une seconde, je sus.

Jazz.

D'une manière ou d'une autre, elle était tout près. Et elle avait de graves ennuis.

L'urgence me submergea comme une vague. Je pouvais sentir le besoin qu'avait Jazz de moi, je pouvais le goûter, le humer – comme si elle était tout simplement là devant moi et qu'elle hurlait.

« Qu'est-ce que je fais ? », criai-je, protégeant mes yeux du soleil, pivotant sur moi-même comme si j'allais la voir sortir des bois à tout moment.

« *Besoin… plus.* » Une voix aussi légère que la brise murmura près de mon oreille. « *Aide… ouvrir… franchir…* »

Puis, encore plus douce, mais plus insistante : « *Tirer… en bas… le soleil.* »

Je ne me questionnai plus sur rien de ce qu'Acaw m'ordonnait de faire. Un rituel. Je préférais l'épée aux incantations et aux rimes – mais pour Jazz, n'importe quoi !

Les rituels magiques et moi n'étions pas les meilleurs amis du monde – trop compliqués, trop ennuyeux. Habituellement, je ne faisais que laisser les rênes à quelqu'un d'autre, même si j'étais capable de les exécuter au besoin. Cette fois, cependant, je ne voulais causer l'échec d'aucune partie. Mon guide non consentant m'avait conduit à la porte dans les pays oubliés, j'avais erré pendant une éternité et vaincu le Gardien. Je savais que l'ancien sang coulait en moi. Cela devait être l'endroit, le moment. J'étais prêt.

Et une fois que j'aurais traversé la porte et serais passé de l'autre côté, j'irais à la recherche de mon amie de cœur.

Respirant fort, essayant de me concentrer, je saisis le truc à la senteur de roses et je l'appliquai partout où Acaw me l'avait indiqué. Je n'aboyai même pas lorsqu'il me dit de mettre les bois de cerf sur ma tête. Pendant ce temps, il versa de l'eau sur une petite pierre plate, saupoudra du sel sur la pierre juste à côté, et alluma un cierge blanc et de l'encens à l'arôme de pin.

« *Maintenant,* murmura la voix, d'un ton urgent. *Maintenant !* »

« L'entendez-vous ? » Mon regard se braqua sur Acaw. « Quelque chose va réellement mal. »

« Aie, dit-il pendant qu'il me tendait son bâton de marche. Écoutez-moi. Le vivant ne peut traverser dans le pays de la mort et revenir. Comprenez-vous ? »

Je serrai sa canne dans mon poing. « Je comprends. Si je traverse, je suis mort. »

Acaw fit un signe de la tête. « Seul l'ancien sang peut passer. »

« Quoi ? » Je lui dardai un de ces regards. « Je croyais que mon ancien sang m'avait permis de vaincre le Gardien. Quel rapport y a-t-il avec ça ? »

Pendant une seconde, je pensais avoir perçu un air préoccupé ou inquiet – mais son visage reprit son expression imperturbable de moine, et rien de plus. Les charmes tintèrent doucement sur le dessus de la canne de bois qu'il m'avait donnée. Il recula vers la rangée d'arbres, et son frère-corbeau atterrit sur son épaule.

« Qu'arrive-t-il maintenant ? », demandai-je comme la voix de Jazz se faisait plus urgente dans mon esprit.

« Dessinez un cercle autour de vous et la porte », dit Acaw en même temps qu'il dessinait son propre cercle dans les airs.

À toute vitesse, je fis glisser la pointe du bâton dans la neige jusqu'à ce qu'elle rejoigne le début du tracé de mon cercle.

« Placez-vous debout devant la pierre », m'ordonna Acaw. Cette fois, sa voix était calme. Ferme. Sérieuse. « Et faites appel au soleil. Je ne peux plus vous aider. Le voyage vous appartient à partir de maintenant. »

Je tournai subitement les yeux vers l'endroit où il se tenait. Mais Acaw était parti. Foutrement *parti.*

« *Bren !* », me parvint la voix de Jazz si forte qu'elle m'envahit.

« Zut ! » Mon corps se tendit. Je tenais fermement la canne, mais secouai mes bras, cherchant à détendre mes muscles, et faillis causer la chute de la stupide ramure sur le dessus de ma tête.

Concentre-toi. Concentre-toi. Réponds, ne réagis pas.

Je serrai mon poing et raffermis ma poigne sur la canne. Puis je levai les yeux vers le ciel pour voir le soleil directement au-dessus de ma tête. Quelque chose me fit étendre les bras, comme pour en étreindre la chaleur. La chose s'infiltra en moi. Je pouvais sentir le soleil comme s'il était attiré vers moi, comme s'il remplissait tout mon corps de chaleur et de pouvoir – tellement que je fus pris de tremblements.

Mes yeux s'ouvrirent, et je les baissai et fixai directement la pierre noire. Le soleil semblait s'y fondre, aussi, et toute la surface vibra, oscilla… et je vis un reflet.

Oh !

Oh, bon Dieu.

Ce n'était pas le mien. Le reflet ne m'appartenait pas.

C'était celui de Jazz.

Une véritable forme humaine.

Elle se tenait juste là tout comme moi, les bras déployés, mais caressée par un clair de lune argenté au lieu d'un rayon de soleil doré.

« Jazz », murmurai-je, et cette douleur associée à son absence monta en moi. « Je suis ici, ma chérie. Je suis venu te chercher. »

Elle ramena ses bras devant elle. Mon bâton tomba devant, contre la pierre noire pendant que j'imitais les mouvements de Jazz, dirigeant mes paumes directement devant moi pour les poser à plat contre la pierre.

Le tonnerre gronda au-dessus du sommet de la montagne.

Mes mains glissèrent dans le roc comme si c'était de l'air.

La peau contre la peau. Les mains de Jazz. Je touchais ses vraies mains vivantes !

Nos doigts s'entrelacèrent à l'intérieur de la pierre sombre, et je sentis sa chaleur, je captai son odeur de cannelle et de pêches.

À cet instant, quelque chose grésilla à travers nous, comme lorsqu'elle m'avait transmis son pouvoir magique. Je pouvais voir l'enchevêtrement et le mélange d'argent et d'or, se déplaçant entre nous, autour de nous.

Je vis la canne d'Acaw tomber à travers le mur noir et chuter sur le sol sombre de l'autre côté.

Sans prendre le temps d'y réfléchir, je commençai à tirer Jazz vers moi.

Une nouvelle odeur se logea dans mes narines, pénétrante. Celle-ci était exécrable, comme des œufs pourris ou des animaux morts en bordure de la route. Je me raidis. Jazz se pencha vers moi, essayant de se projeter dans mes bras. Je voulais qu'elle le fasse. J'avais tellement envie de la sauver, de la ramener à la vie et de l'étreindre et de lui dire à quel point j'avais besoin de la voir. Toutefois, le champ de force à l'intérieur de la pierre était tellement puissant. Il luttait contre chacune de mes tentatives de l'arracher à ce monde.

De quelque part, apparemment à un million de kilomètres de là, des femmes commencèrent à chanter. Acaw se mit à psalmodier des incantations — on aurait dit des jurons. Les elflings juraient-ils ? La confusion s'infiltra dans mon esprit, comme si quelque chose le touchait.

Cela provenait de derrière mon dos.

Un rire retentit, sourd, immonde et terrible. Une image de sang dégoulinant envahit mes pensées. De l'autre côté de la pierre, le hurlement d'un oiseau, suivi d'un cri hideux et assourdissant.

« Que dia… » Je tentai de chasser les images de mon cerveau. Serrant les mâchoires, je tirai deux fois plus fort pour extirper Jazz de la pierre noire chatoyante.

Quelque chose tira brusquement sa tête par en arrière.

Elle cria et trébucha, toujours agrippée à mes mains. En même temps, quelque chose me poussa de l'arrière.

J'entendis un autre cri immatériel juste comme je tombais vers l'avant. Le feu calcinait chaque centimètre de mon corps, muscle après muscle, os après os. Tout se mêlait. Tout semblait frire. Je me trouvais dans le mur noir. Quelque chose dans ma poitrine exerçait une pression, essayant de me repousser d'où je venais – mais j'y étais presque. Criant, griffant, luttant de toute la force qui me restait, je plongeai dans le royaume des morts.

chapitre sept

JAZZ

« Non ! », hurlai-je comme Bren faisait irruption à travers la porte séparant le monde des vivants du royaume des morts. « Tu ne peux pas être ici. Tu ne peux traverser ! »

« Comme si j'avais le choix », gronda-t-il férocement, alors qu'il bondit sur ses pieds et que les cornes de cerf tombèrent de sa tête. Mais à mesure que son image jaillissait du sol, elle se transforma… en un énorme rapace brun. Une sorte de faucon ou d'aigle. Il tenait son épée dans ses serres, mais je pouvais encore apercevoir sa silhouette corporelle. Elle scintillait autour de sa forme ailée, ancrée au niveau de sa poitrine comme si elle était attachée par une corde.

« Merde. Je suis un oiseau. » Ce furent ses seules paroles, et ce fut tout ce qu'il fallut pour remonter mon moral.

Déesse, Bren était ici, peu importe la forme qu'il avait prise. Je l'avais touché, j'étais à deux doigts de pouvoir me reposer dans ses bras. Maintenant, il était à Talamadden en danger de mort. Et il était un oiseau.

Des griffes de harpie éraflèrent ma joue et mon cou. Je me baissai vivement, laissant échapper un juron en raison de la douleur soudaine. Egidus combattait en jetant des trilles et des cris stridents quelque peu irréels. Tout autour de nous, la puanteur de la décomposition, l'affreux battement des ailes, et ce bêlement de mouton des monstres volants forcenés qui étouffait toutes les autres sensations.

Les yeux bruns et profonds de faucon de Bren étaient perçants et concentrés pendant qu'il évaluait la situation. L'épée qu'il tenait dans ses serres illuminait aisément le chemin et la grotte, de même que l'air au-dessus de nos têtes.

Rapide comme toujours en situation de combat, Bren bondit vers l'avant et se servit de son bec pour ramasser en vitesse la canne tombée par la porte. D'un claquement de tête, il me la lança. D'après les charmes et les incrustations gravés sur le bout de l'objet, je comprenais qu'il était l'œuvre très ancienne et très puissante des elflings. Une bouffée d'énergie me renseigna sur l'identité de son artisan. De celui qui y avait enfilé les charmes magiques. Acaw. Mon loyal, mon courageux Acaw.

Comme je brandissais l'arme pour frapper une harpie en travers de ses serres, Bren battit des ailes et s'envola, tournoyant comme un oiseau expert. Il donna un coup avec son épée pour atteindre la bête la plus proche, lui fauchant une vilaine griffe.

La créature ébranlée s'éloigna et disparut, braillant comme un bébé blessé.

Instantanément, le reste du troupeau tourbillonna en travers de la lumière de l'épée de Bren, remontant tout aussi rapidement, émettant des bêlements sinistres et inquiets.

Pendant un moment, les cris insupportables s'apparentaient à des mots.

Je serrai ma poigne sur la canne.

Attendez une minute.

Ces sons *étaient* des mots. Un nom, hurlé sans cesse. Les supplications de la harpie blessée pour obtenir aide et réconfort. Et des gémissements, comme les sanglots d'un enfant. À ce moment, les visages des bêtes qui ressemblaient à des humains étaient assez déconcertants.

C'était la canne. La canne d'Acaw devait m'avoir transmis une partie du talent elfling de traduction ! Bien, les frères-corbeaux étaient les traducteurs, mais le pouvoir magique d'un elfling était lié à l'énergie de ses familiers.

« Elles ont…, commençai-je, mais ne sachant pas comment terminer. Je ne crois pas que nous devrions continuer à leur faire du mal. Elles font si pitié. »

« Tu *dois* blaguer, n'est-ce pas ? » Bren semblait incrédule et quelque peu sarcastique. Il termina la question avec un gémissement strident de faucon.

Avant que je ne puisse lui servir une réplique convenable, Egidus s'approcha et atterrit. Ses yeux noirs étincelaient d'horreur lorsqu'il vit Bren. « Non. Non. *Vous* deviez aller vers *lui*, fille ! »

« Je le sais, répondis-je sèchement. Une harpie m'a tirée brusquement vers l'arrière et je suis tombée. Bren est tombé avec moi. »

« Quelqu'un m'a poussé, ronchonna Bren, décrivant un cercle vers l'arrière, l'épée prête à toute éventualité. Et qui est cette chose ? »

Comme chaque fois où j'avais rêvé de décapiter le paon et de le faire cuire pour un maigre repas, je soupirai. « C'est Egidus, mon guide spirituel. S'il te plaît, ne le décapite pas à moins que je ne te le demande. »

Bren braqua ses yeux de faucon sur le ciel éclairé par la lune. Des ombres menaçantes de harpies tourbillonnaient très haut au-dessus d'eux, masquant les étoiles et se lançant mutuellement des cris de cette manière odieuse et pitoyable : « Bien, pouvons-nous sortir d'ici maintenant ? »

« Ce serait prudent », convint Egidus.

« De toute manière, d'où vient ce nom d'Egidus ? » Bren garda les yeux tournés vers le ciel en même temps qu'il battait des ailes vers la pierre. Rattachée par une corde d'argent au niveau du cœur, sa forme humaine vibrante gisait toujours là.

« C'est en grec, merci », dit l'oiseau bleu. Il semblait offensé. « Je crois que ça signifie jeune chèvre. »

Bren émit un cri strident d'aigle. « C'est stupide. Tu es un paon. »

Egidus cligna des yeux. Puis il se tourna lentement vers moi pour me regarder. « Vous avez traversé le royaume des morts pour retrouver ça ? »

Je haussai les épaules, un battement à la fois agréable et déplaisant retentissant dans ma poitrine. La silhouette lumineuse de Bren de l'autre côté de la pierre obsidienne dégageait une beauté aussi sauvage que jamais avec ses longs cheveux – je savais qu'ils étaient bruns. Et sa peau était hâlée, et je crus apercevoir cette barbe de plusieurs jours qu'il semblait toujours arborer. Sa tunique et ses pantalons lui seyaient mieux que jamais, révélant les muscles qu'il avait développés depuis la dernière fois que je l'avais vu.

« Il est bien plus qu'il semble être, dis-je tranquillement. Habituellement gentil. Loyal – bien, à moins qu'il ne soit victime de l'enchantement d'un golem ; affectueux, à moins qu'il ne soit trop en colère ; et... »

« Pour ma part, il ressemble à un grossier personnage, mais ce sont vos choix. » Le ton de l'oiseau était résolument froid. « Les faucons sont assoiffés de sang, vous savez. Tout en muscles, et sans cervelle. »

« Allo ? » Bren avait rejoint l'autel. « Je veux retourner là où je n'étais pas un oiseau. Jazz, tu viens ? »

Au-dessus de nous, une harpie lança un cri strident à propos de nourriture, et de l'humain, et de la faim, et du repas. Pas de temps à perdre.

Je courus vers Bren. Il parvint à se maintenir dans les airs et tenait fermement l'épée dans une serre, l'extrémité pointant vers le bas, alors que j'agrippais son autre serre avec ma main. Seulement, cela ressemblait à des doigts. La sensation fit redoubler le battement de mon cœur. Il était ici à côté de moi. Bren était venu me chercher pour me sauver telle une princesse emprisonnée dans une tour — mais il s'était exposé au royaume des morts — il avait risqué sa propre mort, et quoi d'autre encore.

Impulsif. Irresponsable.

Quand je le côtoyais avant ma mort, j'aurais pu prononcer ces paroles à voix haute. Après Talamadden, les mots anciens sonnaient simplement aussi faux à son sujet qu'ils l'étaient à mon oreille. Je donnai donc un coup avec la canne d'Acaw et je me tus. Je pensai plutôt à sa bravoure. À son audace. À la chaleur de sa forme d'oiseau planant et battant des ailes près de moi.

Ensemble, nous fîmes face à la pierre.

Le sentiment que quelque chose n'allait pas m'envahit, et je me rendis compte que le paon ne nous avait pas rejoints. « Egidus ? » Je me penchai sur la canne et regardai derrière par-dessus mon épaule. « T'en viens-tu ? »

Il hérissa ses plumes et redressa son long cou bleu. « Ce n'est pas mon chemin. C'est votre issue, votre destin. Je regrette de ne pouvoir l'emprunter. »

« Quoi ? » Bren agrippa ma main avec ses serres et fit battre ses grandes ailes, me pressant d'avancer. « Est-ce censé vouloir dire quelque chose ? »

« Il parle par énigmes. » Je me sentais comme si je défendais l'oiseau. *Cela,* je ne pouvais le croire, après tout ce que nous avions vécu. Et combien il me paraissait injuste de simplement traverser et de laisser Egidus derrière.

La prise de Bren sur ma main se fit plus urgente, comme d'ailleurs le fort battement de ses ailes. « Jazz... »

Les ombres de harpie descendirent plus bas, remplissant l'air de leur odeur fétide.

« Attendez une minute. » Egidus se déplaça rapidement à côté de moi. D'un vif mouvement de bec, il cueillit l'une de ses superbes plumes chatoyantes. Je la pris soigneusement lorsqu'il me l'offrit et l'accrochai à la canne d'Acaw. « Faites-moi une faveur et donnez ceci à votre mère. Dites-lui qui la lui a envoyée. Et dites-lui – dites-lui que l'amour ne se trompe jamais. »

« L'amour ne se trompe jamais », répétai-je sous le bruit sourd et bruyant des ailes de harpie.

« Partez maintenant », pressa l'oiseau.

« Nous partons », dit Bren. Cette fois-ci, il tira ma main si fort que je tombai avec lui à l'intérieur de la pierre. Dans l'obscurité.

...OmbreschèreDéessepasd'Ombress'ilvousplaîtpas d'Ombres...

Même pendant que mes peurs se bousculaient dans ma tête, je pouvais sentir leur odeur. Ombres. Fétides. Réelles. Tirant. Griffant. Essayant d'arracher Bren loin de moi. Je ne pouvais le voir. Je ne pouvais sentir ses doigts ou ses serres ou ses plumes. Que le néant. Le froid.

Je criai, mais le cri fut silencieux. Mes doigts agrippés sentaient quelque chose, une chaîne — une chaîne de métal avec une pierre au bout. Je refermai ma main résolument sur la pierre et tirai avec toutes les fibres de mon être.

Faites que le paon ait raison. Faites qu'il reste encore un miracle pour la famille Corey.

Car Bren était ma famille. Je ne le perdrais pas aux mains des Ombres ! Tirant sur la précieuse pierre, je halai Bren vers moi et m'accrochai à lui. Il paraissait complètement humain maintenant, pressé contre moi, me rendant mon étreinte. J'agrippai ses épaules et serrai la plume d'oiseau et la canne d'Acaw de toutes mes forces. J'étais incapable de respirer. Je n'avais aucune idée de ce que je devais faire. Pourquoi Bren ne levait-il pas son épée pour pourfendre les Ombres ? Étions-nous en train de voler ou de glisser ? Je ne pouvais le dire dans la rance obscurité.

Dehors. J'avais besoin d'air. J'avais besoin de terre. Les Ombres partout, me heurtant. Me minant. Essayant d'emporter ce que je ne pouvais me permettre de perdre une seconde fois.

La mort, scandaient les malicieuses créatures. *Il nous appartient maintenant. Il appartient au royaume des morts.*

Non ! Cette fois, mes mots firent quelque bruit, tout au moins dans ma tête. *Vous ne pouvez l'avoir. Vous ne nous séparerez pas une seconde fois !*

Les bras de Bren se serrèrent plus fort autour de moi. J'enfouis mon visage contre le sien, laissant son odeur, sa force, son énergie repousser les Ombres.

D'affreux doigts visqueux sur ma cheville et mon pied. S'agrippant à ma jambe.

Non !

Nous culbutâmes en avant, passant de la nuit au soleil de midi si rapidement que la lumière m'aveugla. Je toussais et suffoquais comme nous atterrissions sur la terre rude et rocailleuse. La canne et la plume du paon glissèrent brusquement de ma main alors que je roulais loin de la Glorieuse toujours scintillante.

Bren. Où était Bren ?

J'essayai de me lever et tombai. Une douleur fraîche, aiguë darda ma cuisse et mon épaule. Les douleurs que j'avais connues à Talamadden étaient assez réelles, mais ceci — ah ! Aucune atténuation. Complètement réelles et tellement, tellement vivantes.

« Allez-y doucement, dit une voix familière d'elfling. Donnez-vous un moment pour retrouver l'équilibre, autant à l'intérieur qu'à l'extérieur. »

« Acaw ? » Je ne pouvais en croire mes oreilles. C'était trop beau pour être vrai.

Le bout de sa canne toucha ma hanche qui élançait, et je sentis un éclair de chaleur magique. La douleur s'atténua immédiatement. Puis ce fut le tour de mon épaule, guérie dans le plus court des moments, puis les entailles sur ma joue et mon cou.

« Pouvez-vous m'en donner un peu, petit bonhomme ? » La voix de Bren résonna derrière moi.

Je me retournai en roulant, m'agenouillai puis me levai lentement pendant qu'Acaw soignait les meurtrissures de Bren. Celui-ci était redevenu humain, sans trace du faucon à l'exception de ces yeux bruns lumineux. Je pouvais les voir qui brillaient dans ma direction pendant qu'Acaw s'activait. L'elfling avait fixé ma plume de paon à sa ceinture et elle était presque plus longue que lui.

Les voir tous les deux devant moi — j'avais l'impression de vivre un rêve. Merveilleux et fascinant. Je remarquai des détails, comme la coupe de la tunique de Bren, les lignes profondes sillonnant le visage tanné d'Acaw, la façon dont le soleil se réfléchissait sur les plumes plus que noires de son frère-corbeau.

Nous étions sur le sommet d'une montagne sous un ciel bleu clair, quelque temps après midi.

Dans le monde des vivants.

Acaw paraissait aussi étonné que moi, mais le regard de surprise s'évanouit rapidement.

« Je suis... je suis vivante. » Je hochai la tête. « Je suis vraiment vivante ! »

Bren se leva sur ses pieds quelques pas plus loin et rengaina lentement son épée. « Moi aussi, et je ne devrais pas l'être. J'ai traversé. Même si je crois que j'ai reçu un peu d'aide. »

« Seul le sang ancien peut passer, dit Acaw en haussant les épaules. Votre corps physique est demeuré dans la pierre, mais votre essence est passée de l'autre côté. Personne sauf un demi-sang avec une telle force ancienne n'aurait pu survivre à ce voyage. »

« L'Erlking était-il ici ? » Pendant qu'il parlait à l'elfling, la voix de Bren était terriblement sérieuse. Dans cette seule question, je sentis la force acquise après des mois de règne.

Acaw fit un signe de tête austère. « Oui. Lui et les siens. J'ai fait ce que j'ai pu pour l'écarter, mais j'ai craint qu'il ne soit trop tard pour vous sauver. »

« L'Erlking. » Je frissonnai. « J'avais espéré ne jamais le rencontrer de ma vie. Vous devez l'avoir vaincu pour arriver aussi loin, n'est-ce pas ? »

Bren hocha la tête tout en frottant ses doigts derrière son oreille. Son expression était un mélange de rage et de détermination, mais, comme mon champion me regardait fixement, ses yeux bruns perçants s'adoucirent.

Acaw, sage comme toujours, s'effaça.

Bren s'approcha doucement de moi, et j'adorai la façon dont le soleil donnait à ses cheveux un éclat riche et étincelant. Il avait été un faucon, mais je l'aimais davantage maintenant qu'il était redevenu un garçon. Bien... en vérité, plus un homme qu'un garçon. Cette pensée me fit de nouveau frissonner, mais, cette fois-ci, ce n'était pas par peur.

Bren me serrerait-il dans ses bras ? M'embrasserait-il ? Je l'ignorais. Je voulais les deux. Peu importe quoi. Je ne voulais que le toucher.

Mon cœur bondit comme Bren m'emportait dans son étreinte. Il pressa sa joue à la barbe de plusieurs jours contre la mienne, et, pendant quelques longs instants, nous restâmes simplement debout tous les deux sur le sommet de la montagne à nous serrer très fort l'un contre l'autre.

« Tu ne peux savoir à quel point tu m'as manqué, dit-il, à voix basse dans mon oreille. Je ne peux croire que tu es ici. Je ne peux croire que tu es réelle. »

De chauds frissons me paralysèrent, puis me relâchèrent. « Tu m'as manqué aussi. »

Ma gorge se serra et mes yeux s'emplirent de larmes. Où étaient passés tous ces mots sublimes ? Toutes ces choses que je rêvais de lui dire ? Après avoir répété sans conviction ses paroles, je fus brutalement frappée de mutisme. De quelle sorte d'accueil s'agissait-il ?

Bren demeurait lui aussi silencieux. Plutôt inhabituel en ce qui le concernait. Lorsqu'il se recula pour me regarder dans les yeux, je vis tout le poids de l'émotion qui pesait sur lui, la même que la mienne, le même manque de mots. Au moins, je n'étais pas seule à être muette.

Comme si nous suivions un ordre silencieux, nous bougeâmes nos têtes au même moment, pressant nos lèvres ensemble. La maladresse que j'avais ressentie il y avait tellement longtemps avait disparu. C'était délicieux. C'était parfait. Son baiser était si doux, mais ferme à la fois. Il sentait le cuir et l'huile de rose, et sous ce…

Je mis fin au baiser et le repoussai, la bouche grande ouverte. « Un pouvoir magique de femme ? »

« Quoi ? » Bren paraissait réellement confus.

« Qui t'a touché ? Quand ? » Mon ventre se noua. Comment avait-il pu ? De toute façon, où était-elle ? Cachée sur la route dans une grotte ou un arbre quelconque ? « Sa marque te sillonne comme une rivière. »

« Je ne te suis pas. » Bren était un si excellent acteur. Il paraissait oh-tellement-convaincant, mais je ne pouvais nier ce que j'avais ressenti. La signature magique indéniable d'une autre femme, au plus profond de son essence. Et il sentait les roses ! La pensée d'une autre femme en dehors de moi, l'approchant de si près, littéralement sous sa peau — au sein de son énergie même — je le tuerais. Je pensai honnêtement que j'en étais capable.

« Qui… est… elle ? », demandai-je les dents serrées.

Acaw sembla se matérialiser du sol de la forêt, le bout de ma plume de paon planant au-dessus de sa tête tel un petit halo bleu. L'elfling s'avança rapidement et donna un coup sur l'épaule de Bren avec sa canne.

Bren se pencha, et Acaw murmura quelque chose dans son oreille. En un éclair, l'elfling était reparti, là même où disparaissaient les elflings.

Souriant, Bren se redressa. « Tu te trompes, Jazz. Ce n'était rien. Je veux dire, pas ce que tu crois. »

Je lançai un regard furieux à son épée, et me demandai si je pouvais l'attirer vers moi d'un sortilège avant qu'il n'ait le temps d'interrompre ma magie.

Il saisit la poignée comme s'il lisait dans mes pensées. « C'était simplement la fille du Erlking. Une des enchanteresses devant lesquelles nous avons dû passer sur notre chemin. Elle… »

« Une enchanteresse ! » À ce moment, mon sang atteignait le point d'ébullition. Je pointai mes doigts vers le rocher le plus près et projetai ma volonté bourdonnante hors de moi.

Sauf que rien ne se passa.

« Une enchanteresse ! » Cette fois, je crachai ma mitraille tout en lançant mon hurlement.

Toujours rien.

« Est-ce que… hum, quelque chose ne va pas avec votre pouvoir magique, Votre Majesté ? »

Le ton rieur de Bren m'anima du plus vif désir de le frapper jusqu'à le faire loucher. « Non ! Je veux dire, oui. Je l'ignore. Je n'en avais aucun à Talamadden parce que je te l'avais transmis. Quand je me serais échappée, je croyais qu'il me… euh… reviendrait ? »

Le fait est que cela ne m'avait pas dérangée outre mesure, particulièrement parce que je ne pouvais transformer le bâtard déloyal en une version lilliputienne d'une harpie puante et hurlante.

Bren pointa le rocher le plus près. « Permets-moi. »

Encore une fois, rien ne se produisit. Le garçon de roc regarda ses doigts comme s'ils étaient cassés et fit une nouvelle tentative.

« Quelque chose ne va pas avec *votre* pouvoir magique, Votre Majesté ? », plaisantai-je. Je ne pus m'en empêcher. Plus que toute autre créature vivante, Bren avait toujours autant le don de me faire sortir de mes gonds.

Il y avait dans son regard une authentique détresse. Lorsqu'il se retourna pour me faire face, il avait les dents serrées. « Regarde, toi, ingrate sorcière. Tu n'as pas idée de ce par quoi je suis passé pour te retrouver. J'ai marché – non, j'ai couru – pendant des jours. Et j'ai combattu l'Erlking et je l'ai vaincu – cette fille avec laquelle tu crois que je t'ai trompée, je ne sais même pas laquelle des six m'a guéri, mais elle devait le faire parce que j'avais gagné, d'accord ? Je n'étais même pas conscient. »

Il se détourna une nouvelle fois, pointa ses doigts vers un petit rocher et grogna. Rien. Pas même un craquement.

Une lente rivière de culpabilité s'écoula de mon cerveau vers mon cœur. L'histoire de Bren avait du sens. Je n'avais jamais eu affaire à l'Erlking ou à ses célèbres odieuses de filles, mais je connaissais les légendes. L'Erlking faisait partie des plus anciens oldeFolkes. Rusé, puissant, fallacieux— et la rumeur voulait qu'il soit un combattant impitoyable, vengeur.

Comme j'ouvrais la bouche pour m'excuser, il se retourna brusquement vers moi et cria : « Qu'est-ce que tu m'as fait ? »

Sa question me prit par surprise. « Pardon ? »

« Mon pouvoir magique fonctionnait bien avant que tu ne m'entraînes de l'autre côté de ce stupide mur noir. Et il était intact quand je combattais ces choses fétides que tu ne voulais pas blesser. Ensuite, tu te fâches, et hop ! tout mon pouvoir est disparu. Qu'as-tu fait ? »

« Rien ! »

« Je jure, Jazz… »

Il fit un pas vers moi et mon instinct prit le dessus. Je lui flanquai une gifle magistrale, souhaitant pouvoir faire sauter tous les rochers du sommet de la montagne simplement pour faire pleuvoir des cailloux sur son crâne épais comme celui d'un âne.

La seconde où mes doigts touchèrent sa peau, la montagne sembla trembler. De petites explosions éclatèrent dans chaque direction, se conjuguant pour produire un coup de tonnerre massue.

Tous les rochers du sommet de la montagne avaient éclaté malgré tout.

Bren et moi restâmes là, clignant tous les deux des yeux comme de minuscules cailloux et poussières de roc tombaient sur chaque centimètre de nos corps.

« Étais-tu en train de… ah !… de penser aux rochers, Jazz ? » Bren éternua et essuya son nez avec sa manche de chemise.

« Oui », admettais-je.

« Ouais, bien. » Il éternua encore une fois. « Moi aussi. »

« Oh. » Je baissai les yeux sur ma main qui brûlait encore après la claque que j'avais administrée. « Oooooh, Bren. » Je fus alors envahie d'une détresse désespérée. « Je crains que nous n'ayons un problème majeur. »

chapitre huit

BREN

En voyant le regard de Jazz, je compris que quelque chose n'allait pas. Mais vraiment pas. Et cela n'avait rien à voir avec les enchanteresses ou l'Erlking.

« Qu'est-ce qu'il y a ? », dis-je, incertain de vouloir entendre la réponse.

Jazz s'éclaircit la gorge. « Je crois – je crois que d'une certaine manière nos pouvoirs ont fusionné… maintenant que j'ai quitté Talamadden, que je suis de retour dans le royaume des vivants, nous ne pouvons produire de magie l'un sans l'autre.

Je demeurai là, immobile, à la regarder, essayant de digérer ses paroles. Mes mots sortirent lentement.

Avec mesure. « Sans toi, je n'ai pas de pouvoir magique. Et vice versa. »

Jazz acquiesça d'un signe de tête, affichant un air à la fois contrit et fâché. « Je crains que nous ne soyons obligés de travailler ensemble pour produire toute forme de magie. Du moins pour le moment, jusqu'à ce que nous trouvions un moyen de récupérer nos pouvoirs respectifs. »

Je sentis la frustration bouillonner à l'intérieur de moi, et voulus marteler quelque chose, n'importe quoi. « Bien, c'est juste vachement fantastique. » Je donnai un coup de pied sur l'une des plus grosses pierres qui avaient plu autour de nous. Puis une idée me vint. « Peut-être as-tu tort. »

Je me détournai de Jazz et me concentrai ardemment sur un point sur la neige, essayant par un sortilège de faire apparaître un slither. Pas un vrai, mais un qui aurait l'air assez réel pour saisir quelqu'un d'effroi. Je me concentrai... et me concentrai...

Rien.

Je plissais les yeux et me concentrais si fort que ma tête faisait mal.

Rien, merde ! Il ne se passait rien !

Je ramenai brusquement mon regard vers Jazz. « Essaie avec moi. Cette fois, pense à l'image d'un slither. »

Elle prit ma main, et nous fixâmes tous les deux le même endroit. En quelques secondes, l'air scintilla. Une onde d'argent et d'or s'animait entre Jazz et moi.

Une énorme créature reptilienne rouge apparut, agitant ses ailes massives. La neige tourbillonnait, emportée par les rafales qu'elle déchaînait, et je sentis la chaleur de son souffle.

Jazz et moi échangeâmes un regard.

L'image de la créature s'évanouit.

« Non. » Je hochai la tête. « Je ne le crois pas encore. »

Je retirai mes mains de celles de Jazz. Je dégainai mon épée et la tins dans les airs. « Arrêtez ! », criai-je, ordonnant à tout bruit et à tout mouvement de se figer sur place.

Comme auparavant, rien n'arriva.

Je serrai les poings et regardai Jazz. « Essaie, toi. »

Jazz releva son menton et dit de sa voix la plus forte et la plus royale : « Cessez ! »

Les oiseaux pépiaient toujours et les arbres oscillaient dans la brise. Impassible, Acaw scrutait nos faits et gestes, les charmes sur sa canne tintant doucement à chaque mouvement de son bras. Les plumes du stupide paon dansaient délicatement au-dessus de sa tête. Le frère-corbeau d'Acaw nous lança un regard irrité.

Jazz et moi nous regardâmes. Nous nous prîmes les mains et, en même temps, je hurlai : « Arrêtez ! » et Jazz cria : « Cessez ! ».

Tout, absolument tout, cessa de bouger, sauf Jazz et moi. Le seul son que j'entendais, c'était son souffle léger, et le seul mouvement, le regard qu'elle promenait autour de nous. Je levai la tête et vis que les nuages s'étaient immobilisés dans le ciel bleu-vert. Lorsque je tournai mon regard vers Acaw, il ressemblait à une statue de jardin, et son frère-corbeau était figé, les plumes toutes hérissées.

« Oh, merde ! » Je relâchai sa main et frottai mon visage, ma barbe de plusieurs jours égratignant ma paume. « Nous y sommes jusqu'au cou. » La colère monta en moi, et je braquai un œil furieux sur Jazz. « Qu'est-ce que tu nous as fait ? »

Elle retourna mon regard. « Évidemment, il est arrivé quelque chose quand nous avons traversé ensemble. Peut-être quand ton essence *ba* était encore séparée de ton *ka*. Si tu n'étais pas venu à Talamadden, je suis certaine que ce ne serait pas arrivé. »

« Donc, tu dis que c'est ma faute. » Ma colère s'amplifia. « Tu es une ingrate… » Je m'apprêtais à continuer lorsque je remarquai que Jazz frottait son bras à l'endroit où les Ombres l'avaient transpercée, et avaient fini par la tuer puis l'envoyer à Talamadden. Une longue et épaisse cicatrice rose se trouvait là, correspondant presque à la mienne sur ma joue.

Le souvenir de sa mort, de ce moment où on l'avait emportée loin de moi, me tarauda les entrailles, ouvrant mon cœur, volatilisant ma colère. Comment pouvais-je être fâché maintenant ? Jazz m'était revenue. Elle était vraiment de nouveau avec moi.

Elle arrêta de frotter son bras et me dévisagea. Les lignes de son visage se détendirent. « Je suis désolée, murmura-t-elle. J'ai eu tort de parler si durement. Tu as réussi une chose étonnante, ouvrir la barrière depuis le monde des vivants, envoyer un aspect de ton esprit de l'autre côté pour me défendre ainsi. Tu as pris tellement de risques, simplement pour me sauver. »

Jazz ? Qui offrait ses excuses ? Qui admettait qu'elle avait tort ?

Ahurissant.

Elle semblait si réelle et si vulnérable, tellement… *plus douce.*

Je me rapprochai d'elle et j'eus l'impression qu'elle ne respirait même pas. Je pris son visage entre mes mains et baissai les yeux sur ses traits magnifiques. Ses yeux dorés, ses longs cheveux noirs. Elle semblait toute chaude dans mes mains et je frottai mon pouce sur sa joue pendant que j'approchais mon visage du sien. « Tu m'as manqué », fut tout ce que je pus penser dire, mais elle sourit.

« Tu m'as manqué aussi. » Ses paroles n'étaient qu'un murmure, mais je pouvais sentir la chaleur de son souffle.

Je l'embrassai alors, fort. Doutant toujours qu'elle soit bien réelle, ayant peine à croire qu'elle était vraiment ici. Je glissai mes mains de ses épaules à sa taille et la pressai contre moi pendant que nous échangions un long baiser. Elle *semblait* réelle. Chaude. Solide. *Réelle.*

Je pris alors conscience que nos pouvoirs magiques se conjuguaient, se mouvant entre nous et autour de nous. L'argent se mêlait à l'or, et je me sentais tellement fort, comme si je pouvais tendre ma main et le saisir.

Lorsque je levai la tête, et que nous nous arrachâmes à notre étreinte, notre pouvoir magique continua à circuler entre nous en une boule lumineuse d'or et d'argent. J'étendis la main pour le toucher, mais il s'évanouit, réintégrant chacun de nos corps. Établissant une connexion entre nous.

Je ne pus m'empêcher de lui lancer un sourire en coin. « Au moins, nous faisons de la bonne magie ensemble. »

Elle me sourit à son tour. « C'est une façon d'envisager la chose. »

Je pris sa main dans la mienne et la serrai très fort. « Viens. Il est temps de rentrer à la maison. »

Après que nous eûmes rompu le sortilège de discontinuation, Acaw nous guida dans notre descente de l'interminable montagne. La plume de paon dansait au-dessus de sa tête comme un fragment d'algue marine dans l'océan. Une manière quelque peu idiote de porter une plume de paon, si vous me le demandez, mais peu importe, si cela fonctionnait pour lui. L'elfling semblait nerveux au moment où nous entrâmes dans la principale partie du royaume de l'Erlking et où nous refîmes la route inverse vers le Chemin.

Pour moi non plus, la situation n'était pas très heureuse. Le son du rire de l'Erlking, la sensation de sa main noueuse sur mon dos lorsqu'il me poussa dans le royaume des morts, la manière dont le sang coulait du bout de ses horribles doigts pendant qu'il tripotait dans mes souvenirs... Si l'enfant de chienne osait encore une fois se montrer avec son affreux visage capable de métamorphose, je lui couperais probablement la tête.

D'une certaine façon, j'avais l'impression que j'aurais ma chance.

« Il te fait peur », dit tranquillement Jazz. Elle prit ma main dans la sienne, et je serrai ses doigts en hochant la tête.

L'ancien moi aurait hurlé que je n'avais peur de rien, mais l'Erlking me donnait la chair de poule. Je me souvenais de la manière dont Rol avait réagi, et maintenant je comprenais.

Quelque part à l'arrière de mon cerveau, le bâtard gloussait.

Je grimaçai. « Il semble qu'il vit dans ma tête maintenant. Du moins, une partie de lui. »

La main de Jazz semblait si chaude dans la mienne. « Un jour, mon père m'a dit quelque chose de semblable. Il a dû venir ici il y a longtemps, quand j'étais enfant. L'Erling lui avait envoyé un mot, une plainte, parce que les Ombres de Nire avaient envahi son royaume. Père décrivait son rire… » Elle s'interrompit, frissonnant.

Mon épée n'avait jamais semblé si agréable contre ma jambe. « S'il se montre, je m'en occuperai. Fais-moi confiance. »

Jazz leva vers moi ses yeux dorés qui s'illuminèrent. « J'ai confiance. »

La marche ne semblait pas aussi longue ou aussi difficile maintenant que Jazz était avec nous. Je ne pouvais croire qu'elle était réellement à mes côtés et à nouveau vivante.

« Cet endroit semble… douteux », murmura-t-elle lors de notre traversée d'une section particulièrement sombre et dense de forêt après plusieurs jours de randonnée.

« Ouais. Sans blagues. » Sur cette importante portion de chemin, je marchais à côté d'elle épaule contre épaule, souhaitant la préserver d'une attaque soudaine en provenance des arbres. Nous n'avions pas vu ce bâtard d'Erlking mais, je le jure, je sentais sa méchanceté rôder tout autour – ou était-ce mon imagination. Je regardai Jazz. « Rien ici n'est ce qu'il paraît. Même les choses superbes – bien, tu sais. Tu dois faire attention. »

Jazz me fit une sorte de sourire énigmatique et surpris. Je ne pouvais le dire, mais elle paraissait – je ne sais pas. Peut-être fière.

Plus tard, je m'assurai qu'elle demeure entre moi et Acaw pendant que nous traversions à la file indienne le chemin étroit bordé d'arbres. Je me plaçai derrière, épée à la main, car je voulais éviter qu'elle soit la cible de tout nouveau danger. Je fus surpris de constater que Jazz n'offrait aucune résistance. Elle ne lança même pas de remarques cinglantes, ni n'essaya de blaguer au sujet de ma décision. Elle referma plutôt ses mains, comme pour se tenir prête à parer toute attaque.

Elle me laisse la conduire. Elle me laisse la protéger.

La sensation était suffisante pour me gonfler la tête.

À la nuit tombée, lorsque nous dressâmes notre camp, Jazz et moi nous exerçâmes à fusionner nos pouvoirs magiques, à pratiquer diverses stratégies jusqu'à ce que nous puissions produire de petits sortilèges sans nous toucher, à condition de demeurer assez proches pour puiser l'énergie dont nous avions besoin. Les sortilèges plus compliqués étaient beaucoup plus difficiles à exécuter, et, plusieurs fois, nous dûmes prendre physiquement contact pour y parvenir. C'était juste bien pour moi. Je m'étais mis un point d'honneur à garder Jazz près de moi, spécialement lorsqu'elle dormait. Le frère-corbeau d'Acaw veillait constamment lui aussi, et je me demandais s'il ne dormait jamais. Il restait tout près, comme s'il s'inquiétait du bien-être de Jazz. Peut-être même du mien. Nous composions un petit groupe nerveux – mais nous progressions.

Le matin suivant, je me réveillai avec encore une fois cette démangeaison derrière mon oreille. Peut-être avais-je réellement des puces. Dès mon retour à L.O.S.T., je projetais de prendre un très long bain très chaud, et, si je le devais, je consulterais les oldeFolkes pour obtenir une sorte de poudre permettant d'éliminer les bestioles des pays oubliés. Il devait bien exister quelque chose.

Comme je finissais de me gratter, je tournai mon attention vers l'endroit où Jazz s'était allongée pour la nuit. Elle était là dans la clairière, agenouillée, contemplant les aiguilles de pin et l'herbe, faisant courir ses doigts d'un air absent sur les gouttes de rosée qui brillaient dans le soleil matinal.

Elle était tellement magnifique ainsi, l'esprit ailleurs, ses longs cheveux tombant en cascade sur son dos et ses yeux dorés lointains et embués. Je me levai doucement pour ne pas déranger Acaw, que je surpris en train de ronfler pour une seconde. Même son frère-corbeau avait exceptionnellement fermé ses yeux de corbeau.

Il ne me fallut que quelques pas pour atteindre le miracle qu'était Jazz à genoux dans une clairière du royaume des vivants, respirant, souriant – réelle. Juste là, de nouveau à mes côtés.

Je m'agenouillai près d'elle. « Bonjour. »

Elle me regarda et sourit, levant ses doigts mouillés. Lorsqu'elle les appuya sur la cicatrice de ma joue, ils étaient froids.

« C'est bon de sentir le froid. » Elle rit. Je veux dire, elle riait vraiment – Jasmina Corey riait réellement. « De toucher l'herbe douce et humide de la forêt, les épines de pin rugueuses. » Un autre sourire, cette fois-ci plus accentué comme elle caressait ma barbe matinale. « Même ta barbe rude. »

« Presque une barbe. » Je souris et pris sa main.

Son visage – elle paraissait si excitée du simple fait d'être en vie. Je crois qu'elle appréciait la vie comme jamais auparavant. Mec, si j'étais mort, j'aurais probablement la même impression, particulièrement après ce qu'elle m'avait raconté à propos de Talamadden et des harpies et de tout le reste. Juste à la pensée des épreuves qu'elle avait traversées, j'en eus la chair de poule. Les cinq minutes que j'avais passées avec un corps et un esprit séparés – tout cela n'était rien.

Peu de temps après, nous nous mîmes tous les trois en route, marchant et parlant, nous détendant toujours davantage à mesure que nous avancions. Je jouais avec la pierre de lune pendue à mon cou, l'appréciant du fait qu'elle avait arrêté cette flèche – et je crois qu'elle avait aussi aidé à préserver ma cohésion lors de mon entrée à Talamadden et de mon retour. Je devrais un grand merci à Sherise lorsque nous reviendrions chez nous.

Le Chemin et L.O.S.T. se rapprochaient de plus en plus, et le jour semblait plus brillant que jamais. Le seul hic, c'était de devoir nous associer pour se servir de notre pouvoir magique. Je me sentais frustré chaque fois que j'essayais de produire quelque chose que j'avais l'habitude de réaliser seul et qu'il me fallait lui demander son aide. J'essayai malgré tout de ne pas trop m'irriter à ce sujet. Jazz affirmait que nous trouverions un moyen de nous en sortir. J'espérais qu'elle ne se trompait pas.

Comme la matinée progressait lentement autour de nous, je rattrapai Jazz dans une section étroite du sentier et tins sa main. « J'ai très hâte de te ramener à la maison. Ta mère et Rol – combien ils seront heureux de te revoir. Et toi – attends de voir comment L.O.S.T. s'est développé. C'est surréel. »

Jazz sourit, mais son éclat s'évanouit rapidement. Elle parut distante pendant une seconde ou deux. Même ses doigts se détendirent dans ma main.

« Qu'est-ce qu'il y a ? » Je jetai un regard à gauche puis à droite, mais je ne vis rien d'inhabituel.

Au début, Jazz ne fit que hausser les épaules. Ensuite, elle ouvrit la bouche, puis la referma. Finalement, elle dit : « Ce n'est rien. Je suis – simplement nerveuse. À l'idée de voir tout un chacun et les lieux. »

Cela paraissait assez raisonnable, mais un nœud désagréable se forma dans mes entrailles. J'examinai son visage pendant quelques pas, puis libérai sa main et la laissai prendre les devants. Elle n'essaya pas de me retenir.

Si je n'étais pas en train de m'imaginer des choses, j'avais l'impression qu'elle était plus tendue maintenant, comme l'ancienne Jazz crispée. La pression d'être reine pesait-elle déjà à nouveau sur elle, avant même que nous n'ayons atteint le Chemin ? Je ne comprenais pas. Je veux dire, je serais là pour l'aider, et mon Papa, sa maman, Rol — de nombreuses sorcières. Et Nire était partie, donc… Une fois de plus, j'observai sa démarche contractée, pressée.

Cachait-elle quelque chose ?

Impossible. Pourquoi agirait-elle ainsi ? Pourtant, cette même torsion dans mon ventre se relâcha un peu comme pour dire, ouais, garçon-roi. C'est cela. Elle est revenue à ses anciens trucs, gardant le secret à propos de quelque chose d'important.

Avant qu'elle meure, je l'aurais confrontée, j'aurais exigé qu'elle lâche le morceau immédiatement, sinon... Maintenant, je ne savais pas. Les gens qui s'étaient rendus dans le royaume des morts et en étaient ressortis — peut-être qu'on pouvait leur permettre d'avoir quelques secrets. Au moins pendant quelque temps.

Pour l'instant, je repoussai donc ces pensées et me concentrai sur le bonheur de Rol et de Dame Corey lorsqu'ils la reverraient. Mec, seraient-ils sous le choc de la voir de nouveau en vie. Ils avaient douté de moi, mais je leur avais prouvé qu'ils avaient tort.

Environ une heure avant d'arrêter pour luncher, nous atteignîmes finalement le royaume des fées, et je pus marcher côte à côte avec Jazz à cet endroit et tenir sa main sans m'inquiéter. C'était si lumineux, si paisible — et j'avais le sentiment que les lieux étaient vraiment sécuritaires. Je pouvais me concentrer sur d'autres choses, comme sur le fait que j'aimais vraiment tenir les petits doigts de Jazz dans les miens. Cette pression me procurait un sentiment de bien-être. Me donnait l'impression d'être un roi.

Oh, ouais, j'étais un roi. Mais maintenant un roi sans son pouvoir magique — en quelque sorte. Mais un roi accompagné de sa reine.

Cette pensée me fit sourire, puis froncer les sourcils. Nous nous aimions l'un l'autre, mais étions trop jeunes pour nous marier. Je ne voulais *même* pas y penser.

Au royaume des fées, Jazz regarda avec émerveillement le lieu ensoleillé débordant de fleurs brillantes et colorées et de végétation exotique. Des choses que je n'avais jamais vues avant notre premier voyage ici. Sans mentionner les nains et les minuscules fées enjouées.

« Où sommes-nous ? », demanda Jazz, ses yeux dorés agrandis. Pour une sorcière qui avait toujours semblé tout savoir avant de disparaître à Talamadden, j'étais étonné de constater qu'elle ne connaissait pas cet endroit non plus.

« Les royaumes sacrés, Votre Majesté », dit Acaw avant que je ne puisse répondre.

Jazz hocha la tête, comme si elle comprenait. « Le pays mythique des petites créatures. »

Je grattai mes probables puces et jetai un regard courroucé en direction du dos d'Acaw, pour avoir transmis de l'information à Jazz qu'il ne m'avait pas donnée. On aurait dit que le crétin avait des favoris.

Lorsque nous atteignîmes la porte ronde, Jazz arrêta et la regarda : « C'est une porte menant au Chemin ? »

« Ouais. » Je donnai un petit coup sur sa main. « Viens. »

Elle demeura clouée sur place, son visage blanchissant de seconde en seconde. « Les Ombres, murmura-t-elle. Les Ombres – je ne peux pas. »

Je me rendis compte qu'elle avait peur des choses qui l'avaient tuée. Je mis mon bras autour de ses épaules et la serrai légèrement. « Tout va bien. Elles sont parties. Todd et moi, nous avons nettoyé ces insolentes. »

Je sentis que sa respiration se détendait, et qu'un peu de couleur revenait sur ses joues. Elle redressa les épaules. « Bien sûr, tu l'as fait. »

Acaw s'élança vers la porte, mais Jazz retint sa main pour l'arrêter. « Attends. » Elle se retourna vers moi. « Il y a quelque chose que je dois te dire. »

Par le son de sa voix, je compris que c'était sérieux. « D'accord. Vas-y, parle ! »

Elle prit visiblement une profonde respiration. « Tu as emmené une nouvelle sorcière dans L.O.S.T., il n'y a pas longtemps. Son nom est Sherise, et c'est une espionne envoyée par Alderon. »

« Sherise ? » Je secouai la tête en même temps que ma main se dirigea automatiquement vers la pierre de lune suspendue sous ma tunique. « Impossible. Je ne peux croire… »

« Crois-le », répondit hargneusement Jazz, ses yeux dorés illuminés d'un feu qui habituellement m'irritait, ou me faisait vouloir l'embrasser pour la faire taire. « À Talamadden, Egidus m'a montré une vision d'elle et d'Alderon. Et d'Alderon qui lui donnait un golem. »

Je relâchai précipitamment ma prise sur la pierre. À la seule pensée d'un golem dans L.O.S.T., mon sang se glaça. Mon cuir chevelu se hérissa et une vague de chaleur froide me submergea. « Tout ce temps, il y avait un golem dans L.O.S.T. et c'est maintenant que tu m'en parles ? »

« Je ne voulais pas t'inquiéter jusqu'à ce que nous soyons assez près pour pouvoir agir. » Elle posa son regard sur Acaw, puis sur moi. « Nous n'aurions pas atteint L.O.S.T. plus rapidement si tu l'avais su. »

« Tu n'avais pas le droit de me cacher de l'information. » Je me retournai et frappai contre la porte ronde avec mon poing. La maudite chose ne voulait pas s'ouvrir. « Je suis aussi roi que tu es reine. »

Même si je n'étais toujours pas capable d'ouvrir la foutue porte.

« Permettez-moi, Votre Majesté. » Acaw se glissa doucement devant moi et heurta la porte avec sa canne. La porte de bois s'ouvrit toute grande, et une lumière argentée jaillit par l'ouverture. Les odeurs fraîches nous enveloppèrent, et je me rendis compte qu'elles ressemblaient aux odeurs des royaumes sacrés. Je sentis une brusque montée de joie et une urgence de sauter à travers l'ouverture et de courir sur le Chemin. Liberté. Enfin. Je sortais de cet endroit !

Mais en même temps, ma poitrine se serrait de colère. Y avait-il réellement un golem dans L.O.S.T. ?

À côté de nous, Jazz avait croisé ses bras sur sa poitrine comme si elle avait froid – et elle était toujours effrayée.

Ma colère et mon étrange allégresse disparurent aussi rapidement qu'elles étaient venues. J'étais tellement idiot. Je desserrai les poings et je pris sa main. « Je suis désolé », marmonnai-je, et je serrai ses doigts. « Retournons chez nous et assurons-nous que rien ne s'est passé. Nous pouvons tout tirer au clair au sujet de Sherise une fois que nous serons revenus. »

Jazz hocha la tête et me suivit sur le Chemin. Elle sursauta lorsque la petite porte se referma derrière nous. La porte s'évanouit à nouveau comme si elle n'avait jamais existé. Une fois de plus, je ressentis cet élan de joie suprême. Une importante partie de moi espérait que je ne revoie jamais, jamais cet endroit.

J'invitai Jazz à se mettre devant moi pour la suivre dans l'étroit Chemin, mais elle garda une poigne serrée sur ma main — au point où c'en était presque douloureux.

« Tu as réussi. » Elle trébucha un peu, comme si elle n'était pas habituée au sol mouvant, et je l'aidai à se stabiliser. « Tu as restauré le Chemin dans son ancienne gloire. »

Son visage ne semblait pas si pâle dans la lumière argentée, et je sentis un léger gonflement de fierté. « Ouais, moi et Todd avons vraiment travaillé pour tout nettoyer. »

« Impressionnant », dit-elle, et je souris.

« Venez. » Il y avait de l'urgence dans la voix d'Acaw, et je compris qu'il était maintenant passablement loin devant nous. Autant Jazz que moi courions pratiquement sur le Chemin derrière lui. Devant la compréhension de ce qui pouvait être en train de se produire dans L.O.S.T., mes entrailles se serrèrent comme un poing. Je ne pouvais ni ne voulais regretter d'être parti à la recherche de Jazz. Tout ce que je pouvais faire maintenant, c'était de rétablir ce qui pouvait s'être dégradé, le cas échéant. En ce qui concerne Sherise, sa pierre de lune m'avait sauvé la vie à une occasion, peut-être même deux. Pas question de croire qu'elle avait apporté un golem dans L.O.S.T. à moins que je ne le voie de mes propres yeux.

Lorsque nous atteignîmes la porte menant à L.O.S.T., j'essayai d'ouvrir une fente avec la pointe de mon épée, mais rien ne se produisit. C'était comme la première fois où j'avais essayé d'ouvrir une porte menant au Chemin, et où mon épée avait simplement glissé sur la surface caoutchouteuse et que cela n'avait pas fonctionné.

Jazz me regarda, puis mit la main à la pâte, littéralement, en faisant courir son doigt vers le bas le long de la porte. Celle-ci demeura fermée.

« Nous devrons le faire ensemble », dit Jazz d'un ton irrité.

« Comment ? » La frustration dans ma voix épousait la sienne.

« Travaillez en harmonie. » Acaw agita impatiemment sa canne, puis regarda par-dessus son épaule. Si je ne me trompais pas, il était en train de renifler l'air du Chemin derrière nous. « Vous devez vous dépêcher. »

Jazz et moi échangeâmes un regard. Ce n'était jamais une bonne chose quand un elfling disait à quelqu'un de se dépêcher. J'avais au moins compris cela, sans l'ombre d'un doute.

Est-ce qu'il faisait plus sombre ? Mais non. C'était impossible. Pourtant, il semblait que l'argent des murs du Chemin prenait lentement une teinte gris pâle.

Jazz et moi fronçâmes les sourcils et nous prîmes les mains. Nos yeux se tournèrent vers la porte. Je posai la pointe de mon épée contre le mur, et elle pressa son doigt contre la surface spongieuse juste à côté. Je faisais attention de garder mon épée à une certaine distance de sa main pendant que nous découpions lentement une ouverture dans l'argenté qui fléchissait.

Des odeurs familières remplirent immédiatement mes narines. L'odeur de la pollution des temps modernes, de l'encens et des herbes vendues dans le magasin où nous étions sur le point d'entrer. Mais alors une puanteur étrangère s'éleva. Une puanteur d'ordures et de choses mortes.

La porte s'ouvrit entièrement et nous paralysâmes tous les deux sur place.

Le magasin était un désastre. Des rouleaux de tissu étaient répandus dans les allées, des bouteilles brisées d'herbes et de potions étaient éparpillées sur le sol. Des paniers d'araignées mortes et de tritons desséchés étaient renversés.

Mais le pire, c'étaient les hurlements et les cris que nous entendions provenant de l'extérieur du magasin dévasté.

Jazz et moi pénétrâmes à toute allure dans l'ouverture du Chemin, et nous redressâmes d'un coup sec, comme si nos esprits ne faisaient qu'un. Nous nous retournâmes en tandem, joignîmes nos mains et refermâmes le chemin derrière Acaw. Pendant une seconde, une douleur fulgura ma tête, comme si une pointe pénétrait dans mon œil gauche. Je laissai échapper un cri, relâchai Jazz et pressai ma main sur le site douloureux. Alors, aussi vite qu'elle était venue, la douleur disparut.

« Bren ? » La voix de Jazz se faisait plus qu'urgente.

« Ouais. Je viens. » J'empoignai à nouveau sa main, et nous trébuchâmes dans le désordre d'un magasin pour émerger dans le chaos extérieur.

Des harpies géantes – bien plus grosses que celles que j'avais vues à Talamadden – fonçaient sur les oldeFolkes et les sorcières. D'énormes serres saillaient de leurs bras poilus juste au-dessus de leurs mains à l'apparence humaine, et leurs visages tordus et infects étaient tellement hideux que leur vue me blessa les yeux. Les bêtes poussaient des cris tellement stridents et irréels que je voulus me boucher les oreilles et que ma colonne fut traversée de frissons.

Je laissai tomber la main de Jazz et criai : « Arrêtez ! », en même temps que je fonçais dans la mêlée, agitant mon épée.

Mon geste ne fit qu'attirer l'attention de la plus grosse harpie entre toutes. Elle descendit en piqué sur moi, son visage hideux tordu de fureur. Je m'arcboutai et tins prête mon épée. La lame jeta une lueur argentée, mais mon pouvoir semblait épuisé. Pour la première fois depuis longtemps, la peur se propagea le long de ma colonne.

Avec des cris stridents, la harpie fonça sur moi. Je baissai la tête, mais ses serres égratignèrent la cicatrice de mon visage, d'où le sang se mit à couler. La douleur et la fureur me portèrent à donner un coup d'épée vers la bête, mais je manquai ma cible comme elle remontait rapidement dans le ciel.

Je jetai un regard par-dessus mon épaule, cherchant Jazz pour prendre sa main et utiliser ensemble notre sortilège de discontinuation. Elle n'était pas là.

Pas très loin, je vis Rol tirer des flèches dorées à partir de sa tête. Elles volèrent tout autour des harpies, mais peu les atteignirent. Les coups ne semblaient pas causer tellement de dommage non plus. Acaw se battait avec sa dague et une grosse fourche. Où avait-il trouvé la fourche ? Est-ce que je voulais le savoir ?

Cependant, je ne voyais Todd nulle part. Et Jazz...

Elle tenait le bâton d'Acaw et criait quelque chose dans une langue étrange, tout en esquivant l'une des harpies. La chose lui relança des cris stridents, comme si elle lui parlait.

À cette seconde, Todd apparut au pas de charge, agitant l'épée que Rol lui avait fabriquée. Je sentis un élan de panique — il s'était familiarisé avec le maniement de l'arme, mais je ne croyais pas qu'il était prêt pour un combat de ce type.

« Recule ! », criai-je, mais personne ne pouvait entendre au-dessus de toute cette folie.

Papa et Sherise étaient juste derrière lui, avec ce qui semblait être des douzaines de slithers. Mon petit frère aiguillait une armée de créatures vers le combat. J'allais lancer un cri de triomphe lorsqu'une harpie tomba littéralement du ciel et balaya une griffe massive en travers de la poitrine de Todd. Le coup sembla l'avoir sectionné en deux.

J'entendis Todd crier juste comme son épée tombait de sa main.

Il tomba durement sur le sol.

Papa bondit en avant et se jeta sur Todd, le protégeant du mieux qu'il le pouvait. Les slithers claironnèrent furieusement et se ruèrent sur les harpies qui attaquaient. Sherise finit par attraper l'épée de Todd et donna un coup en direction de la bête, essayant de la repousser.

L'angoisse me transperçait tel un couteau brûlant. Il était impossible que Todd ait pu survivre à cette attaque. Je m'élançai vers l'avant quand un cri à vous écorcher la peau résonna derrière moi. Je me retournai brusquement pour voir de nouveau l'énorme harpie, fonçant cette fois directement sur moi, aussi rapide qu'une fusée.

Je levai mon épée, mais trop tard. La harpie arracha mon arme de ma poigne, emportant presque la main. Je hurlai de douleur et le sang gicla. Ma main était couverte de rouge. Le liquide se répandait le long de mon bras jusqu'à ce que je le baisse, puis il commença à couler sur le sol. La sensation de brûlure était si forte que je tombai presque sur les genoux.

Quelqu'un attrapa ma main droite comme je ramenais le bras de mon épée contre ma poitrine. Je pivotai vivement ma tête et vis que c'était Jazz.

« Ensemble ! cria-t-elle. Maintenant ! »

Mes dents claquèrent en raison du froid soudain qui s'infiltrait dans mon corps. Je pressai sa main en même temps que je criais : « Arrêtez ! » et qu'elle hurlait : « Cessez ! ».

Le sortilège fonctionna merveilleusement.

Acaw figea au beau milieu d'un mouvement, et son frère-corbeau en plein vol. Les sorcières, les furies, les elflings et les autres oldeFolkes ressemblaient à des statues de marbre, soit en position de fuite ou de combat. Un rayon de lumière jaune était suspendu au-dessus de la tête de Rol, et je vis des étincelles au bout des doigts de Dame Corey. Mon père et Todd — je ne les voyais nulle part. Ni Sherise.

OldeTown était un désastre complet. Les chaudrons avaient été renversés et les feux de cuisson étaient éteints, laissant échapper des spirales glacées de fumée dans l'air. Au moins le tiers des toits de cabanes s'étaient effondrés. Des murs étaient en pièces. Des sorcières et des oldFolkes blessés étaient étendus partout.

Pas morts, priai-je. *Faites que Todd ne soit pas mort. Faites que personne ne soit mort.*

Même ces affreuses harpies étaient suspendues dans les airs comme si elles étaient accrochées à des cordes invisibles attachées au firmament. Elles étaient plus hideuses maintenant que j'étais capable de bien les regarder. Celle qui tenait mon épée était si près, agrippant fermement mon arme. La bâtarde avait été sur le point de m'achever avec ma propre lame.

Cette fois, je tombai sur les genoux d'épuisement et de douleur. Ma main. La main qui avait tenu mon épée faisait tellement mal. La douleur – une douleur comme je n'en avais jamais ressenti auparavant. Je sentais le sang, mon propre sang, mêlé à la puanteur de la harpie, à l'odeur de la fumée et à toutes les autres émanant de l'ensemble de la destruction.

Jazz s'agenouilla à côté de moi, semblant à bout de souffle. Elle tenait la canne d'Acaw d'une main et serrait ma main de l'autre.

« Les harpies », dit-elle, ses yeux illuminés d'une certaine somme de connaissance, comme si une ampoule s'était allumée au-dessus de sa tête. « J'ai essayé de leur parler. Je crois que nous pouvons essayer de communiquer... »

Son regard tomba sur mon bras pressé contre ma poitrine. « Oh, Déesse, tu saignes. »

« Sans blague. » Je serrai les dents. Mes doigts. Mes doigts me faisaient si mal.

« Laisse-moi voir. » Elle relâcha mon autre main et se déplaça devant moi.

Je ne voulais pas bouger. Mes doigts, ma main, tout mon bras – étaient en feu. Mon estomac se souleva avec la pression de l'air sur ma peau, mais je tendis ma main. Des points noirs fusèrent devant mes yeux. Ce ne pouvait être cela. Impossible. Je pouvais les sentir. La douleur – je la ressentais dans tous mes doigts, remontant jusque dans mon bras.

Mais ils n'étaient pas là.

Tout ce que je vis sur ma main gauche, la main de mon épée, ce fut mon petit doigt, mon index et mon pouce. Et deux moignons sanglants entre eux.

chapitre neuf

JAZZ

Il semblait y avoir du sang partout dans chaque recoin. Mon cœur battait la chamade. « Bren. Regarde-moi. Pense avec moi. Il faut ralentir l'écoulement sanguin. »

Pâle, les dents serrées — il tremblait violemment. Pouvait-il m'entendre ? Il jura une fois, deux fois, puis son regard rencontra le mien. La souffrance que je vis dans son visage me déchira le cœur. Je déposai le bâton d'Acaw sur le sol à côté de lui, espérant que le bois ancien de fabrication elfling pouvait lui prêter quelque force.

Ensemble, nous murmurâmes un sortilège de guérison de base. L'énergie de l'or et de l'argent circulait entre nous, puis s'écoula vers la main mutilée de Bren. Il grogna, puis laissa échapper d'autres jurons, alors que la lumière grésillait et crépitait sur les moignons où ses doigts manquants auraient dû se trouver. Le saignement ralentit et devint un filet, puis cessa progressivement. Le pouvoir magique n'était guère qu'un bandage. Il avait besoin d'une véritable, d'une profonde intervention de guérison, il avait besoin de temps, de sécurité — et j'étais incapable de lui donner tout cela à ce moment.

L'effort intense qu'exigeait le sortilège de discontinuation commençait à nous épuiser tous les deux, et Bren s'effondra dans mes bras. Comme j'étais incapable de le soutenir, je l'étendis sur l'herbe baignée de sang. Même son visage était couvert de sang à l'endroit où sa cicatrice avait été rouverte. Ses yeux battirent et se fermèrent.

Le sortilège — la bataille — que pouvais-je faire ? Le pouvoir magique s'évanouirait-il si je m'écartais de lui, même si nous avions effectué quelques essais de magie en étant séparés ? Bren serait une cible impuissante…

Lentement, soigneusement, je rompis le contact physique avec Bren juste assez pour me mettre debout. J'étais incapable de détourner mes yeux de sa poitrine, surveillant alternativement son soulèvement et son affaissement. Il était blessé, mais il n'était pas mort.

Pas mort. Pas mort. Pas mort.

La dévastation qui m'entourait était inimaginable. Qui avait péri, qui était vivant, qui pouvait être sauvé ? Je n'en avais aucune idée. Des larmes coulèrent sur mes joues comme je me penchais, agrippais la canne d'Acaw, et prenais le risque de m'éloigner de Bren de quelques pas. Je sentais toujours sa magie, son pouvoir mêlé au mien.

Le sortilège tenait bon. Merci à la Déesse. Il me fallait réfléchir. Quoi faire – comment faire – il devait y avoir…

Serrant la canne, je puisai le pouvoir qu'elle renfermait et contemplai les rubans d'énergie qui me reliaient à Bren, et j'eus une idée. Mordant ma lèvre, laissant la douleur focaliser ma volonté, je tentai de démêler quelques brins de mon or de son argent. L'or ne voulait pas coopérer, mais je plissai mes yeux et l'obligeai à céder. Peu à peu, je défis le fil pour l'envoyer vers l'extérieur, vers la forme solide de Rol.

Mes genoux commencèrent à ployer. Tous ces sortilèges avaient exigé de moi un tel effort, moi qui étais demeurée si longtemps sans pouvoir magique, sans pratiquer ou m'entraîner…

Grinçant des dents, je repoussai toute pensée négative. La lumière dorée oscilla, puis ondula vers Rol, enveloppant ses pieds.

Au moment où je le touchai, il émergea de son état d'immobilité. La flèche qu'il avait lancée vola et atteignit son but. Un petit trou se fora dans la tête de l'une des plus petites harpies. Je grimaçai, je voulus crier – mais il était trop tard pour me reprendre.

Rol tourna sur lui-même et me fixa. Son beau visage d'ébène se remplit de respect. Il semblait partagé entre l'urgence de courir vers moi en souriant et la réalité de notre sombre situation.

Sans un mot, je donnai un petit coup sur la canne d'Acaw, et je déplaçai le cordon doré d'énergie de Rol et le projetai vers la femme derrière moi. Ma mère. J'avais besoin d'aide, et elle était la sorcière la plus forte que je connaissais en dehors de Rol et de Bren.

Mère se réveilla à l'instar de Rol. Son regard courut du filet d'énergie vers moi. « Déesse, murmura-t-elle. Déesse, sois louée ! Jasmina, je... »

Son regard passa de Bren à Rol, puis finalement à la scène qui l'entourait. Je constatai sa maîtrise de son étonnement devant mon retour, et en fus reconnaissante. Pour le moment, nous n'avions pas de temps à consacrer aux réunions émotionnelles.

« Tue les bêtes, dit Mère à Rol. Assure-toi qu'elles... »

« Non ! » Mon cri fusa dans le silence insolite comme l'un des coups de l'épée de Bren. « Ne les blesse pas. Attache-les pour que je puisse rompre le sortilège, mais ne leur fais aucun mal. »

« Jasmina... », commença ma mère.

« Fais ce que je te dis », dis-je fermement, mais aussi gentiment qu'il m'était possible dans les circonstances. Mon assurance ne vacilla pas un seul instant, même si je mettais ma mère au défi. « Je n'ai pas l'énergie de retenir ces sortilèges et de te donner des explications. »

Le regard totalement surpris, ma mère se tut. Rol réagit en s'élançant vers la harpie qui avait attaqué Bren et en retirant l'épée de ses griffes acérées. Il nettoya la lame sur ses pantalons, puis l'apporta aux côtés de Bren, où il la déposa sur le sol avec soin.

Rol leva vers moi des yeux luisant d'inquiétude et d'autres émotions que je ne pouvais identifier. Pourtant, c'était Rol. Mon merveilleux Rol. Je voulais jeter mes bras autour de son cou, mais ce n'était tout simplement pas le moment. Bien sûr, Rol le comprit. Il m'offrit un court, mais profond salut respectueux. Puis, silencieusement, il retourna vers ma mère, et ils procédèrent à la fastidieuse tâche d'envelopper les harpies de liens magiques qui tiendraient indéfiniment. Ils s'assurèrent de nouer leurs pieds et de les ramener au sol pour prévenir leur chute du ciel.

Ce fut terriblement long, cela sembla une éternité. Déesse. Je m'affaissai contre le bâton d'Acaw, priant pour avoir la force de demeurer debout. Je ne croyais pas pouvoir tenir le coup beaucoup plus longtemps. Le sortilège de discontinuation m'épuisait et je craignais qu'il ne se rompe trop rapidement. Et Bren — sa main s'était remise à saigner. La blessure paraissait de plus en plus vilaine, le rouge se répandant lentement sur son bras comme une mauvaise brûlure.

Finalement, quand Mère et Rol eurent neutralisé toutes les harpies attaquantes, et après qu'ils eurent mis en position un groupe d'oldeFolkes et de sorcières dans un cercle géant pour renforcer le prochain sortilège de retenue, j'attrapai la main saine de Bren et prononçai les mots que je redoutais.

« Que l'activité reprenne. »

Tout reprit en même temps. La harpie frappée par la flèche de Rol s'effondra sur le sol. Les autres harpies se mirent à pousser des cris stridents et à se débattre pour se défaire de leurs liens. Les sorcières dans le cercle tremblèrent, paniquèrent, retrouvèrent leurs sens devant l'ordre de Mère, et réussirent à lancer un sortilège de contrainte pour une sécurité accrue. Petit à petit, le bruit des bêtes s'évanouit, sous l'effet d'étranglement du pouvoir magique.

« Vers la ferme d'entreposage ! cria quelqu'un. Nous pouvons les enfermer à cet endroit ! »

Un chœur de voix émit des sortilèges de levée et de mouvement, et je sus que les harpies prenaient le chemin d'une prison temporaire. Durant leur exode, des gémissements s'élevèrent dans l'air lourd et enfumé. L'odeur de sang, de feu, de terre scarifiée et de peau écorchée m'assaillit, en même temps que la perception de l'horrible douleur de Bren. Je laissai tomber la canne d'Acaw et l'appuyai contre mes yeux, mes oreilles, tentant de bloquer l'invasion de sensations, mais j'en fus incapable. Tout semblait s'abattre sur moi en même temps.

C'est ainsi que l'un de mes premiers gestes officiels, comme reine des sorciers de retour du royaume des morts, fut de tomber sur mes genoux et de hurler.

Un peu comme une réponse, un garçon arriva au pas de charge, émergeant des flammes, une main pressée contre sa poitrine.

Pour un moment, je plissai fortement les yeux, niant ce que je voyais. C'était Bren – mais ce n'était pas Bren. Des cheveux plus clairs, et alors qu'il s'approchait, je pouvais voir ses yeux bleus brillants et les pans déchirés de sa chemise.

Todd. Oui. Ce devait être le frère de Bren. Je le savais lorsque je l'avais vu se faire attaquer par la harpie. Se faire *tuer*. Pourtant, il approchait, tout à fait en vie. Sa chemise était déchirée des épaules à la taille – pas la plus infime blessure superficielle ni même une petite tache de sang. Détenait-il une sorte de pouvoir de guérison ? Le sang de Nire le protégeait-il du mal ? Mais ce ne pouvait être vrai, sinon Bren aurait aussi été protégé.

Cesse de chercher le trouble. Il y en a déjà assez tout autour, où que tu regardes. Tu t'occuperas de cela plus tard.

Derrière Todd, arriva une armée presque totalement composée de slithers, certains en plein vol, les plus jeunes créatures tambourinant sur le sol. Les slithers – alors qu'il faisait jour. Ciel ! Mais quelqu'un était très très habile dans les manipulations génétiques.

Le garçon s'arrêta net à ma vue. Puis ses yeux tombèrent sur Bren.

« Merde ! », cria-t-il. Il aboya un ordre aux slithers qui l'ignorèrent. Il dut crier deux ou trois fois pour se faire obéir, mais, finalement, les créatures se posèrent sur le sol et se tinrent immobiles.

Todd se précipita vers son frère et se laissa tomber à ses côtés. Il toucha la main blessée de Bren, qui poussa des gémissements et se débattit violemment, comme si Todd lui faisait mal.

« Ne fais pas ça », dis-je, m'obligeant à me lever assez longtemps pour m'approcher de Todd et m'agenouiller à côté de lui. « Je crois qu'il s'agit d'une blessure magique, au moins un peu. Il a besoin d'une véritable intervention de guérison. »

« Alors, fais-le ! » Le garçon me lança un regard furieux de ces yeux bleus irréels. Une énergie argentée ondoya sur sa peau, de sorte que je me renversai vers l'arrière.

« Je... je ne peux pas. Mon pouvoir magique – aussitôt que nous aurons la situation en main, les guérisseuses s'occuperont de lui. »

L'expression de Todd se transforma en une sorte de dédain mêlé à une émotion que j'étais incapable d'identifier. De la surprise ? Du triomphe ? Son regard me surprit, animant en moi une perturbation abyssale, indiscernable. Avant que je ne puisse nommer mon inconfort, il grogna et retourna vers Bren, me disgraciant comme si j'étais inutile. Chaque fois qu'il posait sa main sur Bren, celui-ci se tordait à son contact. Des étincelles argentées fusaient de sa peau, jaillissant sur Todd, le forçant à reculer. Je sentais même une ponction dans notre énergie combinée, mais je ne pouvais risquer un sortilège de guérison important. Qu'arriverait-il si notre connexion se rompait au beau milieu de mes efforts ? Je pouvais lui faire plus de tort que de bien.

Quelque chose s'effondra en moi. À bien des égards, j'étais aussi inutile que le croyait Todd — mais, non. Il ne fallait pas que je pense ainsi. Je devais me lever, aller l'aider où je pouvais et comme je le pouvais. Toutefois, si je m'écartais de Bren, je ne pourrais réaliser même la plus infime magie.

Todd fit une nouvelle tentative pour s'approcher de Bren, pour finir par être cinglé par un éclat d'énergie argentée. Le garçon déchargea sa frustration en lançant un regard meurtrier dans ma direction.

Un homme s'approchait précipitamment, suivi de ma mère et d'une fille aux cheveux noirs que je reconnus avec une terreur soudaine. Sherise. La petite sorcière qui était venue à L.O.S.T. transportant le golem d'Alderon. Maintenant, elle portait une épée. L'arme était finement conçue, puissante, mais pas comme celle de Bren. La lame avait probablement été fabriquée pour Todd, et je me souvins alors que cette traîtresse l'avait ramassée lorsqu'il avait été blessé par une harpie.

Chaque muscle de mon corps se tendit.

Où était l'odieux golem ? Dans sa poche ? Peut-être l'avait-elle attaché sur une chaîne autour de son cou. Peu importe. Il fallait la désarmer, immédiatement.

Aussitôt qu'elle approcha, une douleur tarauda la cicatrice sur mon bras — la blessure que m'avaient faite les Ombres — celles qui m'avaient envoyée à Talamadden.

« Arrête ! » Je me levai, mais faillis tomber en reculant pour m'éloigner d'elle. Il me fallait fouiller dans son esprit et en extraire la connaissance de force, mais cette sensation intenable sur ma cicatrice — j'en étais incapable. Je devais utiliser d'autres moyens. Je ne voulais pas trop m'approcher de cette fille, ou de son talisman maléfique reçu d'Alderon. « Lâche ton arme et reste où tu es, traîtresse ! »

Sherise chancela comme si je l'avais frappée. De fait, je l'avais frappée, un peu. Une parcelle d'énergie provenant du mélange d'argent et d'or tomba au sol comme elle se redressait. D'un vif mouvement, elle laissa choir la lame qu'elle portait. L'épée piqua directement dans la terre et demeura là, se balançant d'avant en arrière.

Comme s'ils avaient senti ma détresse, Rol et Acaw arrivèrent en courant vers moi. Je voulus leur donner l'ordre d'arrêter, de retourner immédiatement sur leurs pas et d'aller quérir des guérisseuses pour Bren, mais je savais que je devais placer le devoir par-dessus les sentiments personnels jusqu'à ce que le danger soit dissipé.

« Jasmina, dit ma mère. Pourquoi attaques-tu cette enfant ? Toute cette folie n'est pas son œuvre. »

Le père de Bren s'agenouilla près de son fils blessé, au moment où Todd virevolta brusquement pour me faire face. Il hésita pendant une seconde, comme s'il essayait de trouver les bons mots, puis en lança une pleine bordée : « Ne parle pas à Sherise de cette manière. Et n'ose surtout pas la toucher une autre fois. »

« Elle est liguée avec le mal », dis-je aussi fermement que je le pouvais, me forçant à détacher mon regard de Bren pour rencontrer le regard furieux de Todd. « Elle cache un golem, celui d'Alderon. Il l'a envoyée ici avec l'odieuse chose, sans doute pour faciliter une attaque comme celle-ci. »

« Je... je ne sais pas de quoi vous parlez. » Sherise croisa les bras. Sa voix était basse et faible dans le chaos qui nous entourait. « Je ne veux faire de mal à personne ici. Pas maintenant. »

« Elle ne le ferait pas, confirma le père de Bren. Elle a beaucoup aidé pendant l'absence de Bren, Sherise et Todd sont très proches – quand la harpie l'a attaqué, elle l'a fait reculer. Oh, je suis désolé. Nous n'avons jamais vraiment été présentés, n'est-ce pas ? »

Il allait continuer quand Rol et Acaw nous rejoignirent. « Fouillez-la. » Je fis un signe de tête vers Sherise. « Elle a un golem. Je l'ai vu dans une vision. »

Todd laissa échapper un cri de colère et chargea comme pour bloquer leur chemin vers la fille. Acaw récupéra sa canne sur le sol et contourna furtivement le garçon de la manière typique des elflings. Rol, de la façon caractéristique de Rol, écarta simplement le garçon de son chemin, exhortant ma mère à saisir les deux bras de Todd par derrière. Il lutta pour se dégager de sa poigne, mais je pouvais voir la tiédeur de ses efforts. Il savait qu'elle avait le dessus, et il n'était pas très heureux de la situation. Quelques mètres plus loin, ses slithers piaffaient et s'ébrouaient, ressentant sans doute sa détresse.

« Envoie-les à leur enclos de jour », lui dit ma mère.

« Va au diable ! », répliqua Todd, et il ne baissa même pas la tête lorsque son père lui lança un regard sévère.

À mon immense surprise, ma mère ne gifla pas le garçon pour son impudence. Elle ne le châtia même pas. Elle relâcha plutôt une de ses mains et attendit patiemment, maintenant une prise solide sur son autre poignet.

Comme Rol et Acaw s'emparaient de Sherise – qui, et c'est tout à son honneur, ne se débattait pas –, Todd fit un geste en direction des créatures et cria quelques mots amplifiés dans le langage des oldeFolkes. Les slithers hésitèrent, mais ensuite, un après l'autre, ils partirent en volant ou en marchant, disparaissant dans la fumée tourbillonnante.

Les sorcières et les furies et les autres oldeFolkes arrivèrent lentement vers nous, boitant et grimaçant, tenant délicatement leurs membres blessés. Quand ils me virent, ils réagirent en murmurant des prières, certains émettant des jurons – une combinaison de choc et d'incrédulité devant mon retour. Beaucoup étaient couverts de brûlures, de coupures ou de morsures. Leurs vêtements étaient en lambeaux. De si nombreux visages étaient maculés de sang. Je détournai les yeux. Je ne pouvais faire face à ce problème, pas encore, pas avec Bren qui était si gravement blessé, et il y avait la fille et le golem… oh ! Je fermai les yeux. C'était trop, bien trop !

Lorsque je les rouvris, Acaw faisait courir son bâton sur le corps de Sherise centimètre par centimètre pendant que les mains massives de Rol reposaient sur les épaules de la fille. Elle paraissait effrayée et misérable, nullement fâchée et menaçante comme je l'avais prévu. Je voulus ordonner à l'elfling de se dépêcher, mais je retins ma langue que, en fait, je mordis. Tout ce que je voulais à ce moment, c'était de me laisser tomber au sol et de bercer Bren, mais il ne se serait pas senti plus en sécurité. Pas avant que le golem ne soit détruit. Qui pouvait dire quels autres monstres pourraient répondre à son appel luminescent au mal ? Nous pourrions être assaillis par d'autres harpies, par n'importe quoi. Même par des Ombres.

Je frissonnai. *Il n'y a plus d'Ombres. Nire est partie. Cesse de paniquer à propos de tout et de rien !*

Le temps qu'Acaw atteigne la jambe gauche de Sherise, il sembla que toute la population de L.O.S.T. s'était rassemblée autour d'eux. Leurs yeux étaient dirigés vers moi, remplis de choc et d'émerveillement, sauf pour ce qui est des furies qui, comme d'habitude, lançaient des regards furibonds. De nombreux spectateurs fixaient Bren, ils ouvraient et fermaient leurs poings, évidemment inquiets. D'autres demeuraient interdits pendant l'inspection de Sherise jusqu'à ce qu'Acaw parle.

« Il est ici, Votre Majesté. » Il fit un geste vers le soulier gauche de la fille.

Ma mère se raidit. Le regard courroucé de Todd atteignit des proportions infernales.

Sherise baissa la tête, puis la secoua lentement d'un côté et de l'autre. « Je ne voulais blesser personne ici, répétait-elle. Je ne l'aurais pas fait, honnêtement. Vous devez me croire. »

« Tais-toi, lançai-je hargneusement, les bras serrés contre ma poitrine. Acaw, retire-le-lui. » À Mère — c'était le mieux que je pouvais concéder à Todd —, je dis : « Veux-tu l'aider à détruire la monstruosité ? Je ne veux pas que Sherise meure, même si c'était une punition indiquée. »

Et je ne veux pas être celle qui fouille dans son esprit. Une vague de frissons me submergea pour une seconde, au souvenir du moment où j'avais dû fouiller dans la conscience de Bren — et de l'ancien pouvoir magique qu'il avait hérité de Nire. Cela avait effectivement été une surprise désagréable.

Ma mère hésita brièvement, mais elle hocha finalement la tête.

« Si tu coopères, ma mère t'aidera à te libérer de son emprise. » J'étais incapable de contenir l'âpreté de mon regard orienté droit sur elle. « Autrement, tu mourras en même temps que cette chose. Comprends-tu ? »

Rol souleva Sherise de quelques centimètres du sol, et l'elfling se servit de sa canne pour retirer le soulier de la fille. Il chuta sur l'herbe — et il en tomba une horreur malveillante formée de boue, de chaume et de vil sang magique.

Dans un même mouvement, la foule recula. Les furies et les esprits des furies sifflèrent, les frères-corbeaux poussèrent des cris rauques, et les sorcières murmurèrent des charmes de sécurisation et de protection. Ma mère, qui gardait toujours la tête froide dans n'importe quelle crise, remit Todd sous la garde de son père et lia rapidement l'horreur frétillante à l'aide de sortilèges appropriés. Puis elle tourna son attention vers Sherise. Je vis Mère se concentrer très fort comme elle se connectait à la fille, repoussant l'influence du golem, rompant le lien qu'Alderon avait établi.

Les yeux de Mère s'agrandirent.

Sherise trembla des pieds à la tête, mais elle ne cria ni ne tomba.

Il semblait bien que Sherise ne luttait pas contre l'aide de ma mère. Peu à peu, la détresse dans leurs regards s'estompa, jusqu'à ce qu'elles brisent leur connexion dans un affaissement d'épaules. Je pouvais dire qu'elles avaient réussi, car le golem s'affaiblit rapidement, et l'énergie vitale de Sherise était intacte.

Lorsque le golem finit par s'immobiliser, Acaw retira un sac de tissu de sa poche, enveloppa la créature dans les plis et l'attacha solidement au moyen d'une ficelle ensorcelée. Il remit le paquet dans sa poche, et je compris qu'il verrait à le détruire.

Ensuite, tous les yeux se tournèrent vers Sherise, qui était effondrée dans les bras de son geôlier. Elle sanglotait maintenant, murmurant sans arrêt : « Je suis désolée. »

Ma mère s'avança pour dire quelque chose, puis elle me regarda et se ravisa. Elle se retourna plutôt vers le père de Bren et Todd et attendit mon jugement.

Les trois paraissaient également misérables, et, devant la haine froide dans les yeux de Todd, je compris que je m'étais fait un ennemi du frère de Bren, même si j'avais eu raison. Peut-être *parce que* j'avais eu raison. Je ne pus m'empêcher de soupirer.

C'était le moment de redevenir une reine. Je découvris que cette tâche ne me plaisait pas plus maintenant que la première fois où j'étais vivante.

« Enfermez-la dans l'antichambre du magasin avec un sortilège de retenue. Assure-toi que deux sorciers soient de garde en tout temps. Nous n'avons pas le temps de déterminer dans quelle mesure ce désastre lui est imputable. Pas pour le moment. »

Rol hocha la tête, et il partit avec Acaw en compagnie de la sorcière traîtresse.

Au même moment, plusieurs guérisseuses se frayèrent un chemin dans la foule et prirent en charge les soins de Bren. Une troisième me prit par le bras, et je ne luttai pas pendant qu'elle me conduisait vers une cabane de guérison. Ma mère emboîta mon pas à mes côtés, alors que je tendais le cou pour voir où elles emmenaient Bren. Je devais savoir, pour le rejoindre le plus tôt possible. Nous étions plus forts ensemble que séparément. Il avait besoin de moi, ou peut-être que j'avais besoin de lui. À ce moment, cela m'était égal.

« Il ira bien, ma fille, dit doucement ma mère. De même que Todd. Le caractère du garçon — bien, il ressemble à ce qu'était son frère auparavant. Les responsabilités de Bren l'ont fait prendre de la maturité. »

« Je sais. » Je sentis le bras de ma mère s'enrouler autour de mes épaules, et la sensation me surprit. Depuis quand était-elle devenue affectueuse ? Et devant les gens, rien de moins ?

Au moment d'entrer dans la cabane de guérison, je jetai un autre regard par-dessus mon épaule. L.O.S.T. se consumait tristement à l'arrière-plan.

« Plus tard », dit ma mère, aidant la guérisseuse à me conduire vers un lit. « Nous aurons le temps de compter nos pertes et de panser nos blessures. De procéder à une inspection des lieux, certainement, et nous devons déterminer ce qu'il faudra faire avec ces harpies. Pour le moment, toutefois, tu as besoin de te reposer et de te sustenter. »

La guérisseuse m'obligea à m'étendre, et, lorsqu'elle tourna le dos pour ramasser ses affaires, ma mère remonta le drap pour me couvrir, comme si j'étais toujours une petite fille. Le choc se mêlait à la fatigue, cependant mes yeux s'alourdirent trop rapidement pour lui adresser la parole.

« Bien joué, ma superbe jeune femme, murmura-t-elle, portant l'une de mes mains à ses lèvres. Tu ne peux pas imaginer à quel point je suis fière de toi ni à quel point je suis heureuse de te voir. Bienvenue à la maison, Jasmina. »

Puis, dans mon sommeil brumeux, je crus voir ma mère pleurer.

chapitre dix

BREN

Ma vue était chancelante. Embrouillée. Affaiblie. J'étais incapable de me concentrer. Impossible de fixer mon attention sur ce qui se passait autour de moi. Des rêves. Des souvenirs. Deux personnes m'avaient à moitié traîné, à moitié porté dans une cabane de guérison. Rol ? Mon père ? Je ne pouvais le dire.

Des images surgirent dans mon esprit. Jazz à Shadowbridge, mourant des suites d'une blessure au bras. Alderon aux portes du repaire de Nire à Old Salem. Ma mère – Nire – riant, riant. Mais non, attends. Pas elle. Quelqu'un d'autre. Todd. Un petit homme trop flou pour que je le voie. Un géant chevelu rempli de puces. Une puce géante avec d'énormes dents carrées. Le tout formant un véritable tourbillon. Il fallait que ce rire arrête ou je perdrais l'esprit. La puce géante se pencha et m'arracha le bras d'une morsure.

La douleur atroce m'arracha un cri, et le géant s'évanouit.

Un lit. J'étais dans un lit, et quelque chose ne tournait pas rond. Quelque chose allait très mal.

La douleur. Dieu, la douleur. Montant le long de mon bras jusqu'à mon épaule. Les souvenirs me revinrent par fragments. La harpie. Mon épée. Mes doigts.

Non. Ce n'était pas vrai. J'avais seulement imaginé que j'avais perdu mes doigts. Je pouvais les sentir.

Douleurs fantômes, me chuchotait un souvenir lointain, et je me rappelai avoir entendu comment les gens qui avaient perdu jambes et bras sentaient leurs membres comme s'ils étaient toujours là.

« Non », marmonnai-je. Mes mots sortirent inarticulés comme j'essayais de parler. « Ils *sont* là. »

« Chut... garçon. » La guérisseuse était soudainement debout devant moi, mais je pouvais à peine distinguer son visage ridé.

« Todd. Mon frère... »

« Ton frère n'est pas blessé. Ne t'en fais pas à son sujet. »

Pas s'en faire ? Mais la harpie l'a taillé en pièces !

« J'ai vu... » Ma voix s'étouffa. Je me sentais si faible que j'étais incapable de lever la tête.

« Ne doute pas de moi, garçon, ordonna-t-elle sévèrement. Todd va très bien. J'aimerais dire la même chose en ce qui te concerne. »

Elle commença à psalmodier dans la langue olde. Je hurlai avec la sensation de brûlure qui irradiait dans mon bras. Ma tête allait exploser ! Qu'est-ce qu'elle me faisait ? Qu'est-ce qui arrivait ?

D'un mouvement brusque, j'essayai de retirer mon bras. Je tentai de me lever, mais j'étais retenu par les épaules. Rol, je pensai. Le formidable roc ambulant m'empêchait de bouger.

L'une des oldeFolkes marmonnait un sortilège de guérison pendant qu'elle pressait un morceau de tissu froid sur mon front. Des odeurs de fleur de la passion et de graines de pavot envahirent mes sens… puis tout s'obscurcit.

Ma tête faisait si mal que je répugnais à ouvrir les yeux. J'entendais des murmures en bruit de fond, mais je gardais mes paupières fermées pendant que j'essayais de délabyrinther où je me trouvais. Qu'était-il arrivé ?

Jazz. Je l'avais retrouvée. Cette pensée apaisa un peu mon mal de tête, et je faillis esquisser un sourire.

Mais vint ensuite le souvenir de l'attaque de la harpie fonçant sur moi. Mes yeux s'ouvrirent grands et je me redressai brusquement sur le lit. Ma tête tournait tellement que je faillis vomir.

Jazz fut la première chose que je vis. Elle était saine et sauve ! Mais alors, mon regard se dirigea vers ma main gauche, et je vis les bandages enroulés entre mes doigts — mes doigts intacts — et recouvrant les deux moignons au centre.

À ce moment-là, je vomis réellement. Je me penchai sur le côté du lit et tout surgit dans une éruption acide. Mes yeux se remplirent de larmes et ma poitrine se souleva.

« Bren ! » Le cri de Jazz fit écho dans la cabane de guérison, mais j'étais incapable de la regarder. J'essuyai ma bouche avec le drap et tentai de contrôler un nouvel accès à cause de l'odeur.

Quelqu'un lança des linges et des herbes sur la flaque, et la première chose que je sus, c'était que Jazz était assise sur le lit, ses bras enveloppés autour de mon cou et son visage pressé contre ma poitrine. Je respirai son odeur de cannelle et de pêches, et, une fois encore, je ne pouvais croire qu'elle était réellement là. Je sentis notre pouvoir magique se combiner de nouveau, simplement en étant là ensemble.

« Tu vas bien, dit-elle, ma chemise étouffant ses paroles. Tu es vivant et tu vas bien. » Elle hoquetait, et je comprenais qu'elle pleurait. De ma main intouchée, je lui tapotai le dos, ressentant tant d'émotion et de souffrance que j'étais incapable de discerner une chose de l'autre. Mon amour pour elle, ma colère contre les harpies, ma fureur contre le bâtard qui avait introduit le golem dans notre Sanctuaire.

Et un profond sentiment d'inutilité. Ma main – je ne serais jamais plus capable de tenir une épée. Je n'avais plus aucune valeur. C'était peut-être ce qui faisait pleurer Jazz.

Je m'arrachai à son étreinte, et notre pouvoir magique vibra un moment entre nous. Elle s'assit à mes côtés sur le lit, ses yeux dorés brillants de larmes. « J'étais si inquiète. La harpie – la magie noire qu'elle a logée dans ta blessure. Mais les guérisseuses ont fait un travail exceptionnel. Je crois que tu iras bien. »

Je regardai alors ma main, je la regardai *vraiment*. Mon poignet était d'un vilain rouge au-dessus des bandages verts des guérisseuses. Je pouvais sentir le cataplasme sous les bandages, sentir l'achillée, l'armoise, le souci et le thé vert que les sorcières avaient appliqués pour accélérer la guérison et la reconstruction de ma peau.

« Tu parles d'une inutilité, marmonnai-je en contemplant l'horreur. À quoi un roi des sorciers peut-il bien servir sans main pour tenir une épée ? »

Jazz prit ma bonne main dans les siennes, et je levai les yeux vers elle. « Ne dis pas ça. » Une étincelle de colère illumina ses yeux. « Tu es un bon roi. J'ai vu tout ce que tu as accompli depuis mon départ et je ne crains nullement que ça puisse changer. »

« Ouais, bon. » Je m'écartai brusquement d'elle et m'extirpai du lit, tenant délicatement ma main blessée contre ma poitrine. Pour un moment, des points noirs me voilèrent à nouveau la vue, et je dus faire un effort pour retrouver mes sens.

Lorsque je fus capable de m'orienter, je traversai péniblement la cabane, avec Jazz sur mes talons. J'ouvris la porte d'une poussée et arpentai des yeux la destruction à l'extérieur. « Quel roi ! Je n'ai même pas pu défendre mon propre peuple. » Je me retournai vers Jazz qui sursauta. « Je n'ai même pas pu te protéger. »

Elle affichait un air désolé, et semblait ne pas savoir quoi dire. « Bren… »

« Écoute, lançai-je hargneusement. Je n'ai pas besoin de ta pitié, et je n'ai pas besoin que tu cherches à me faire sentir comme si j'étais encore en un seul morceau. Parce que je ne le suis pas. Nous savons tous les deux que ce n'est pas le cas. »

Formidable. Elle avait l'air sur le point de fondre à nouveau en pleurs, et j'étais incapable de le supporter. Absolument pas.

Sans ajouter un mot, je me précipitai hors de la cabane, faisant fi de ma fatigue, et marchai pour rejoindre Rol, qui parlait avec mon père près du magasin. Une fois parvenu à destination, j'étais couvert de sueur, mais cela m'importait peu. C'était bon de bouger. Au moins, mes foutues jambes étaient intactes.

Inspectant la scène tout autour, je pouvais voir que les sorcières et les oldeFolkes s'étaient servi de sortilèges pour nettoyer le désordre pour que tout ne paraisse pas trop mal. Beaucoup de travail avait été exécuté. Sans moi, bien sûr.

« Vos Majestés. » Rol inclina la tête dans ma direction, puis dans celle de Jazz, qui nous avait rejoints en silence. Une lumière spéciale brilla dans le regard du géant lorsqu'il la fixa, puis de retour vers moi, il parut fier et content de nous deux. Mais lorsque ses yeux se posèrent sur ma main inutile, leur éclat s'estompa. « Est-ce que je peux vous aider ? »

« Je ne suis pas impuissant », grondai-je, et autant mon père que Rol reculèrent.

« Bien sûr que non, fils, dit Papa. Je suis heureux de te voir debout. Todd sera transporté de joie. Il me demande de tes nouvelles tous les jours. »

Je les ignorai tous les trois et tournai mes yeux vers le Sanctuaire. Le paysage débordait de sorcières qui restauraient tout, ramenant les choses comme avant l'attaque des harpies.

« Où sont les harpies ? demandai-je à Rol. Ont-elles toutes été détruites ? »

« Elles sont dans les fermes d'entreposage », dit Jazz, vers qui je ramenai brusquement mon attention.

« Pourquoi sont-elles encore vivantes ? grognai-je. Les foutues créatures ont attaqué mes gens. » *Et pris mes doigts,* voulais-je crier.

Jazz releva le menton. « Les harpies — elles essayaient de nous dire quelque chose. Je suis certaine qu'elles n'ont pas attaqué par hasard, et nous devons découvrir leur dessein, sans mentionner l'identité de la personne qui les a envoyées. »

Des jurons envahirent mes pensées, un après l'autre. « D'accord. Maintenant tu écoutes… »

Avant que je ne puisse ajouter un autre mot, mon papa agrippa mon épaule, et je portai mon attention vers lui. « Je suis fier de toi, fils. Tu as ramené Jasmina et tu as aidé à enrayer l'attaque des harpies. »

« C'est vrai. » Rol dessina une grande révérence. « Vous avez prouvé votre valeur en tant que roi des sorciers. »

« Écoute. Tu peux cesser tout ce boniment. » Je me dégageai de l'étreinte de mon père. « Quelle valeur puis-je avoir sans main pour tenir mon épée ? »

Rol fronça les sourcils. Le visage de Papa prit une expression de pitié, ce qui me mit en rogne.

Jazz était maintenant en colère. « Arrête de t'apitoyer sur toi-même, Brenden. Comme tu l'as si justement dit : "Il faut s'en remettre, et que la vie continue." Nous avons du travail à faire. »

Nous demeurâmes là face à face, à nous regarder pendant un long moment. Papa et Rol s'éclipsèrent, et nous restâmes tous les deux debout devant le magasin, dominant pratiquement le village.

« Tu ne sais pas de quoi tu parles, dis-je entre les dents. Il ne s'agit pas de quelque chose dont on se remet simplement. »

Elle serra les poings et se dressa sur le bout des pieds comme pour se mettre à ma hauteur. « J'étais morte. *Morte*, Bren. »

Cette pensée m'interloqua pour un instant, et je ne pus trouver rien à dire pendant qu'elle continuait. « J'ai dû me battre pour parvenir à la barrière menant au vrai monde, tout comme tu as dû lutter pour arriver à celle qui conduisait à Talamadden. Mais c'est toi qui m'as sauvée, c'est toi qui m'as ramenée. »

« À ce moment-là, j'avais encore la main de mon épée. » La chaleur gagnait mon visage de seconde en seconde. « Si je ne l'avais pas eue, je n'aurais pas eu le dessus sur l'Erlking et je n'aurais pu te rejoindre. »

« Très bien. » Jazz projeta ses bras dans les airs. « Pauvre toi avec des doigts en moins. Tu ne peux plus faire voler une épée comme auparavant, donc tu vas abandonner ? »

« Jamais », grognai-je, sans savoir d'où provenait cette réponse.

Avant que Jazz ne puisse continuer, je m'écartai d'elle et partis du magasin en direction d'oldeTowne, du zoo de Todd et des fermes d'entreposage. La reine des sorciers décida de ne pas me suivre.

Tant mieux. C'était aussi une bonne chose. Sauf qu'en même temps, je me sentais minable.

Alors que je m'approchais des granges, l'odeur de poussière et de crasse de harpie me remplit les narines. Oh, elles étaient certainement là. L'idée de mettre le feu à toute l'installation et la fantaisie de me précipiter à l'intérieur et d'égorger des tas de harpies guerroyaient en moi.

Dans les circonstances, je ne fis qu'entrer d'un pas lourd dans l'enclos, puis dans la première des trois grosses granges. À la vue de toutes ces hideuses créatures attachées par des liens magiques et forcées de demeurer étendues sur leur flanc, je sentis quelque chose se serrer dans mes entrailles. Elles réussissaient malgré tout à paraître fières et furieuses, en dépit de leur situation d'impuissance.

Une des harpies, la plus grosse, grommela quelque chose dans ce qui ressemblait à un langage. Je tournai brusquement les yeux vers la bête et fus animé de tremblements de colère. « Bâtarde, dis-je. C'est toi qui m'as pris mes doigts. »

Elle parla encore. Je veux dire, il me sembla qu'elle parlait. Non pas des cris stridents presque irréels qu'elles lançaient durant leurs combats, mais comme si elle essayait de communiquer avec moi.

Tu vois ? imaginai-je Jazz en train de dire dans ce ton du style j'ai-toujours-raison qui était le sien. *Elles essaient de communiquer.*

« Des conneries. » Je me retournai, mon talon broyant la terre du plancher de la grange. Ces stupides monstres me donneraient probablement encore des puces si je ne portais pas attention. Ronchonnant, je m'éloignai des choses qui avaient attaqué mon peuple et m'avaient estropié. D'une manière ou d'une autre, je leur réglerais leur cas. J'avais simplement besoin de temps pour réfléchir.

Cette fois, je me dirigeai vers le village principal. J'ignorais où je me rendais exactement, mais il fallait que je fasse quelque chose, n'importe quoi. Durant le trajet, je baissai les yeux sur ma main bandée. Une pensée absurde me vint – tout ce que j'avais à faire, c'était d'orienter mon pouce vers l'intérieur et j'effectuerais le salut traditionnel Vulcain*. De façon permanente. L'image me rendait malade. Je secouai la tête et me concentrai sur ma colère. La colère me faisait du bien à ce moment même. Je marchais si rapidement que la pierre de lune autour de mon cou se balançait en tous sens contre ma poitrine.

La pierre de lune. Sherise ! Merde !

Des élancements me trouaient la main et la tête, et je me mis à transpirer plus abondamment alors que je prenais de la vitesse. Comment avais-je pu oublier Sherise ? Si Jazz ne l'avait pas expulsée, elle était dans l'antichambre du magasin général où nous enfermions à l'occasion les elflings ivres pour la nuit. Un oldeFolke en état d'ivresse pouvait causer de réels dommages, c'est pourquoi nous gardions la pièce munie de barreaux bien propre et prête, juste en cas. Parfois, nous nous en servions pour une sorcière ou un des oldeFolkes qui avaient besoin de se calmer avant qu'ils s'en prennent à quelqu'un et se retrouvent avec de sérieux ennuis. Mais ces moments étaient

---

*NdT : En référence à l'émission Star Trek. Salutation des Vulcains signifiant : « Longue vie et prospérité. »

rares et espacés dans le temps, et ne duraient jamais très longtemps. Je ne croyais pas en l'emprisonnement de mon propre peuple. Nous étions une société de compromis et de traités. Ceux qui ne désiraient pas suivre nos règles élémentaires étaient escortés sur le Chemin vers d'autres Sanctuaires qui correspondaient mieux à leurs besoins.

Jazz se trouvait toujours au magasin lorsque j'y arrivai. J'ouvris la porte toute grande sans lui adresser la parole et me précipitai à l'intérieur. J'entendais tout de même les pas de Jazz derrière moi ; je savais donc qu'elle me suivait.

Lorsque j'atteignis l'arrière du magasin, je tournai vers la gauche et marchai droit vers l'antichambre. Lorsque je regardai à travers les barreaux de la porte, je vis Sherise. Elle était recroquevillée sur un banc de bois, ses bras enveloppés autour de ses jambes, regardant l'espace devant elle. Elle paraissait totalement misérable, et son visage était maculé de boue et de larmes.

Je pivotai vers Jazz. « Pourquoi la gardes-tu ici ? Je te l'ai dit, ce n'est pas une traîtresse. »

« Elle portait un golem qu'Alderon lui avait donné. Elle a conduit les harpies à L.O.S.T. » Le visage de Jazz exhalait la colère et l'arrogance pendant qu'elle parlait. « *C'est* une traîtresse, et elle est dangereuse. »

« Elle m'a sauvé la vie. À plusieurs reprises. » Je sortis la pierre de lune attachée à la chaîne argentée.

« Elle m'a prêté cette pierre avant mon départ pour te retrouver. La pierre a arrêté une flèche, et je crois que c'est grâce à elle que mon corps et mon âme sont demeurés attachés à Talamadden pour m'empêcher de mourir. »

En voyant la pierre, les yeux de Jazz s'agrandirent. Elle tendit le bras vers l'objet, que je lui permis de toucher. Un souvenir circula alors entre nous. Jazz, agrippant la pierre, se servant de sa force pour m'arracher des Ombres rugissantes…

« Mais la vision, murmura-t-elle, laissant retomber la pierre sur ma poitrine. Je l'ai vue en compagnie d'Alderon, je l'ai vue accepter de vous détruire, toi et Todd. »

« Peut-être était-ce une erreur, dis-je les dents serrées. Peut-être lui a-t-il remis à son insu ou l'a-t-il trompée comme il l'a fait avec moi. »

Jazz secoua la tête. « Elle l'a accepté de son plein gré. »

« Alors, Alderon l'a bernée d'une autre manière ! » Je tournai le dos à Jazz et essayai de déplacer la simple barre de bois de son encastrement avec ma main saine. Elle ne bougea pas. Un solide sortilège la maintenait en place. Je levai ma main droite pour en produire un, mais c'est à peine s'il y eut quelques étincelles, trop faibles pour produire un quelconque effet.

Mec, cela m'emmerdait tellement de savoir que je devais me retourner et demander l'aide de Jazz.

Elle restait simplement là, les bras croisés sur sa poitrine.

« Aide-moi. » Je serrai les dents. « Je veux qu'elle sorte. »

Jazz hocha la tête. « Je ne vais certainement pas la libérer pour qu'elle fasse à nouveau du mal à mon peuple. Il faudra faire quelque chose avec elle. »

« C'est mon peuple aussi, et tu vas m'aider à la faire sortir. » Je m'approchai de Jazz à pas lents et réguliers, ma colère augmentant chaque minute. La douleur fusa dans ma mauvaise main au moment où, instinctivement, je serrai les poings. Des points noirs dansèrent devant mes yeux, mais je n'en tins pas compte.

Lorsque je rejoignis Jazz, elle releva la tête pour me regarder, ses bras toujours croisés fermement sur sa poitrine. « Aide-moi à la libérer », lui ordonnai-je à nouveau.

Notre pouvoir magique s'anima bruyamment entre nous avec la tension pétillante de l'argent et de l'or qui s'entremêlait.

« Non. » Jazz fit un geste de la main vers la cellule de l'antichambre. « Sherise est un danger pour tous. Nous devrons décider ce que nous ferons avec elle, mais nous n'allons pas simplement la libérer pour qu'elle nous fasse encore une fois du mal. »

Prenant une profonde respiration, je comptai jusqu'à dix, très lentement. Le soleil hivernal dardait à travers les nuages de timides rayons qui pénétraient par les fenêtres du magasin. Ma main blessée me faisait horriblement mal, mais je parvins malgré tout à rester concentré sur les problèmes immédiats. Le premier problème, les harpies. Le second problème, Sherise.

Je ne me servais pas de mon bon sens. Je réagissais au lieu de répondre. J'avais utilisé l'intimidation et la colère au lieu de trouver un moyen pour parvenir à mes fins.

Je laissai échapper un soupir et dis : « Je vais conclure un marché avec toi. Nous ferons sortir Sherise de la cellule de détention et nous la laisserons demeurer dans L.O.S.T. » Jazz amorça un hochement de tête lorsque je levai ma bonne main pour l'arrêter. « Tu fais de ton mieux pour travailler avec Sherise et découvrir la vérité sur elle, et je ne décapiterai pas les harpies. »

Je me rendais compte de l'âpreté de mes paroles. Zut ! « Je veux dire, j'essaierai de parler à ces répugnantes bâtardes et de découvrir pourquoi elles ont attaqué. Négocier. C'est ce que tu veux, non ? »

Jazz fit une courte pause, comme si elle était en état de choc. Puis elle sembla y réfléchir. « Négociation, murmura-t-elle, comme si elle ne me croyait pas vraiment. Un compromis. »

« Un compromis. Bien belle expression. » Je tendis ma bonne main. « Et nous commençons par libérer Sherise maintenant. »

Jazz fit une nouvelle pause, puis elle leva sa main et agrippa fermement la mienne.

Nous nous retournâmes tous les deux pour fixer la barre de la cellule de détention de l'antichambre. L'argent et l'or craquèrent entre nous, et la barre glissa facilement hors de son support, puis tomba sur le sol.

Je libérai Jazz, puis me rendis à la porte de la cellule que j'ouvris. Sherise leva les yeux vers moi, mais, lorsqu'elle vit Jazz à mes côtés, elle détourna de nouveau son regard.

Mes bottes tintèrent sur le plancher de bois de la cellule qui sentait les herbes et le cèdre. L'antichambre n'était pas inconfortable, pas comme une prison ou un donjon. Elle contenait un bon lit moelleux, un banc près de la fenêtre à l'autre extrémité, ainsi qu'un évier et une toilette. Même un petit réfrigérateur rempli de collations pour sorciers. Je ne m'y aventurerais pas moi-même avec ce qui s'y trouvait et qui était destiné aux oldeFolkes.

De toute façon, l'antichambre n'était qu'un endroit temporaire. Nous n'y laissions personne plus longtemps qu'une nuit.

« Hé, toi. » Je passai le collier de pierre de lune par-dessus ma tête et l'enfilai délicatement sur la sienne. « Je crois que ceci t'appartient, elle est intacte, et, grâce à elle, je suis ici. »

Mon geste me mérita un léger sourire, qui ne dura en fait que deux secondes. Sherise tendit le bras et saisit la pierre de lune comme si l'objet pouvait lui donner un peu de chaleur dans un endroit très, très froid.

« Allez. » Je tendis ma bonne main à l'enfant effrayée et lui souris. « Tout va bien maintenant. »

Sherise évitait de regarder Jazz, mais elle prit ma main. Je sentis ses tremblements comme elle se levait. Elle était tellement effrayée. Je serrai les dents en voyant sa peur.

Je lançai un regard furieux à Jazz. « Arrête de la regarder comme ça. Tu empires les choses – et nous avons conclu un marché. »

Jazz se détourna, et nous la suivîmes hors de l'antichambre, puis hors du magasin.

Ce fut à ce moment que Todd surgit précipitamment de nulle part, avec une bande de ses plus gros slithers à sa suite. Certains faisaient trembler le sol à chacun de leurs pas et d'autres volaient dans le ciel. Les créatures ailées décrivirent des cercles lents autour de nous puis atterrirent avec un bruit sourd résonnant.

« C'est une bonne chose que tu l'as laissé sortir, dit Todd, son regard noir flamboyant fixé sur Jazz. Nous nous apprêtions justement à effectuer un sauvetage. »

Ma mâchoire tomba. *Effectuer un sauvetage ? Qui est ce type ? Merde ! Trop de vieux manuscrits sur les soins des animaux avaient dû endommager son cerveau.*

Jazz parut vouloir dire quelque chose, mais se ravisa.

« Elle va bien, petit frère. » Je laissai tomber la main de Sherise, qui courut vers Todd et jeta ses bras autour de son cou.

Il tressaillit. Pendant une seconde, je crus qu'il allait la repousser, mais son visage s'adoucit alors qu'il lui frottait le dos. « C'est correct. Tout va bien. »

« Espérons-le », marmonna Jazz tout bas.

Je lui décochai un air furibond, puis ramenai mon regard vers mon frère. Le voir avec sa petite amie dans les bras me rendait heureux. De fait, découvrir que Todd était sain et sauf, c'était un cadeau en soi. Durant l'assaut, j'avais eu la quasi-certitude que la harpie l'avait tué. Mais non. Todd était un enfant robuste. Bien sûr qu'il l'était. C'était mon petit frère, non ?

Après quelques échanges plutôt animés, Todd accepta à contrecœur que nous mangions tous les quatre au seul et unique restaurant de L.O.S.T. Celui-ci était tenu par les meilleurs chefs elflings, et cela faisait une éternité que j'avais mangé un bon repas complet qui ne goûtait pas le papier. Je supposai qu'il nous fallait parler, mais nous avions aussi besoin d'une bonne bouffe avant de nous jeter l'un sur l'autre.

Au restaurant, nous prîmes une salle privée pour ne pas être dérangés. Jazz et moi nous assîmes d'un côté, Todd et Sherise de l'autre. Personne ne parlait beaucoup, et je fis de mon mieux pour ne pas montrer ma frustration d'avoir à me servir de ma main droite pour saisir ma tasse de thé glacé pendant que nous attendions le repas. Mon autre main me faisait mal, et je pouvais sentir mes doigts manquants comme s'ils étaient encore là.

Ce fut encore pire durant le repas. Auparavant, je ne m'étais jamais servi de ma main droite pour manger, et je ne cessais d'échapper de ma fourchette des morceaux de lasagne – apprêtée selon une recette typiquement elfling – en les portant à ma bouche. La situation me mettait vraiment hors de moi, mais je réussis à garder mon calme. Tout le long du repas, Todd ne cessait de dévisager Jazz d'un œil furieux, alors que Sherise évitait de la regarder.

Lorsque la table fut nettoyée, le serveur elfling eut la sagesse de disparaître, nous laissant libres de parler.

Au début, bien sûr, personne ne prononça un seul mot. C'était à moi de lancer la balle. « Sherise, peux-tu nous parler du golem ? Est-ce qu'Alderon te l'a donné ? »

La peur, une véritable frayeur, traversa ses jolis traits. Elle repoussa une mèche de cheveux noirs ondulés derrière son oreille et garda ses yeux noirs baissés. « Je ne peux pas – je ne suis censée rien dire sur cette chose. »

« Il ne peut te faire du tort ici, dit Todd. Ne le crains pas. Je pourrais le vaincre… » Il me lança un regard, toussa, puis changea de stratégie. « Bren et moi pouvons lui botter le derrière. »

À côté de moi, Jazz se raidit, mais elle demeura silencieuse. Probablement parce que je lui écrasais les orteils avec ma botte. Juste un peu.

« Après la mort de ma mère, mon père s'est remarié très rapidement. Ensuite, mon père et ma belle-mère m'ont mis à la porte quand ils ont vu que je n'avais pas cessé mes pratiques de l'art comme le faisait Maman. Je n'avais nulle part où aller, seulement la rue. » L'histoire de Sherise jaillit en désordre. « Je ne pouvais pas tellement aller à l'école à cause des autres enfants. Ils savaient que j'étais différente. Ils passaient leur temps à m'acculer dans un coin, à me battre — je ne savais pas quoi faire. J'avais un vrai pouvoir magique. Des choses survenaient, et ça me faisait paniquer. »

« Alderon t'a offert la sécurité ? demanda Jazz d'un ton modéré. Il t'a prise dans sa bande de sorciers ? »

Agréablement surpris, j'enlevai mon talon de ses orteils.

« Ou… oui. » Sherise évitait de regarder Jazz. « La plupart d'entre eux étaient des gars, mais il y avait quelques filles comme moi. Ils m'ont donné un endroit où demeurer, et Alderon m'a parlé du Chemin, des Sanctuaires. Tout le monde l'a fait. Tout le monde continuait à me raconter à quel point ma vie serait merveilleuse. Mais Alderon insistait pour dire que Bren et Todd étaient le diable, qu'ils corrompaient tout et qu'ils avaient planifié de détruire nos chances d'être en sécurité et heureux sur le Chemin. »

« Je vois. » Jazz joignit ses mains en face d'elle, et, pendant une seconde, je la détestai du fait qu'elle était capable de croiser ses doigts si aisément.

« Il a dit que c'était un talisman. » Le ton traînant typiquement géorgien de Sherise devint plus évident comme elle ralentissait son débit. « Tout cela me paraissait faux. Et c'est comme si je savais, mais je ne voulais pas croire qu'Alderon me mentirait. Après mon arrivée ici et ma rencontre avec vous les gars, c'est comme si j'avais simplement oublié le golem. Chaque fois que j'y pensais… »

« Ouais. Cette partie-là, je la connais. » Je lui souris. « Déjà vu, déjà fait. »

« Jasmina t'a mis *toi aussi* dans l'antichambre ? », ronchonna Todd.

« Les Ombres ont attaqué, répondis-je d'un ton brusque. Et appelle-la Jazz. Cela fait vraiment trop longtemps que tu fréquentes les oldeFolkes. Tu commences à leur ressembler. »

Jazz posa sa main sur la mienne. « Sherise, tu as beaucoup de potentiel, mais tu as besoin de formation, spécialement pour te protéger de bâtards comme Alderon. Si nous te permettons de demeurer ici… »

« Si ? », coupa Todd d'une voix tonnante. Comme il paraissait sur le point de se lever, je lui administrai un coup de pied. Il m'en donna un à son tour. L'éclat dans ses yeux dégageait une telle violence, et, pendant une seconde, je me sentis un peu pris de vertige. Était-ce Todd là devant moi ? Ou Maman ?

Nire…

Loin, loin dans ma tête, le rire de l'Erlking me glaça le sang.

Je serrai les dents et repoussai l'image de ce monstre versé dans la métamorphose aussi loin dans mes pensées que je pouvais l'enfermer.

Pendant ce temps, Jazz terminait sa question à l'intention de Sherise. « Me permettrais-tu de te former, pour m'assurer que tu es purifiée de la traîtrise d'Alderon ? »

« Ça n'arrivera pas. » Todd se leva si vite que, cette fois-ci, je n'eus pas le temps de lui assener un coup de pied. « Elle a peur de toi. » Son regard fulminant se tourna vers moi. Il serra les lèvres, laissa échapper un soupir, puis ajouta : « Tu es une chienne, Jazz, et tu as traité Sherise comme de la merde ! »

« Un instant. » Je me levai, grimaçant comme je poussais la table avec ma main bandée. « Reste calme, Todd. Jazz… »

« Ne me dis pas quoi faire. » Todd bouillonnait. Je pouvais apercevoir cette incroyable haine dans ses yeux, une colère si forte que brillait presque une lueur rouge derrière tout ce bleu métallique.

« Je le ferai. » L'accord de Sherise coupa court à la colère et à la frustration montantes. « Jazz a raison. J'ai besoin d'aide et… et elle est forte. Assez forte pour combattre Alderon. »

« Nous sommes assez forts. » Todd et moi prononçâmes ces paroles en même temps. Puis nous baissâmes tous les deux les yeux comme c'était toujours le cas lorsque nous nous sentions stupides.

Lorsque Todd et moi nous redressâmes à nouveau, Sherise était près de rouler des yeux, et Jazz avait recouvert sa bouche pour cacher un sourire.

chapitre onze

JAZZ

Elles se ruaient sur moi, une par une, en groupes de deux, de trois, de quatre, glissant, volant, rampant, trébuchant. Je fonçai vers la gauche. Vers la droite. Je courus. Je me jetai dans la nuit, mais j'étais incapable de les éviter. La cicatrice sur mon bras s'ouvrit et se mit à saigner. Mon propre sang chaud coulait sur mes mains, ma vie s'échappant et se répandant sur le sol gelé.

Je courus jusqu'à ne plus avoir de souffle, plus de cœur pour ma fuite. Je saignais si abondamment. Mon corps me fit défaut dans un dérapage et une chute spectaculaire. Le visage contre le sol glacé, j'attendais la mort.

Un cliquettement insupportable remplit l'air, et c'était le bruit de crabes fouisseurs tracassant un poisson. Le son de charognards sur une carcasse. Un bourdonnement guttural. Des dents qui mâchonnaient. Je me retournai, mais elles arrivaient dans une obscurité si totale que je n'y voyais rien, pas même mes mains que je levais pour leur lancer un maléfice d'anéantissement. Mon corps tremblait de froid, de désespoir. Les Ombres. Des Ombres partout ! Elles recouvraient L.O.S.T. comme une couverture maléfique, étouffante. En quelques secondes, elles me rattraperaient, me consumeraient, me renverraient dans le royaume des morts, cette fois pour toujours.

La force de mon pouvoir magique s'amplifia en moi, et je lançai la plus grosse décharge que je pus. Ce geste réussit à peine à éclairer un petit cercle autour de moi. Les Ombres ! Elles étaient tellement nombreuses, une légion, comme un océan de mal, d'incessantes vagues. Autour d'elles tourbillonnait un horrible rire, un son que je n'avais jamais entendu, mais que j'estimais devoir reconnaître.

Ainsi tombe Jasmina Corey et tout ce qu'elle chercha à gouverner.

Ces mots retentissaient autant dans ma tête que dans les airs. La voix était celle de ma mère, celle de mon père. C'était celle de Bren, celle de Todd. C'était celle de Sherise, celle de Rol, celle de tous ceux que j'avais bien connus ou dont je voulais me souvenir. De nouveau, leurs rires se firent entendre, mais les Ombres ne riaient pas.

Les Ombres avançaient pour tuer.

« Votre Majesté ? »

Je me réveillai dans un cri, agrippant une poignée des cheveux de quelqu'un et sortant la dague que je tenais sous mon oreiller. Sherise hurla comme je pressais la lame sur sa gorge. Mais la chaîne de sa pierre de lune stoppa la progression de la lame jusque dans sa chair.

« Jasmina. » La voix de ma mère mit fin à mon élan de panique. « Dépose la lame. »

Les mains tremblantes, j'écartai délicatement la dague de la peau vulnérable de Sherise et relâchai ses boucles foncées. Elle recula en titubant et s'effondra dans les bras de ma mère.

« J'ai fait de mon mieux pour ne pas te contredire depuis ton retour, dit calmement Maman. Mais peut-être que c'était un peu extrême ? »

« Je suis désolée », dis-je d'une voix rauque. Ma gorge était tellement sèche que les mots me faisaient mal. « Je faisais un cauchemar. »

Mère tapota la tête de Sherise et l'aida à se redresser. « Bien sûr. »

Il existe des potions pour prévenir ce type de situation. Des potions que même un élève de première année est en mesure de préparer. Ce que Mère se garda de dire, une petite bénédiction au moins, mais je pouvais le lire dans ses yeux.

La lumière du matin s'infiltrait dans la modeste chambre à coucher de la maison moderne que ma mère avait accepté de partager avec moi. Des murs jaunes, des planchers de bois dur, un lit métallique. Il était malaisé de croire que ma mère vivait si confortablement sans l'apparat d'Old Salem où j'avais grandi jusqu'à ce que Nire attaque ce Sanctuaire et tue mon père. À cette même époque, Nire avait kidnappé ma mère et la plupart des sorciers que je connaissais. En vérité, par la suite, je n'avais jamais pu connaître Mère en un autre temps. Je n'avais jamais pu la connaître du tout. Maintenant, elle était une étrangère à mes yeux, comme la plupart des choses.

Quant à Sherise, je l'avais emmenée à la maison avec moi la nuit précédente pour commencer une formation plus appropriée — et pour garder un œil sur elle. Sans protester, elle avait pris un petit lit de camp disponible dans ma chambre. Et moi, avec mon infini génie, je lui avais presque coupé la gorge avant le lever du jour. Mère la guida hors de la chambre. La vue du tremblement de la fille me fit incliner la tête.

Avec un soupir, je rejetai les couvertures et me dirigeai vers la très moderne salle de bain équipée d'une douche dernier cri. Me déshabiller, régler la température de l'eau — tout cela se passa dans une sorte de brouillard alors que mon esprit s'attachait à dresser la liste de toutes les erreurs que j'avais commises depuis que j'avais quitté Talamadden. Ce n'est qu'après que l'eau chaude se fut mise à gicler sur mon corps, emportant les vestiges du rêve, que je pris conscience de ma conduite. La voix de cet oiseau bleu Egidus résonna dans ma tête, me parlant des différentes formes d'arrogance, des nombreuses manières subtiles qui témoignaient du fait que je me croyais meilleure que les autres.

Prétendre à la réussite. Exiger la perfection et accuser le destin lorsque j'échouais. Bren, Sherise — même ma mère. Est-ce que j'exigeais d'eux la même perfection ?

Petit à petit, je laissai l'eau éroder les bords acérés de mes inquiétudes. Le temps que je m'habille et que je rejoigne Mère et Sherise pour déjeuner, je me sentais plus centrée et présentai de plus amples excuses à la fille.

Sherise les accepta calmement. La plupart du temps, elle gardait la tête baissée, mais, lorsqu'elle se risqua à lever les yeux, je surpris une étincelle dans ses yeux noirs.

Était-ce de la colère ?

De la peur ?

« … façons de séparer ton pouvoir magique », disait Mère pendant qu'elle se servait d'autres rôties, des jeunes pousses grillées et des flocons d'avoine. « Je n'ai eu qu'un jour pour me renseigner, mais les manuscrits anciens semblent silencieux sur le sujet. Même les furies n'ont jamais eu connaissance de cette possibilité, deux sorciers partageant la même source de magie. D'un autre côté, elles ne rapportent aucun cas de sorcier ayant réussi à revenir de Talamadden. »

« Donc, on ne connaît pas de moyen pour rétablir nos pouvoirs. » Je jouais avec ma bouillie du bout de ma cuillère. Elle me paraissait bonne, et je savais qu'il me fallait manger, mais… « Les gens s'attendront-ils alors à ce que nous abdiquions ? »

Mère répondit à cette question par un regard fixe de confusion.

« Comment est-il possible que la reine des sorciers ne possède pas de pouvoir magique ? Ou le roi des sorciers, d'ailleurs. »

« Mais, ma chère, ton pouvoir magique est grand, tout comme celui de Bren. » Mère sourit. Je trouvai la remarque déconcertante, ayant peu de souvenirs d'une telle expression sur son visage sévère. « Vos pouvoirs sont simplement réunis. Ensemble, vous exercez un pouvoir que personne ne peut contrer – même pas Nire, si tu te souviens bien. »

Les souvenirs, autant ceux de la réalité que de mes rêves, se glissèrent dans mon esprit, et ma nuque fut balayée de frissons. « J'aimerais mieux pas, merci. »

« Oui. Je… bien. » Mère paraissait vraiment bouleversée. « De toute façon, je doute qu'on revendique ton abdication. La plupart sont trop enchantés que tu sois revenue parmi nous. »

J'examinai la tête baissée de Sherise et me demandai si Mère n'était pas le jouet d'une illusion. Les sorciers n'avaient jamais semblé m'adorer outre mesure. Respectueux et craintifs, oui, mais m'aimer — non.

Tu leur as donné peu de raisons de t'aimer en dehors des gestes liés à ton titre et à tes devoirs, m'informa mon cerveau d'une voix qui résonnait trop comme l'infernal paon. *Mais les gens se rallient autour d'un chef qui veut mourir pour les sauver.*

Nire, chef, mourir… Je me frottai les yeux pendant un moment, puis je ramenai mes pensées vers les rivières, les arbres oscillant dans le vent, les pluies douces et les rayons de soleil lumineux. M'accrochant à ces images plus réconfortantes, je m'obligeai à manger la bouillie d'avoine de ma mère.

Cet après-midi-là, Sherise et moi étions assises les jambes croisées dans une clairière tranquille de la forêt. C'était un après-midi d'automne frisquet, mais le seul fait d'être vivante éloigna de moi toute sensation de froid qui aurait pu me tourmenter. Tout, absolument tout m'était agréable ces jours-ci. Des émotions, des odeurs, des goûts, de la douleur… tout me rappelait que j'étais vivante. Et c'était si bon d'être à nouveau en vie.

Sherise avait bien travaillé avec ses méditations et ses petits sortilèges, et elle parlait plus librement de son passé troublé. Sa compagnie était agréable, ce qui la distanciait un peu d'Alderon dans mon esprit. Il avait toujours été un parfait bâtard, et sa présence avait été dérangeante. Même les furies s'étaient tenues loin de lui.

Repoussant les visions des détestables yeux bleus d'Alderon, j'utilisai le pouvoir qui me restait pour aider Sherise à se familiariser avec les sortilèges de défense et de protection, et pour comprendre les abstractions derrière cette magie, ainsi que l'état d'esprit et l'énergie nécessaires pour en user. Nous explorions des images mentales de stratégies protectrices lorsque ses yeux s'ouvrirent.

« Vous aimez Bren, n'est-ce pas ? », demanda-t-elle de sa douce et désarmante voix traînante.

« Oui. » Ma réponse quitta mes lèvres avant que je n'aie eu le temps d'y penser, mais je ne regrettai pas ma franchise. Mes sentiments pour Bren pouvaient difficilement être un secret pour les gens de L.O.S.T. Chaque sorcier dans chaque Sanctuaire devait être maintenant au courant.

Sherise changea de position sur le sol, utilisant un truc que je lui avais enseigné pour activer la circulation sanguine dans ses jambes. « Pourquoi n'êtes-vous pas avec lui aujourd'hui ? Il doit passer des moments difficiles à cause de ses doigts et tout le reste. En plus, vous n'êtes vivante… de retour, je veux dire, que depuis peu de temps. Je sais que vous avez beaucoup de rattrapage à faire. »

« Bren a parfois besoin de réfléchir seul. » Cette réponse vint aussi naturellement que la première, et je me questionnai à ce sujet. Pourquoi j'avais répondu de cette manière – et comment je pouvais savoir que c'était vrai. « Je l'ai poussé hier et une tâche difficile l'attend. Lorsqu'il voudra mon aide, il viendra vers moi. Et puis, j'ai un devoir envers toi. »

« Alderon parlait beaucoup de devoir. » Sherise enroula ses bras autour d'elle. « Et j'écoutais. »

« Tu avais besoin de ce qu'il avait à offrir. C'est une puissante motivation. »

Le froncement des sourcils de la fille s'accentua. « J'ai besoin de ce que vous avez à offrir aussi. Vous et Bren et Todd et L.O.S.T. Alors, comment puis-je savoir que c'est différent ici ? Qu'arrivera-t-il si j'emprunte de nouveau le même chemin, m'en remettant à des gens qui ont plus de pouvoir, plus de force ? Et si, vous aussi, vous vous serviez de moi ? »

La question me surprit plus qu'elle ne me fâcha, et, cette fois, ma réponse prit quelque temps à formuler. J'écoutais la plus douce des brises tournoyer à travers la clairière pendant que je rassemblais mes mots, puis finalement je fis un essai. « La principale différence, à mon avis, c'est que nous ne te demanderons pas de t'en remettre à nous. Ton âme, tes croyances, tes choix – ils doivent demeurer tiens. Nous te transmettrons quelques enseignements et en retour te demanderons ta loyauté, mais que tu nous la donnes ou non dépend de toi. »

« Si je ne veux plus combattre Alderon ou avoir affaire avec lui – est-ce que je pourrai me rendre dans quelque Sanctuaire lointain à une autre époque ? » En pensant à ce rêve, son visage s'illumina, et il s'agissait d'un rêve que je connaissais trop bien. « Pourrais-je vivre une vie paisible et laisser les protections et les guerres et toute cette magie aux autres sorciers ? »

« Si c'est ton choix. » Je prononçai ces paroles tout en pressentant que, même si je le faisais, ce destin ne serait pas le sien. « Sache ceci. Tout chef peut te demander d'agir contre ton propre bien-être ou tes propres désirs, quelque chose au-delà des forces ou des habiletés dont tu estimes être dotée – mais le choix final repose entre tes mains. Un vrai chef ne te privera jamais du libre choix en utilisant la peur, l'intimidation, l'humiliation, la douleur, la menace ou le mensonge. »

« Je crois que je comprends. » Sherise baissa la tête, puis la releva. La même étincelle brillait dans ses yeux noirs, et je me rendis compte que ce n'était ni la peur ni la colère que je voyais dans la douce lumière de cette clairière de forêt. C'était la force. C'était la dissipation de la honte, le redressement de son dessein à mesure qu'elle s'affranchissait de la farouche influence d'Alderon.

Bren avait eu raison à son sujet. Combien son bannissement aurait été un geste tragique. Maintenant que ma propre confiance se solidifiait, je portai mon regard sur la pierre suspendue à sa chaîne argentée, puis abordai la question qui hantait encore mon esprit. « Avant que Bren ne parte pour me récupérer de Talamadden, tu lui as prêté ta pierre de lune. Si je ne me trompe pas, c'est un trésor familial ? Quelque chose qui aurait été transmis de main à main par les sorciers féminins de ta lignée depuis nombre de siècles. Qu'est-ce qui t'a poussée à t'en départir ? »

« Ma grand-mère – la mère de ma mère – me l'a donnée après mon treizième anniversaire. L'an dernier, lorsque ma mère a été tuée. » La tristesse de Sherise enveloppait chaque mot. « Je suppose qu'elle imaginait que j'avais besoin de quelque chose depuis que mon père avait perdu la raison et commencé immédiatement à sortir, me laissant tout le temps seule. De toute façon, Grand-mère m'a dit de la chérir, de la garder tout près, mais de ne jamais craindre de la laisser partir en voyage. D'une façon ou d'une autre, m'a-t-elle dit, cette pierre retrouvera toujours son chemin pour retourner dans les mains d'une Ash. Ash, c'est notre nom de famille. »

D'une certaine façon, je parvins à conserver mon sourire.

Pourquoi n'avais-je jamais demandé le nom de la fille avant ?

Ash. Le plus vieux des clans connus. Toute bande de sorciers qui comptait un Ash parmi ses membres était effectivement formidable. Et les paroles de sa grand-mère en disaient long. La pierre reviendrait toujours dans les mains *d'une* Ash. La véritable héritière de ce puissant héritage. Il n'était pas étonnant qu'Alderon ait choisi cette fille parmi toutes celles qu'il avait pu chercher à attirer.

« Nous devrions travailler plus avec ta pierre de lune, je crois. » Je contemplai le trésor, admirant la profondeur de la faible lueur chaude. « Les héritages comme celui-ci ont souvent un pouvoir énorme. Il peut même exalter ton don. »

Les sourcils de Sherise s'arquèrent de surprise. Elle prit la pierre et la frotta entre son pouce et son index. « Donc, que devrais-je faire ? Méditer sur elle ou quelque chose du genre ? »

« C'est à peu près ça, oui. J'essaierai de t'enseigner à te concentrer à travers la pierre, de t'en servir pour augmenter la force derrière tes sortilèges – mais pas aujourd'hui. Nous sommes toutes les deux trop fatiguées. »

Docilement, Sherise laissa retomber la pierre sur sa poitrine.

« Une autre question avant que nous arrêtions pour la journée, juste pour me permettre de mieux te connaître. » Je pris un ton ordinaire de conversation, même si je me préparai courageusement à la réponse d'une question que je répugnais à demander. « Comment ta mère est-elle morte ? »

La minute où les mots quittèrent mes lèvres, la douleur et le malheur se reflétèrent dans l'expression de Sherise, mais elle n'hésita pas. « Maman revenait du magasin le Voyage magique lorsqu'un connard dans un camion violet l'a renversée. Non seulement ils ne l'ont jamais arrêté, mais ils n'ont même pas retrouvé ce camion – et on aurait pu penser que ça, au moins, ça aurait été facile. »

« Je suis désolée. » De ma main, je recouvris la plus petite main de Sherise. En dedans de moi, je bouillonnais, souhaitant pouvoir retrouver Alderon et lui faire des choses épouvantables pour venger Sherise. Et sa mère assassinée. « Peut-être que justice sera rendue un jour et que son meurtrier paiera. »

De mes mains, ou de celles de Bren, au nom de la Déesse.

Sherise ne répondit que par un sourire nostalgique.

Nous nous préparâmes à nous lever, mais le vent choisit ce moment pour se déchaîner. Puis quelque chose bloqua le soleil au-dessus de nous.

Un slither rouge s'écrasa dans la clairière, faisant trembler la terre. Ses ailes fracassèrent quelques branches d'arbres, alors que Todd bondit de la créature et jogga vers nous.

« J'ai besoin de ton aide », dit-il à Sherise sans même un regard dans ma direction. « Une des poms a ingéré des graines de laurier rose, et elle est vraiment malade. C'est Karina, et tu sais comment elle est. Je suis incapable de la calmer pour la soigner. »

Sherise se leva et secoua la poussière de ses mains. « Merci pour aujourd'hui, Jazz. Recommencerons-nous demain ? »

Je fis signe que oui.

« Sherise ! » Todd était déjà retourné près de son slither. Il grimpa sur le long cou de la bête, et c'est à ce moment qu'il posa ses yeux sur moi.

L'expression était moins qu'amicale.

Néanmoins, l'animosité céda la place à l'inquiétude et à l'anxiété alors que Sherise le rejoignait. Les deux s'envolèrent, butant contre les pins et les chênes avant d'atteindre une altitude suffisante. Le slither décrivit quelques cercles, sembla s'arrêter et vibrer, puis repartit toutes ailes battantes vers oldeTowne.

Au même instant, une pluie d'excréments de slither s'abattit sur la clairière, me couvrant de matière poisseuse chaude et verte, de la tête aux pieds.

Je bondis sur mes pieds, me répandant en jurons.

Le morveux ! De tous les idiots ! Ooooh, avoir assez de pouvoir pour éjecter ce petit cul de son lézard ailé dans une charrette remplie de crottes de renard !

Todd avait fait exprès. J'en étais certaine !

La puissance de mon pouvoir magique était insuffisante sans Bren pour que je puisse réaliser un sortilège de nettoyage, ce qui ne fut pas sans exalter ma rage.

Grommelant plus qu'un esprit de furie blessée, je me précipitai hors de la carrière, balisant une piste dégoûtante sur mon chemin.

chapitre douze

BREN

« Encore une fois. » Rol leva sa lame. Elle brilla dans les rayons de soleil de l'après-midi.

Les vents froids hivernaux ébouriffaient mes cheveux comme je levais gauchement mon épée, la tenant aussi fermement que je le pouvais de la main droite. Ma position était bonne. Je pivotai même pour me donner un léger avantage.

« Prêt. » Je hochai la tête.

Roll me rendit mon signe de tête. Puis il me désarma d'un simple mouvement.

« Merde ! » Je donnai un coup de pied sur la terre durcie de l'arène d'entraînement. Nous étions là depuis des heures. Toute la journée en fait. Nous nous étions arrêtés pour le lunch et avions recommencé tout de suite après, mais j'étais toujours incapable de manier une lame mieux qu'un enfant de quatre ans.

Rol récupéra mon épée sur le sol et me la tendit, le manche le premier.

« Repose-la, rugis-je. C'est inutile. »

« Il n'est jamais inutile de s'entraîner », riposta-t-il. J'aurais pu le dire avant lui. Je l'avais assez souvent entendu. « Il ne faut pas oublier que vos blessures ne sont pas encore guéries. Les guérisseuses ne voulaient pas que vous commenciez l'entraînement maintenant… »

« Ne me parle pas des guérisseuses. »

« Jasmina… »

« Et ne me parle pas d'elle ! » Je marchai d'un air digne vers la forge d'entraînement et me laissai choir sur l'un des bancs, directement sur le dos. Les flammes réchauffaient ma peau froide, et elles soulageaient la douleur dans ma main entourée d'un bandage ensanglanté. Pourtant, rien ne calmait la douleur dans ma poitrine. D'accord, je n'avais perdu mes doigts que depuis quelques jours, mais je voulais qu'une sensation de bien-être me revienne plus rapidement. J'avais *besoin* de me sentir mieux. Jazz était de retour. Je voulais retrouver mon ancien moi, aller la rejoindre et l'étreindre, passer du temps avec elle.

Mais maintenant, j'en étais tout simplement incapable. Tout me tombait sur les nerfs. Ces harpies — il fallait que j'aille leur parler. Acaw avait même dit qu'il m'aiderait, mais leur faire face plus de quelques secondes sans être capable de tenir une épée – pas question. Il m'importait peu de savoir combien de liens magiques les immobilisaient. Merde, si Jazz n'était pas juste à côté de moi, je ne pouvais même pas utiliser mon pouvoir magique en cas de besoin.

Rol entra dans la forge et s'assit tout près. J'étais toujours étonné de voir comment un type si énorme pouvait se déplacer sans faire de bruit. Il ne m'avait certainement pas transmis cette habileté. Il demeura silencieux, s'activant simplement à nettoyer, à aiguiser et à polir les lames dont nous nous étions servi. Le bruit de friction de la pierre à huile contre le métal était tellement familier, tellement juste et pourtant tellement faux en même temps. Je connaissais la sensation de ma lame mieux que je ne connaissais mon propre nom, mais, lorsque je la touchais maintenant, elle semblait étrangère. Comme si je ne l'avais jamais levée ni utilisée pour combattre. Ma main droite ne m'était d'aucune utilité dans cette tâche. Elle se fatiguait en quelques minutes, et j'étais incapable de coordonner mes mouvements avec mon cerveau. Je savais ce que je voulais que ma main fasse, mais j'étais absolument incapable de la soumettre.

« Désolé », ronchonnai-je à Rol.

Il grogna, et frotta, et polit.

Je levai ma main mutilée. Mec, ne faudrait-il pas changer les bandages sanglants et crasseux ? Mais je ne pouvais supporter de voir ces moignons. Cette simple pensée me donna de nouveau la nausée. « Je ne suis pas fâché contre Jazz ou quoi que ce soit d'autre. Je ne veux simplement pas reporter tout ceci sur elle. »

Un autre grognement de Rol.

« En plus, elle entraîne Sherise, pour s'assurer que l'enfant est correcte. »

« Sherise est une sorcière spéciale », dit Rol. Il avait prononcé cette phrase d'une voix tellement basse que je l'entendis à peine. De surcroît, je m'attendais à un grognement.

« Tu penses ça aussi ? »

Rol appuya son épée contre son banc et s'attaqua à la mienne. « Impulsive. Effrontée. Un peu inepte à certains moments, mais très loyale. Je crois que je pourrais aussi la former au maniement de l'épée. »

Ce fut mon tour de grogner. « Comme… comme moi quand je suis arrivé ici la première fois ? »

« Oui. Malheureusement pour elle. Mais j'ai espoir. »

« Elle est bien pour Todd. »

Succéda le silence, qui se rompit : « Je ne suis pas certain que Todd soit bien pour elle. »

« Hé ! » Je me relevai sur les coudes, grimaçant comme ma main blessée frappait le banc de bois. « Todd a besoin d'avoir quelqu'un à ses côtés. »

Rol grogna. « Todd mériterait de fréquentes corrections avec une lanière de cuir. »

« Voilà qui est sévère. » Je m'assis et fixai le géant. Même s'il gelait presque à l'extérieur, Rol ne portait toujours pas de chemise. Sa peau foncée ondulait pendant qu'il travaillait ma lame jusqu'à ce qu'elle soit bien effilée et brillante. « Todd est simplement jeune et impulsif comme Sherise – comme moi. »

« Sauf pour l'apparence physique, Todd ne vous ressemble absolument pas. » Rol interrompit son travail avec mon épée. « J'aurais cru que vous vous en seriez aperçu maintenant. Pendant votre absence, le garnement est devenu pratiquement rebelle – comme s'il croyait qu'il pourrait être le roi en attendant votre retour. J'avais espéré que Dame Corey le forcerait à obtempérer, mais, depuis que vous êtes revenu, c'est à peine s'il la respecte. Dans l'ancienne époque, elle l'aurait condamné à mener une vie de triton trois fois plutôt qu'une. »

« Mais… »

« Fils ? » Mon père arriva précipitamment dans l'aire d'entraînement en traînant une grosse boîte de bois. Il y avait des morceaux de parchemin pliés à l'intérieur. Certains bondissaient en tous sens. « Nous avons de graves problèmes ici. J'ai besoin que tu écoutes certaines de ces rumeurs d'Ombres. »

Je pouvais déjà les entendre, et mon père n'avait même pas traversé la moitié de la cour. Des voix de furies. Des Keepers chantant leur déplaisir. Les couinements de ces sortes de bibliothécaires. Des sorciers modernes, rugissant au loin.

« … garder ces répugnantes créatures dans *nos* granges… »

« … pauvres choses. C'est tellement indigne… »

« … engloutir nos magasins d'hiver ! »

« Quelle sorte de roi permet un tel désordre… »

« Épargnez les harpies ! »

« Tuez les harpies ! »

« … cette fille avec le golem ? »

« Les oldeFolkes sont réellement les plus inquiets », cria Papa par-dessus le vacarme alors qu'il atteignait la forge et déposait la boîte à mes pieds. « Winnie fait de son mieux, mais les Keepers rassemblent les klatchKovens pour une manifestation, et les furies n'adressent la parole à personne. »

« Winnie ? » Ce fut tout ce que je pus dire. Je veux dire, je savais que c'était une situation grave, mais… « Winnie ? »

« Edwina. La mère de Jazz. » Papa cligna des yeux vers moi comme si j'étais un peu idiot. « Elle est retournée à oldeTowne maintenant. »

« Ce n'est pas vrai. » Avec mon épée, Rol pointa en direction de l'entrée de l'aire d'entraînement. Une foule déferlait à l'intérieur malgré les meilleurs efforts de Dame Corey pour les retenir sans recourir à la magie. Elle hurlait et suppliait, les mains étendues, mais ils entrèrent quand même, les furies d'abord suivies des klatchKeepers, des sorciers modernes, des elflings – on aurait dit que la moitié de la ville était au rendez-vous.

Je regardai de nouveau Papa. « Winnie ? »

Il me servit un majestueux froncement de sourcils, mais ses joues se colorèrent.

Au moins, j'avais gagné cette ronde. Je doutais de gagner la prochaine.

Faisant de mon mieux pour retrouver la maîtrise de mes sens, je redressai les épaules et sortis sans me presser du mince abri que constituait la petite forge.

En me voyant, la foule s'immobilisa, mais continua à crier.

« Les harpies doivent partir, partir, partir », chanta une klatchKeeper comme les sorciers se bouchaient les oreilles. Je souhaitais que Rol et Dad en fassent autant, parce que celle-ci était une aubergine particulièrement hideuse munie de beaucoup trop de dents.

« Renvoyez-les dans leurs propres terres », cria un elfling alors que son frère-corbeau poussait des cris rauques. Il ressemblait beaucoup à Acaw, mais de nombreux elflings ressemblaient à Acaw. Même certaines filles. « Ce ne sont que des bêtes utilisées par un sorcier avec de mauvaises intentions, et nous ne devrions pas leur faire du mal. »

« Justice ! » Une furie leva le poing, et son esprit de furie s'éleva au-dessus d'elle pour siffler son approbation. « Nous avons subi de plus nombreuses pertes que les autres – une bonne douzaine de nos sœurs ont péri. Nous avons droit au paiement de la dette du sang sous l'égide de toutes les anciennes lois ! »

Ma main vibra. Je sentis une coulée de sueur sur mon front même s'il faisait passablement froid à l'extérieur. Que pouvais-je faire ? J'étais d'accord avec la furie, mais j'avais conclu un marché avec Jazz – et elle avait souvent raison. Tout ce que je dirais attiserait le courroux du groupe et je ne possédais pas de pouvoir magique pour les arrêter, pas sans Jazz à mes côtés. Dame Corey et Rol feraient ce qu'ils pourraient, mais les furies étaient fortes – et vraiment, vraiment fâchées.

« Je vous entends », criai-je par-dessus le monotone rugissement. Derrière moi, j'entendais le claquement de Rol lançant un sortilège vers la boîte de rumeurs d'Ombres pour les réduire au silence. « Chacun de vous présente un argument valable. »

Cette déclaration abaissa quelque peu le niveau de bruit, mais si peu. Je serrai les dents pour maîtriser la douleur aiguisée par mes mouvements et m'approchai de la foule.

« Comme vous le savez tous, notre reine nous a été récemment rendue. Jazz – euh – Jasmina Corey croit que les harpies possèdent des informations précieuses sur le bâtard qui les a envoyées pour nous attaquer. Je projette de les questionner ce soir. »

Rol et Papa s'approchèrent pour se placer près de moi alors que les furies marmonnaient entre elles avec colère. Dame Corey recula pour nous rejoindre, et Papa tendit le bras pour saisir sa main.

« Ce sont des bêtes, dit un elfling. Elles ne peuvent rien nous dire, et vous les torturez en les gardant prisonnières. »

« Elles utilisent une certaine forme de langage. Je l'ai entendu. » Je levai ma main bandée. « Je n'aime pas plus les harpies que la plupart d'entre vous, même si on ne peut comparer des doigts à des vies. »

« Évidemment pas », maugréa la furie la plus proche. Son esprit de furie sinueux glissa le long de son flanc et étira sa tête angulaire vers moi, dardant sa langue obscure.

« Je les questionnerai, répétai-je, puis la reine et moi, nous déciderons de ce qu'il faut faire avec elles. »

« Tuez-les ! », exigèrent furies d'un même souffle.

« Ou remettez-les-nous », gronda la furie devant. D'un claquement de magie, Dame Corey éloigna son esprit de furie de mes pieds.

Où était Jazz ? La chaleur gagnait de plus en plus mon visage. J'avais l'air d'un idiot, incapable d'agir par moi-même.

« Tuez-les ! revendiquèrent encore les furies. Tuez-les maintenant ! Tuez-les maintenant ! »

Les klatchKeepers relancèrent leurs incantations, obligeant Papa et Rol à se couvrir les oreilles, suivis des autres hommes dans la foule. Les elflings commencèrent à hurler contre les furies et les Keepers, et les sorciers modernes se mirent à se crier les uns contre les autres.

Un passage s'ouvrit brusquement dans la foule, et quelque chose de vert et d'infect se précipita vers moi, hurlant plus fort que tout le monde. La chose paraissait humaine à la façon dont elle marchait – mais cette puanteur ! Je couvris mon nez avec ma bonne main.

« Que diable… »

« Ton frère ! », vociféra la chose verte puante en agitant le poing. « Ton emmerdant de petit frère ! »

La magie déferla entre nous, de l'or à l'argent, et de l'argent à l'or, s'amplifiant. La rage se mêla à ma nervosité. Je sentis un afflux de pouvoir, puis une force comme un ouragan soudain, soufflant dans toutes les directions.

Un énorme *pop* faillit me perforer les tympans.

La foule devint un assortiment de fougères, de fleurs et de gros champignons. Mais ils semblaient… plus gros qu'ils l'auraient dû. Énormes, en fait. Et divisés en une multitude de morceaux. Mes yeux décrivirent un cercle complet, saisissant toute la scène. Bien, au moins deux de mes yeux. Les trois autres regardaient droit devant, alors que je levais mes pattes épineuses avant et les ramenais ensemble devant moi. Lorsque j'essayai de bouger, deux pattes, dont une de chaque côté, supportaient mon cou allongé et mon torse.

Près de moi, je vis un hérisson piquant et sifflant avec une barbe qui ressemblait à celle de mon père, une grenouille noire avec des yeux stoïques ne daignant même pas coasser, et une mouffette à la queue levée. Celle-ci martelait le sol de ses pattes arrière et se retournait lentement pour viser son postérieur vers la chose verte et puante devenue incroyablement gigantesque.

« Je suis une mante religieuse », ronchonnai-je à cette chose verte gargantuesque, qui devait évidemment être Jazz. « Et tu as transformé ta mère en mouffette. »

Ma voix sonnait comme dans une bande dessinée, mais Jazz semblait l'entendre. Elle baissa le poing et sembla revenir à la réalité. « Oh, je suis désolée. »

« Prenez soin de la foule d'abord », suggéra le hérisson.

Son visage s'empourprant de plus en plus, Jazz se baissa et me laissa grimper en rampant sur sa paume gluante. Quelle qu'elle fut, la substance était épaisse et désagréable, il m'était difficile de marcher dessus, même avec quatre pattes élancées.

Je retins toute forme de remarque railleuse, ne voulant pas attiser sa colère. Une mante religieuse, c'était assez fâcheux, mais j'avais été un âne auparavant et qui sait ce que son cerveau pouvait mitrailler si je disais la mauvaise chose.

Ensemble, nous fîmes face à la foule. Utilisant nos pouvoirs combinés, Jazz visa et fit feu, restaurant les furies, les elflings, les sorciers modernes, et les klatchKeepers aussi. Tous baissèrent les yeux sur leur corps, puis les levèrent vers Jazz. Comme si quelqu'un avait tiré un coup de revolver annonçant le départ d'une course, ils se retournèrent et détalèrent comme s'ils avaient le diable à leur trousse.

Je ne pouvais dire que je les blâmais.

La reine des sorciers était définitivement revenue. *Ouais, bébé.*

Ensuite, nous restaurâmes mon père, suivi de Rol et de Dame Corey. J'étais le dernier, et je nageais maintenant littéralement dans cette mare qui recouvrait le corps de Jazz.

Jazz me mit par terre, pointa vers moi, et dans un seul fourmillement-flamboiement-éclatement, j'étais redevenu moi-même. Seulement, je puais vraiment, vraiment beaucoup.

« Qu'est-ce que cette chose ? », dit Rol, de sa voix oh-tellement-atone.

« Expliquez-vous», dit Papa à Jazz, ressemblant toujours à un hérisson avec ses cheveux hérissés dans toutes les directions.

« Qu'est-ce qui t'a conduite à faire ça ? », bafouilla Dame Corey en redressant sa blouse blanche.

Jazz se pourpra de nouveau, et je sentis le claquement de la magie comme elle cria : Todd ! »

Derrière nous, les flammes de la forge explosèrent, faisant pleuvoir des fragments de cendres dans la cour d'entraînement.

Rol soupira. « Ah, je comprends tout. C'est malheureux que le garnement n'ait pas été là. » Le géant remua ses doigts et partit nettoyer le désordre de la forge.

Mon père et Dame Corey firent un signe de la tête, leur colère s'évanouissant d'un coup sec. La mère de Jazz nous nettoya à l'aide d'un sortilège, puis dit : « Bren, votre père et moi trouverons le garçon et traiterons ce dernier… problème. »

Winnie, Winnie, Winnie, pensai-je, retenant un grognement de rire dingue. J'étais tellement fatigué. Mon contrôle sur mon THADA s'effritait et mes pensées commençaient à s'agiter en tous sens. Dans très peu de temps, je me mettrais à me dévêtir, si j'en étais capable d'une seule main.

Papa fit signe de la tête. Il tendit le bras pour attraper la main de la bonne vieille Winnie, mais elle le repoussa et partit d'un air digne. L'air perplexe, mon père trotta derrière elle.

« Je pense que tu as besoin de t'asseoir, Bren. Là où il y a de la chaleur. »

« Pas de discussion. » Je laissai Jazz prendre mon bras et me conduire vers la partie de la forge que Rol avait déjà restaurée.

« Je suis – euh – je ne voulais pas te changer en une bestiole », dit-elle après m'avoir aidé à passer devant la boîte des rumeurs d'Ombres toujours captives du sortilège de Rol.

« Ne t'en fais pas. » Je m'assis sur le banc, et mec, combien c'était bon. « Une mante religieuse, ce n'est pas si mal comme bestiole. »

« Ce n'était pas un âne », dit-elle d'une voix gênée. Elle avait presque l'air de rire d'elle-même. « J'ignore d'où vient le hérisson. »

« Hé ! dans des jours meilleurs, je t'aurais payé pour inventer celle-là. »

Elle s'assit près de moi, et, pour la première fois ce jour-là, je me sentis mieux. Il y avait une profondeur dans ces grands yeux dorés, et ses cheveux noirs encadraient son visage en de longues mèches soyeuses. Sans réfléchir, je levai ma main gauche bandée pour toucher sa joue.

Nous tressaillîmes tous les deux.

Au moins, le sortilège de Dame Corey avait nettoyé les bandages. Ma sensation de bien-être me quitta d'un coup, mais Jazz attrapa rapidement ma main droite et la leva. Avant que je ne puisse m'écarter d'elle, elle embrassa mes doigts, un après l'autre.

« Lorsque les autres iront mieux, je les embrasserai aussi. Tu en as toujours trois, n'est-ce pas ? »

Fronçant les sourcils, je hochai la tête.

« Alors, je te devrai trois baisers. »

Le son musical de sa voix m'arracha un rire malgré tout. « Puis-je en avoir un maintenant si je le demande gentiment. »

Jazz sourit, illuminant la forge. Elle se pencha vers l'avant. J'enveloppai mes deux bras autour d'elle et pressai mes lèvres contre les siennes. Elle goûtait toujours si frais et sucré, et elle sentait tellement bon. Pourquoi étais-je demeuré loin d'elle toute la journée ?

Je ne pouvais absolument pas me souvenir. J'étais allé en enfer et en étais revenu pour ramener à la maison cette merveilleuse sensation, et je n'avais plus besoin de me détacher d'elle à nouveau, peu importe la raison.

« Veux-tu que je te montre mon chez-moi ? », dis-je, remarquant combien ma voix sonnait déprimée et rude, même si je ne me sentais ni déprimé ni rude du tout. « Rol m'a permis d'utiliser sa remise d'armes. J'ai même un sofa… »

À cette seconde, le grand gars traversa la forge en emportant nos épées. Comme il plaçait la mienne sur le banc à côté de moi et s'éloignait, il se racla la gorge.

« Il semble qu'il a dit "harpies" », murmura Jazz.

« Il a bien dit "harpies". Merde. » Je m'écartai d'elle et me frottai les yeux. « Cette longue journée maudite n'est pas encore terminée, n'est-ce pas ?

« Je suppose que non. » Elle se leva et m'offrit sa main. « Allons trouver Acaw et terminer cela. »

« Ouais, ouais. » Je la laissai me remettre sur mes pieds. Comme nous nous apprêtions à sortir de la forge, mon pied frappa le bord de la boîte de rumeurs d'Ombres.

Comme si cela se passait à un million de kilomètres de distance, j'entendis une voix ténue, un petit rire désagréable qui ressemblait tant à celui de l'Erlking.

« Ouais. » J'arrêtai. Regardai vers la boîte. « As-tu entendu ça, Jazz ? »

Elle hocha la tête. « Je n'ai rien entendu. »

Je m'agrippai à elle et concentrai un faisceau de notre énergie sur la boîte et la fis voler en éclats.

« Tu te sens mieux ? » demanda Jazz comme nous nous éloignions sous une pluie d'étincelles.

« Ouais », dis-je. Mais c'était faux. Pas vraiment mieux.

chapitre treize

JAZZ

Je renseignai Bren sur les événements de l'après-midi et les terribles vérités que Sherise m'avait apprises. Les nouvelles de la cruauté et du meurtre d'Alderon assombrirent le visage et l'humeur de Bren, ce qui me paraissait compréhensible. Apprendre la traîtrise de votre demi-frère rivalisant avec celle de votre mère exilée – bien, c'était assez désagréable. Je savais qu'il se sentait plus responsable des gestes d'Alderon qu'il ne le devrait, mais je n'y pouvais pas grand-chose.

« Nous devons le trouver », grommela Bren pendant que nous nous dirigions vers la grange avec Acaw. « Nous devrons peut-être même le tuer. Je ne suis pas certain que ça me dérangerait, frère ou pas. »

« Il est essentiel de le trouver. Si nous ne l'arrêtons pas, il continuera sa campagne, laissant n'importe quoi pénétrer librement dans nos Sanctuaires. »

« Je suis d'accord. » Bren semblait misérable et fâché, mais je savais que ce n'était pas dirigé contre moi. « Je suis simplement heureux qu'il ne semble pas être capable d'ouvrir et de fermer les portes comme nous. »

« Cette pensée est presque trop horrible pour même l'envisager. »

Les granges d'entreposage d'oldeTowne se dessinaient au loin. Nous nous dirigeâmes vers celle du centre, où nous savions que résidait le chef des harpies.

La puanteur dans cette grange était presque trop pour moi. Comment une créature pouvait-elle sentir si épouvantablement mauvais ? Et pourquoi avais-je pensé que nous pourrions leur parler ?

« Peut-être suis-je dans l'erreur. » Je tins la main de Bren, pensant à le tirer pour retourner à l'extérieur. Acaw était entré à côté de nous et s'assit sur une botte de foin près de la porte. Son frère-corbeau demeura inhabituellement immobile et tranquille, contemplant le bâton dans ma main.

Il était rare pour un elfling de prêter sa canne sacrée, mais Acaw avait toujours été généreux avec la sienne, au moins en ce qui me concernait. Le frère-corbeau semblait croire que ce n'était pas vraiment une bonne idée.

« Nous devons le faire », dit fermement Bren. Il portait son épée du côté gauche, maintenant qu'il devait se servir de sa main droite, mais il ne fit aucun mouvement pour la dégainer. Il garda plutôt sa main dans la mienne pendant que nous vaquions à notre affaire.

Une après l'autre, nous redressâmes les harpies qui étaient étendues sur le plancher de la grange, luttant pour défaire leurs liens. Nous plaçâmes chacune d'elles suspendue au mur de la grange renforcé par un sortilège pour résister à leurs coups de pied et à leurs coups de poing. Cela prit du temps. Elles étaient au moins vingt dans cette seule grange, mais, finalement, nous arrivâmes à la créature à qui nous estimions devoir nous adresser. La plus grosse. Celle qui avait mutilé Bren.

Avec nos pouvoirs magiques combinés, je ressentis le dédain et la rage de Bren aussi nettement que s'il criait ses émotions aux chevrons de la grange. Sentir ainsi les pensées et les sentiments de chacun si clairement lorsque notre magie était fusionnée représentait une complication que nous n'avions pas encore examinée. Pour le moment, notre attention n'était centrée que sur un unique but.

Me servant de la canne, je pointai et soulevai la grosse harpie, puis la posai sur ses pieds. Elle nous dominait, atteignant aisément quatre fois notre taille, avec une envergure qui aurait causé l'effondrement de la grange si un sortilège de contention n'avait pas retenu la bête.

Immédiatement, la créature s'adressa confusément à nous, d'une manière gutturale, furieuse.

La canne d'Acaw ronronnait contre mes doigts, imprégnée de l'ancien pouvoir, en plus de la magie combinée que Bren et moi ajoutions à l'équation. Je captai les derniers mots de la tirade de la bête.

« … sorcière. Tuer. Devoir. »

« Elle croit qu'elle doit te tuer – ou nous. » Bren hocha la tête. « Acaw, peux-tu lui demander pourquoi et obtenir son nom ? »

Acaw ne répondit pas, sinon par un murmure à son frère-corbeau, qui jacassa quelque chose à la harpie dans une série de claquements, de grognements et de cris rauques.

L'expression de la harpie passa d'une sombre colère à une légère surprise. Elle laissa échapper un autre ensemble de sons, qui firent vrombir la canne dans ma main.

« Garth », Bren et moi dîmes ensemble. Ce n'était pas exactement ça, mais c'était le plus près de ce que nous parvînmes à saisir du nom de la grosse brute.

« Père », fut le mot suivant que je compris.

Bren dit : « Enfants. »

Il fit la grimace, et je savais que sa main lui faisait mal. Je sentais les élancements dans mes propres doigts à travers notre lien magique, ainsi que l'agitation dans son ventre, alors qu'il cherchait à étouffer sa réaction à la douleur. Il aurait aimé être partout sauf ici, mais il restait à cause du marché conclu avec moi, à cause de son devoir envers son peuple.

À ce moment étrange dans la grange puante, face à face avec un monstre qui avait essayé de nous tuer et avait mutilé Bren, je compris une fois pour toutes à quel point il était devenu tout un roi pendant mon absence. Il devait avoir capté la bouffée de tendresse et de fierté que je ressentais pour lui, car il me regarda.

Pas maintenant, disaient ses yeux. *C'est un moment pour la dureté et non pour les baisers.*

« Ne sois pas si inflexible », lui murmurai-je, puis je ris presque de mes paroles.

Garth jacassa un peu plus, sa voix plus forte, évidemment frustrée.

« Libre », dit Bren alors que la canne vibrait. « Libérer. Sauver. »

« Il veut que vous libériez ses liens », dit Acaw d'un ton distant, écoutant les gloussements et les cris rauques de son frère-corbeau.

« Ça n'arrivera pas, dit Bren d'un ton bourru. Dites-lui que je ne veux pas courir ce risque. »

Le va-et-vient des échanges entre le frère-corbeau et la harpie se poursuivit. La canne tremblait et vibrait, mais nous réussîmes à démêler peu de choses des paroles de Garth.

« Odeur, criminel — je crois qu'elle dit homme mort criminel, mais cela ne fait pas de sens. » Bren hocha la tête. « Acaw, demande-lui pourquoi il nous a attaqués. »

L'elfling transmit la question au frère-corbeau, qui parla à la harpie.

Immédiatement, Garth s'immobilisa et se redressa. Il laissa échapper un seul flot de grognements et de sifflements prudents.

« Attaquer… sauver… enfants », dit Bren. Ses yeux s'agrandirent, et il me regarda. « Jazz. Il veut dire qu'il nous a attaqués pour sauver ses enfants. »

Incrédule, je jetai un coup d'œil à Acaw. L'elfling paraissait vraiment aussi interloqué que moi.

« Passe-moi la canne. » Je la lui remis volontiers lorsque Bren relâcha ma main et tendit le bras. « Garde ta main sur mon épaule pour que nous demeurions connectés, d'accord ? »

Je hochai la tête.

Bren et Garth se mirent à échanger avec ferveur, les interventions d'Acaw et du frère-corbeau se faisant de plus en plus clairsemées. Je pouvais à peine suivre tout leur discours, mais la prochaine chose que je sus, Bren pointait la canne vers la harpie et prononçait les mots pour supprimer ses contraintes magiques.

« Que fais-tu là ? », criai-je comme je sentais notre pouvoir magique déferler vers la bête.

« Je le libère. »

« Je peux voir ça ! Pourquoi ? »

« Parce que Garth est correct. » Bren distribua quelques coups de canne autour de la grange. Une après l'autre, les harpies descendirent pour se retrouver debout sur le plancher de terre. Lorsque la dernière fut relâchée, elles se rassemblèrent autour de Garth, et la grosse créature gloussa et siffla comme si elle les réconfortait.

« Bren... » Je pressai son épaule. « Ne me laisse pas dans l'ombre comme ça. »

« Ce n'est pas mon intention. Juste une seconde. » Il pointa la canne d'Acaw vers la porte de la grange et l'ouvrit. En quelques secondes, toutes les harpies sauf Garth prirent la porte et s'élevèrent dans le ciel qui s'obscurcissait.

« Qu'est-ce que tu viens de faire ? », murmurai-je en pensant aux furies, aux Keepers — à tous les sorciers qui voudraient maintenant sa peau autant que les bêtes qu'il avait libérées.

Bren baissa le bâton et se retourna vers moi pendant que Garth se réinstallait confortablement sur son postérieur. « Alderon a pris ses enfants. Il les a tués à l'aide de sortilèges et les a envoyés délibérément à Talamadden — pour te garder là-bas ! » Les yeux de Bren s'illuminèrent. Je n'avais que très rarement vu cette lumière auparavant, et l'associai à une détermination absolue — et à une touche de folie typique de Bren.

« Il a dit aux harpies qu'il ne libérerait pas leurs bébés tant que toi et moi serions encore vivants. » Bren massa sa main bandée tout en poursuivant. « Pas avant que les sorciers aient été réduits en pièces, pour lui faciliter la prise de contrôle des Sanctuaires. »

Brusquement, maintes choses commencèrent à avoir du sens. Comment les harpies en étaient-elles venues à m'attaquer à Talamadden — et pourquoi elles étaient beaucoup plus petites que celles-ci, pourquoi leurs pensées et leur langage étaient si simples. C'étaient des enfants. De simples petits êtres, isolés dans un lieu étranger, terrifiés et affamés, et incroyablement loin de la maison. Pire encore, Alderon avait menti aux créatures. Il ne pouvait pas plus les libérer de Talamadden que ne le pouvaient leurs parents, à moins…

« L'Erlking peut avoir aidé Alderon », dis-je, presque pour moi-même.

La mâchoire de Bren tomba. « D'où tiens-tu cette idée ? »

« Oui, dit Acaw comme il nous rejoignait et récupérait sa canne. C'est la seule explication. Des créatures primaires comme les harpies peuvent pressentir le mensonge. Alderon ne pourrait les avoir convaincues qu'il ramènerait leur progéniture sans avoir la certitude qu'il y parviendrait. Pour cela, il avait besoin d'un allié puissant dans les Royaumes sacrés. »

Le frère-corbeau traduisit poliment notre conversation à Garth, qui répondit subitement et brusquement. L'oiseau tourna sa tête d'un coup sec vers Acaw. Il émit une série de croassements stridents au point où ma peau se contracta.

« Quoi ? » Bren et moi posâmes la question en même temps.

« La harpie soutient qu'elle a rencontré l'Erlking dans les Royaumes sacrés. Alderon a amené Garth et ses amis à cet endroit pour les convaincre de ce qu'il avait fait. »

« Donc Alderon peut ouvrir les portes sur le Chemin », dit Bren avant de faire tonner une enfilade de jurons.

J'étais trop étonnée pour ouvrir la bouche. Il s'agissait effectivement de nouvelles épouvantables. Il nous fallait renforcer nos défenses immédiatement. Commencer des patrouilles. Discuter de stratégies de détection, et…

Et la harpie se remit à parler.

Acaw écouta son frère-corbeau et dit : « Garth dit que vous perdez du temps. Il a tenu sa promesse et a envoyé sa famille à l'extérieur. Maintenant vous devez tenir la vôtre. »

Mon estomac se serra. « Bren ? Quelle promesse as-tu faite ? »

Une expression misérable sur le visage, Bren fit courir sa main bandée sur ses cheveux bruns, puis jura un peu plus quand les bandages s'accrochèrent dans ses mèches. Après une longue minute, durant laquelle mon estomac commença à me faire vraiment mal, il dit : « Je lui ai dit que nous retournerions à Talamadden avec lui pour sauver leur progéniture. »

« Tu as quoi ? » L'or et l'argent étincelèrent entre nous, et je savais que si je posais ma main sur lui toute la grange aurait explosé.

« Tu es celle qui voulait que je négocie ! » L'argent étincela plus haut que l'or. « J'ai fait la paix sans aucune bataille. Pas d'épée, pas de magie. C'est ce que tu voulais, n'est-ce pas ?

« J'ignore ce que je voulais, mais ce n'était pas ça. Retourner à Talamadden. As-tu perdu la tête ? » Des larmes coulèrent de mes yeux. « Je ne veux aller nulle part près de la mort. Pas maintenant. Pas avant mon temps ! Tu comprends ça ? »

Les yeux de Bren se plissèrent. « C'est la bonne chose à faire et tu le sais. »

« Je m'en moque. »

« Non, tu ne t'en moques pas. »

« Va en enfer ! » Je martelai sa poitrine avec mes poings, et un mur de la grange éclata vers l'extérieur avec une force spectaculaire. Des planches retombèrent sur le sol avec un grand fracas qui se répercuta dans la quiétude de la nuit tombante d'oldeTowne.

Comme Acaw s'éclaircissait la gorge et pointait sa canne vers le désordre de clous et de bois, Bren attrapa mes deux mains dans sa bonne main et les tint serrées. « Tu ne crois pas à l'enfer », dit-il avec son fichu sourire singulier.

Depuis que je le connaissais, jamais je n'avais voulu le frapper si vertement que maintenant.

Je me penchai plutôt vers lui et l'embrassai violemment sur les lèvres. La barbe de plusieurs jours sur ses joues et son menton m'écorchait le visage. Familier. Bien. Absurdement calmant.

Bren parut surpris et confus lorsque je m'écartai et ne me répandis pas en blâmes. C'est exactement ce que je ressentais.

La lueur de notre magie se mua progressivement en une lumière calme et fusionnée, presque d'une couleur dorée blanchâtre, et il soupira. « J'ignorais que L.O.S.T. était aussi en danger à cause d'Alderon – mais même si je l'avais su –, c'est encore la bonne chose à faire, Jazz. Nous devons prendre le risque de partir à nouveau. Nous devons sauver ces bébés. »

« Ouais, ouais », murmurai-je, puis j'eus un mouvement de recul de constater à quel point je ressemblais… à… bien, Bren. Ma forte envie de le frapper reprit de la vigueur, mais je dirigeai plutôt mon attention vers Garth.

La harpie géante semblait à bout de patience. Ses griffes claquaient sans cesse, les unes contre les autres, ses ailes tremblotaient, et elle ne cessait d'ouvrir et de fermer sa bouche, m'offrant une vue splendide de ses crocs. Sans mentionner le fait que sa puanteur s'aggravait vraiment.

Merveilleux.

Je détachai ma main de celle de Bren et me dirigeai vers la porte de la grange, puisque Acaw avait si gentiment réparé le mur endommagé.

« Où vas-tu ? » me lança Bren comme je quittais la pièce d'un air digne.

« Loin d'ici. Dis à la harpie que nous partons demain matin. Je dois parler à Mère et à Sherise. Et à certains slithers, si Todd ne les a pas tous contaminés contre moi. »

On se serait crus dans les temps anciens sur le Chemin alors je marchais la tête haute vers le village, depuis les huttes et les cabanes de style ancien des oldeFolkes jusqu'à la section moderne de la ville. En ce début de soirée, quelques personnes traînaient dehors, mais la plupart fuirent à mon approche. Quelques autres osèrent demeurer à proximité, mais ils firent une si profonde révérence qu'ils auraient pu embrasser le sol. Un soupçon de culpabilité me taquina le cœur. Peut-être s'agissait-il de certains êtres que j'avais transformés en marguerites lorsque j'avais perdu le contrôle dans l'arène d'entraînement.

Je savais que je devrais me sentir plus honteuse que je l'étais, mais je n'en avais vraiment pas envie. Je n'en avais pas non plus l'énergie. Comment avais-je pu passer tant de temps à me houspiller avant de mourir ? J'ignorais comment j'avais pu accomplir quelque chose avec toute cette obsession. Bien, sauf pour le nettoyage. J'étais très bonne pour nettoyer… sinon un tantinet excessive.

Ma mère n'aimerait pas du tout ce qui nous attendait. Rol encore moins, mais Bren et moi avions besoin qu'ils demeurent ici, pour travailler avec Todd et Sherise afin de protéger L.O.S.T. contre Alderon pendant notre absence.

Déesse, je n'avais pas le courage d'affronter Todd et les slithers ce soir. Laissons cela pour le moment. Une nuit de repos – c'était tout ce dont j'avais besoin. Je ne voulais que m'endormir, me réveiller fraîche et dispose, et m'occuper de ce calvaire au matin.

Enfouissant mes mains dans mes poches pour garder mes doigts au chaud, je tournai le coin vers ma maison et m'en approchai par derrière, à travers la cour attenante. Comme je m'engageai dans la haie, j'entendis le bruit de voix tout près, s'élevant puis s'évanouissant en un murmure de conspiration.

Le cœur commença à me marteler. Je ralentis mes mouvements à travers les branches d'arbres à feuillage persistant, cherchant à me faire aussi discrète que possible.

Comment avais-je pu être aussi bête de remettre à plus tard ce qui devait être fait ?

Le bâtard d'Alderon s'était-il déjà introduit dans L.O.S.T. ?

Se préparait-il à attaquer ma mère et Sherise, pensant que je pouvais me trouver dans la maison ?

Mes doigts picotaient, tant je souhaitais pouvoir retrouver le pouvoir magique qui avait été mien, mais j'étais impuissante sans Bren à mes côtés.

Bien, pas impuissante. Je pouvais lancer une pierre aussi bien que quiconque.

Je m'agenouillai et choisis une pierre de bonne taille sous la haie, puis me remis à ramper. J'avançais de quelques centimètres, puis fis une pause. J'avançai encore, puis m'arrêtai.

Les voix continuèrent à discuter.

Lorsque je parvins finalement assez près pour entendre les paroles, je pus aussi voir les silhouettes sombres d'un homme et d'une femme, assis sur un banc sous un chêne dénudé.

« Mac, disait la femme, prenant la main de l'homme. Ce n'est tout simplement pas possible. Il y a trop de complications. Vos fils — ma fille... »

L'homme baissa la tête. « Vos sentiments ont-ils changé ? Essayez-vous de me laisser tomber facilement ? »

« Non ! » La main de la femme s'agita dans les airs, et je reconnus la voix et le geste en même temps. Ma mère.

Et un homme nommé Mac ?

Déesse. McAllister. Le nom de la famille de Bren. Ma mère parle au père de Bren !

La pierre tomba de ma main, atterrissant silencieusement sur la pelouse. C'était tout ce que je pouvais faire pour éviter de m'asseoir sur la pelouse en état de choc. Une bouffée de chaleur gagna mes joues, et je savais qu'elles devaient avoir trois nuances de rouge.

J'étais en train d'espionner. Je ne le devrais pas — mais comment aurais-je pu m'éloigner de *ça* ?

Et *ça* s'animait de plus en plus, comme mes joues.

Pendant que j'observais, la bouche grande ouverte, ma mère se pencha vers l'avant et échangea un bref et délicat baiser avec le père de mon petit ami. J'ignorais si je devais rire, pleurer, ou être malade.

« Vous devriez partir maintenant, murmura Maman. Jasmina sera bientôt à la maison. J'ignore pourquoi elle n'est pas déjà là. »

« Jasmina est presque une adulte », dit le père de Bren, son ton révélant qu'il était blessé.

Mac. Ooh, par la Déesse, elle l'appelle Mac ?

« Todd ne l'est pas, lui rappela Mère doucement. Il est déjà mal disposé. Tellement en colère — et maintenant nous devons aussi nous occuper de Sherise. »

Le père de Bren laissa échapper un lent soupir. C'était un son de déception, d'un cœur se tournant vers l'intérieur pour panser la blessure. « Le travail et le devoir et le parentage passeront-ils toujours avant toute autre chose ? »

« J'espère que non, Mac, vraiment je… »

« Est-ce Giles ? interrompit-il. Je sais qu'il a eu une mort pénible, qu'il était un héros — et… un roi. Avez-vous l'impression que vous déshonorez le souvenir de votre mari avec quelqu'un comme moi ? »

« Non, murmura Mère. Oh, non. » Il y avait des larmes dans ces paroles, à l'instar des miennes. « C'est l'opportunité du moment, et simplement ça. Mac, s'il vous plaît, dites-moi que vous le croyez. »

Après une pause trop longue, le père de Bren finit par répondre : « Je vous crois. »

Un sanglot menaçait de jaillir de ma gorge comme il se levait pour partir, mais je demeurai muette.

Ma mère demeura assise dans l'obscurité, la tête baissée, les mains sur ses genoux alors qu'il s'éloignait silencieusement vers la barrière menant à notre cour avant. Elle ne leva pas les yeux pour voir comment il s'arrêta, comment il regarda derrière lui, le clair de lune captant son visage au même moment, montrant la dévastation gravée dans chaque angle, chaque ligne.

Je voulais bondir hors de la haie et crier à ma mère, la secouer pour qu'elle retrouve ses sens.

Cet homme – le père de Bren – oh, d'accord. Mac. Il l'aime. *Et ce n'est pas juste une passade, un flirt. Il tient tellement à elle, et elle l'a chassé !*

Pourquoi ? Pour éviter que je m'inquiète ? Pour éviter que Todd se mette dans tous ses états ? C'était une erreur. C'était terrible.

Longtemps après le départ du père de Bren, ma mère demeura dans la même position. Elle avait peut-être pleuré. La Déesse sait que je l'avais fait. Je demeurai assise là sous cette haie dans la nuit froide, et j'oubliai toute inquiétude, tout dessein. Rien n'importait pendant ces minutes interminables, sauf la vue de ma mère fière, assise seule dans l'obscurité, la tête penchée, laissant l'homme qui l'aimait – un homme que je pouvais dire qu'elle aimait en retour – s'éloigner.

Devoir. Responsabilité. Cela en valait-il la peine ? Y avait-il quelque chose qui méritait une telle affliction ?

Le souvenir d'Egidus, de la plume qu'il avait envoyée et du message qu'il m'avait demandé de transmettre me vint à l'esprit. Tout ce chaos avait complètement éclipsé ce message – mais maintenant il faisait parfaitement sens.

L'amour ne se trompe jamais.

C'est ce qu'il m'avait demandé de lui dire. Lui donner la plume, et lui transmettre ces paroles : l'amour ne se trompe jamais. Je devais le faire, peut-être même tout de suite.

« Qu'est-ce que tu fais ? »

Le murmure de Bren ne me surprit même pas.

« Je pleure », chuchotai-je en retour.

« Euh, ouais. Cela je peux le voir. »

« Shhhhut ! »

Ma mère se leva. Elle se tamponna les yeux et se redressa le dos, puis elle se dirigea lentement à l'intérieur de notre maison sans un regard vers la haie.

Je laissai Bren m'extirper des branches et m'aider à me lever.

« Espionnais-tu ta mère ? », demanda-t-il, manifestement amusé.

« Oui. » Je reniflai. « Ma mère et ton père. »

Le clair de lune me montra que Bren n'était pas surpris. « Je sais, marmonna-t-il. Winnie. Incroyable, non ? »

« Ton père appelle ma mère Winnie ? »

Bren hocha la tête.

Je regardai vers la maison, essuyant mes dernières larmes. « Elle l'appelle Mac. »

« S'il te plaît, ne m'en parle pas. Je ne veux pas le savoir. »

« Quand je suis arrivée ici, ils étaient en train de parler. Ils se sont embrassés. »

« Jazz ! » Bren couvrit littéralement ses oreilles. « Je ne veux pas entendre ça. »

Je repoussai ses mains. « Cesse de faire l'enfant et écoute-moi. Une fois que nous aurons fait cette chose, quand nous reviendrons de Talamadden, c'est fini. Nous demeurerons ici et assumerons le simple rôle de roi et de reine. Plus d'aventures. On ne laissera plus d'autres personnes faire notre travail pendant que nous sommes partis. Tu comprends ? »

« Ouais. Certain. »

Il omit d'ajouter *n'importe quoi*, ce qui lui évita probablement une bonne gifle. Je me levai plutôt sur la pointe des pieds, effleurai ses lèvres d'un baiser, puis le relâchai et me frayai de nouveau un chemin à travers la haie.

Comme je me dirigeais vers la maison, le craquement des branches me renseigna que Bren suivait. Il grommelait aussi. Je ne pouvais comprendre tous ses mots, mais j'en captai certains clairement.

« Les femmes… à n'y rien comprendre… folles. »

Bien, oui.

Après tout, cela résumait bien la situation.

chapitre quatorze

BREN

Le matin suivant, il m'était devenu clair que toute l'affaire de négociation-pour-la-paix ne signifiait pas que nous n'aurions pas besoin d'épées. Cela voulait simplement dire que nous ne pourrions pas les utiliser.

Jazz et moi avions à peine avalé un rapide souper et pris quelques heures pour dormir avant que ne commencent les ennuis – au petit déjeuner. Avec Sherise, Dame Corey, et mon père – juste après que mon père eut surgi et m'eut tiré de mon sommeil sur le sofa du salon.

« Qu'est-ce que tu veux *dire,* tu retournes à Talamadden ? » La mère de Jazz fit claquer ses deux mains sur la table, faisant trembler ma pile d'œufs brouillés comme elle se levait. Sherise s'était couvert la bouche et mon père me dévisageait, ouvrant et refermant sa mâchoire à plusieurs reprises.

Jazz se comporta comme une pro, avalant son morceau de biscuit et savourant calmement son jus d'orange avant de répondre.

« Bren a conclu un marché le liant aux harpies. Nous devons sauver leurs enfants des griffes d'Alderon. »

« Toi. Un marché. » Papa ressemblait à un enregistrement téléphonique défaillant. « Les harpies ? » Il pointa ma main bandée. « N'as-tu rien appris — ce n'est même pas encore guéri ! »

Sherise enroula ses doigts autour de sa pierre de lune. Elle jeta un regard au visage cramoisi de Dame Corey, puis à Jazz, puis à moi, puis à mon père, qui tirait sur sa barbe et ses cheveux pendant ce temps. Ensuite, elle se leva et s'enfuit.

« Sherise ! » Jazz bondit sur ses pieds comme la porte avant claquait. « Je ne voulais pas l'inquiéter. Merde. »

« N'utilise pas ce langage à ma table ! », rugit sa mère.

Jazz semblait vraiment confuse.

J'enfournai mes œufs dans ma bouche aussi vite que la condition de main me le permit, redoutant que les œufs — ou moi — ne se transforment en quelque chose que je ne voudrais pas manger. Si je me dépêchais, je réussirais peut-être à remplir mon estomac avant notre départ.

Dame Corey tourna la force foudroyante de son regard vers moi. J'engloutis la totalité de mon bacon et avançai le bras pour saisir un biscuit avant que les étincelles jaillissent et que la galette s'enfuit de la table, en agitant une moustache et une queue.

J'entendis un vibrant craquement, et je regardais soudainement les souliers de tout le monde. Je remuai le nez et jetai un œil derrière pour apercevoir une longue queue de rat lisse attachée à mon postérieur, maintenant recouvert d'une fourrure grise.

« Mère ! » Jazz avait crié si fort que j'eus un mouvement de recul, mais pas avant d'avoir capté l'odeur d'un joli paquet de miettes près de mon père et de m'être précipité vers elles. « Nous n'avons pas le temps pour ça. »

L'air autour de moi vrombit et mon corps fourmilla comme mon pouvoir magique s'unissait aux intentions de Jazz. Une seconde plus tard, je léchais le soulier de Papa.

« Oh, désolé. » Je me défis de cette sensation de rat et réussis à regagner ma chaise avant que Dame Corey ne me transforme en limace. Cette fois, au moins, j'atterris dans ma propre assiette, ce qui me permit de continuer à manger.

« Mère ! » *Crac !*

J'étais assis sur mon assiette, qui se brisa, un morceau s'enfonçant dans mon derrière.

« Je ne peux le croire… » *Pop !*

Dad m'attrapa contre sa poitrine, malgré mes dents et mes griffes hideuses d'opossum.

Jazz grogna de frustration. « Arrête ça. »

Pow ! Je me souvins des genoux de Papa qui étaient pas mal plus volumineux la dernière fois où je m'y étais assis.

« Maintenant, Winnie », cette fois-ci de la bouche de Papa. Mauvaise décision. J'aurais cru qu'il serait plus sensé.

Zing-snap !

Papa et moi nous tortillâmes sur le plancher nous regardant l'un l'autre à travers des yeux de serpent sans paupières.

« Sssssssssshhhhh, sifflai-je. Es-tu fou ou quoi ? »

Thwack ! Thock !

Jazz réussit à projeter sa magie précisément au même moment que sa mère, nous laissant debout, Papa et moi, avec nos têtes à travers une paire de carcans. Nous étions des humains, à part ce qui ressemblait à de longues queues de cheval remuant l'une contre l'autre quelque part derrière nous. Les restes ruinés du déjeuner et de la table reposaient éparpillés sous nos pieds. Bien, j'avais un pied. L'autre était un sabot de cheval.

Un cheval. Un âne. Hé ! Cela me faisait penser à un précédent embarras subi aux mains de Jazz, avant notre combat contre Nire. C'en était assez !

« C'est assez ! », hurlai-je. Je parvins à remuer mes deux poignets, à toucher le bras de Jazz avec mon doigt tendu, et à exercer une ponction importante dans notre pouvoir conjoint en même temps que je hurlais les ordres. Des étincelles d'argent et d'or fusèrent. Les carcans explosèrent en mille morceaux et tourbillonnèrent hors de la cuisine. Ma queue et celle de Papa disparurent, et mes deux pieds retrouvèrent leur apparence normale. J'allais clore le travail de sortilège quand l'énergie de Jazz s'enfla. La table se répara, et les assiettes brisées et la nourriture disparurent. En quelques secondes, la pièce entière était nettoyée — même ma chemise de cuir, qui avait subi moult dommages.

Yep. Voilà ma petite amie. Certaines choses ne changeront jamais.

Je lui souris. Elle roula ses yeux et croisa les bras pendant que la vague or-argent s'assoupissait. Mon père s'éclaircit la gorge, mais je lui flanquai un rapide coup de coude dans les côtes pour qu'il garde le silence. Puis je tournai un visage volontairement inexpressif face à Dame Corey.

Somme toute, en comparaison de la harpie, elle n'était pas terrifiante. Pas tellement.

« Je suis désolé », dis-je, et je le pensais. « Si j'avais pu trouver un autre moyen, si j'avais eu un autre choix, je n'aurais pas conclu ce marché. Sauver ces enfants monstres des griffes d'Alderon est la bonne chose à faire, et Jazz et moi devons nous y rendre ensemble — mais je te jure, je me lancerai moi-même dans la mort tête première avant de permettre qu'il lui arrive quelque chose. »

Les yeux de Dame Corey tombèrent sur ma main bandée. J'avalai difficilement, sentant mon visage se réchauffer de honte et une brusque montée de colère. Mais avant que je ne puisse prononcer un mot, la femme fut agitée de tremblements, se mit à renifler et éclata en sanglots.

Papa murmura « Merveilleux. » Mais il se dirigea vers elle et mit ses bras sur ses épaules.

Jazz massait ses tempes comme je me retournais vers elle et grommelais. « Les pleurs ne sont pas justes. Vous, les femmes, vous savez bien que c'est injuste, mais vous le faites quand même, n'est-ce pas ?

« Ferme-la, Bren. » Elle volatilisa d'un coup de sortilège la souris-biscuit apparue dans l'embrasure de la porte de la cuisine. Puis elle visa tout un tas d'autres objets. Les toiles d'araignée et les débris de carcans éclatés, à ce que je pouvais voir. Après quelques profondes respirations, elle ajouta. « J'ai besoin d'empaqueter quelques affaires. Toi — toi — bien. Juste... occupe-toi d'eux. Puis nous devons aller trouver Sherise et Todd. »

« Moi ? Pourquoi devrais-je m'occuper de nos parents ? » Je m'attaquai moi-même à quelques objets, mais Jazz avait déjà quitté la cuisine, et notre connexion commençait à faiblir.

Lorsque je me retournai, Papa tenait Dame Corey, qui sanglotait toujours.

Je soupirai. « Je suis vraiment désolé. »

Papa hocha la tête. « Je sais. Vous devez faire ce que vous croyez être le mieux. »

« C'est la dernière fois que nous projetons de nous en remettre à vous. » Je fronçai les sourcils, me rappelant ce que Jazz avait dit la nuit précédente, au sujet de la nécessité de trouver d'autres solutions à l'avenir. « Nous avons des responsabilités envers les sorciers. Envers le Chemin. Nous le savons. »

Les voyant tous les deux blottis l'un contre l'autre, pensant à tout ce qu'ils avaient perdu, à tout ce qu'ils avaient dû faire pour nous – à tout ce qu'il leur restait *encore* à faire pendant que nous serons partis en mission de sauvetage –, j'en saisis toute l'ampleur.

C'est alors que le vacarme commença à l'extérieur. Des hurlements et des sifflements retentissants et aigus, et le craquement des explosions de sortilèges lancés aux quatre vents.

Combien je me retins de laisser échapper un chapelet de mots qui auraient à nouveau fait tourner la mère de Jazz au cramoisi.

De la chambre avant, Jazz cria : « Bren, peux-tu t'occuper de ces fichues furies pendant que je cherche ma brosse à dents ? Conneries. Je crois que j'entends une Keeper. »

Je ne la tuai pas. Vraiment, je ne le fis pas. J'attendis seulement qu'elle eût fini d'entasser des choses dans un sac de toile emprunté dans l'armoire de sa mère. Lorsque je réussis enfin à lui faire franchir la porte, il fallut presque une heure pour calmer et disperser la foule dans le village principal, et une autre heure pour nous frayer un chemin vers l'extrémité d'oldeTowne, vers le lieu où mon petit frère avait érigé son zoo. Nous dûmes fréquemment nous arrêter, expliquer, convaincre – et nous fîmes de notre mieux pour ne pas user d'une magie vigoureuse contre les oldeFolkes. J'estimais que Papa et Dame Corey avaient assez de désordre à réparer sans ajouter de mauvais sentiments à d'autres mauvais sentiments.

Nous n'avions pas sitôt mis le pied entre les cabanes d'oldeTowne qu'un groupe de six furies en robe noire à capuchons nous affrontèrent. Leur chef manifeste, une sœur noueuse et difforme avec de longs ongles sales, repoussa son capuchon et cracha un défi à Jazz. Son esprit de furie à la forme de cobra fit de même. Puis elle se retourna vers moi.

« Comment osez-vous ? », croassa-t-elle de cette voix râpeuse de furie qui m'avait toujours donné la chair de poule lorsque je l'entendais de près. « Comment pouvez-vous libérer ces fils de kracken meurtriers ? »

J'expliquai patiemment le marché conclu et mes motivations, me servant même du langage olde du mieux que je pus par politesse. Malheureusement, je pouvais voir sans l'ombre d'un doute que cette furie s'en foutait royalement. Elle se pencha vers l'avant, son esprit de furie serpent suivant son mouvement, tanguant sa tête de cobra.

« Pensez-vous que je m'inquiète des enfants de créatures plus animales que tout, garçon ? De meurtriers assez faibles pour s'incliner devant n'importe quel esprit du mal qui passe par là ? » Mec, que son haleine sentait les oignons putrides ou l'ail encore plus putride. « Il y a longtemps que nous les avons chassés de nos rangs. Laissons-les tous périr ! »

« Nous ne pouvons pas... », commença Jazz.

La furie la fit taire d'un grondement pernicieux. Elle leva sa main ridée et courba ses doigts pour me jeter un sort, mais l'une des autres furies s'avança et la prit par le bras. « Paix », supplia-t-elle, et je compris à la douceur de sa voix qu'elle était jeune. « Il y a eu assez de morts, et je ne voudrais pas vous voir bannie pour avoir causé du tort à un autre sorcier — à notre roi. »

« Roi. » La plus vieille furie cracha le mot comme s'il goûtait la pourriture. « Presque trente morts, dispersés dans tous les clans. Nous avons souffert plus de pertes que quiconque, mais nous n'avons aucune voix dans ce — ce — satané *marché*. »

Une fois de plus, la plus jeune furie parla. « S'il vous plaît, *Herzmutter.* »

Cette fois, la furie baissa le bras. Son expression s'adoucit, mais la flambée de dégoût brûlait encore dans ses yeux trop noirs.

Concernant la plus jeune, quelque chose n'allait pas, quelque chose que je ne pouvais déceler… attendez une minute. Où était son esprit de furie ?

« Helden ? » Jazz baissa son sac de toile de son épaule. Elle prononça les paroles suivantes en allemand. « Je suis heureuse que tu aies survécu à la destruction de Shallym. »

La fille-furie repoussa son capuchon, et je vis qu'elle était humaine. Environ l'âge de Todd, ne paraissant pas trop mal pour une cinglée qui avait choisi de se tenir avec d'affreux oldeFolkes. Elle avait des nattes brunes et une fossette sur le menton. Une minuscule pierre bleue, suspendue à un collier de cuir tressé, brillait sur sa gorge. Sa couleur différait de celle d'une pierre de lune, mais, pour certaines raisons, elle me rappelait l'amulette porte-bonheur de Sherise. Jazz la regarda, elle aussi, avec une grande intensité.

« Je suis heureuse que vous soyez revenue de Talamadden, Votre Majesté. » Helden sourit timidement. « Êtes-vous certaine qu'il vous faut risquer d'y retourner ? »

« Oui. Après ce que tu as vu de Nire, du mal, j'espère que tu comprends le bien-fondé de ce voyage. » Jazz lui rendit un sourire optimiste. « Nous ne devrions jamais tourner le dos à la vérité, à la justice, ou à la clémence. Sinon… »

Helden fit un signe de tête. Elle s'adressa de nouveau à la plus vieille furie, et la vieille bique monstrueuse finit par soupirer et par hausser les épaules. Je ne parvins à saisir aucune bribe de leur conversation, sauf que la furie appela Helden *Herzgreldas* avant de lui donner une petite tape sur la joue. Puis elle releva son capuchon, siffla en direction des quatre autres furies – accompagnées de leurs esprits de furie – et elles s'éloignèrent en serpentant.

« C'est un terme affectueux », expliqua Helden pendant que Jazz remontait son sac sur son épaule, et nous repartîmes vers le zoo de Todd. « Avant mon arrivée ici, j'étais proche d'une furie nommée Grelda qui est morte en essayant de traverser le vieux Chemin pour demeurer avec moi. Cela signifie, plus ou moins, le cœur de Grelda. »

« Les furies ont un cœur ? » Cette question sortit de mes lèvres avant que je ne puisse la ravaler. Jazz m'asséna un bon coup sur l'épaule, mais Helden se mit à rire.

« Elles en ont un, *ja.* Difficile à trouver, et le battement ressemble plutôt à un hsss-hsss. » Elle rit encore, et cela nous fit sourire, Jazz et moi.

« Merci de ton aide, dit Jazz. Nous n'avons jamais vraiment été capables d'intégrer les furies. Elles sont refermées sur elles-mêmes. Tellement hermétiques. »

Helden haussa les épaules. « Il est facile de les aimer une fois que vous les connaissez. Et vous savez, un jour, je serai une furie en titre, même si je ne suis pas née dans cette lignée. »

Cela me surprit. « J'ignorais qu'elles - euh – prenaient des humains. »

« C'est rare en effet, admit Jazz. Mais je pense que Helden est… spéciale. Tu sais, Helden, les choses étaient tellement désespérées quand je t'ai sauvée la première fois. Je ne t'ai jamais demandé ton nom de famille. »

« Hartzell », répondit jovialement Helden comme nous passions à côté de deux rochers signalant le début des terrains protégés des repaires des slithers – le domaine de Todd. « La graphie a changé à travers le temps, mais la signification est… »

« Cerf. Oui. Une ancienne lignée de sorciers. » L'expression de Jazz voulait dire : *J'aurais dû le savoir.*

La mienne disait probablement : d*e quoi s'agit-il ?*

C'est à ce moment que je découvris Todd et Sherise qui saupoudraient des graines sur le sol pour nourrir ses cailles cannibales. Des graines et – un autre truc. Peu importe.

« Hé, Todd ! », dis-je en faisant un signe de la main. Sherise me rendit mon salut, mais Todd me jeta à peine un regard. Il réussit à émettre un grognement lorsque nous l'eûmes rejoint et un second grognement lorsque Jazz lui présenta Helden. J'eus le sentiment que Todd la connaissait déjà, mais il joua gentiment le jeu de la discrétion. Promenant mon regard de Sherise à Helden, je croyais saisir ce qui pouvait motiver son attitude. Le petit nigaud savait comment se mettre dans un pétrin des plus gênants. Je pensai lui adresser un large sourire, mais j'estimai que je risquais de servir de nourriture à ses oiseaux vampires.

Rol et Acaw firent alors leur apparition, demeurant un peu en retrait, les yeux fixés sur les cailles. Au regard sur le visage du géant et à la manière dont le frère-corbeau d'Acaw sautillait tout autour, je pressentais que Garth la harpie était vraisemblablement sur le point de perdre patience. Je murmurai mes soupçons à Jazz, puis me retournai vers Todd.

« Écoute, nous devons nous rendre à Talamadden… »

« J'en ai entendu parler », dit-il froidement, lançant plus de graines et – euh – un truc rouge à ses cailles. J'essayai de ne pas écouter alors qu'elles grognaient et mâchaient bruyamment. « Ça ne semble pas vraiment faire le bonheur de personne. »

Sherise me servit un sourire nerveux, presque apologétique.

« Ouais, bien, j'espérais que je pourrais compter sur vous deux pour tenir le fort jusqu'à notre retour. »

Une fois de plus, Sherise nous sourit, même à Helden, mais Todd ne fit que lancer un paquet de trucs sanglants sur mes souliers. « Je ne suis pas ton esclave loyal. Sherise et moi avons nos occupations. Nous ne passons pas notre temps à courir et à jouer les seigneurs-rois et les espèces de reinettes. »

Jazz se raidit en entendant le dernier mot. « Espèce de reinette ? »

Helden agrippa le bras fébrile de Jazz comme elle avait empoigné celui de la furie. Je jure que la fille exaltait une sorte de potion magique calmante à travers sa peau ou quelque chose, car mon frère ne se trouva pas transformé en un de ses gibiers à plumes psychopathes.

« Dame Corey et M. McAllister feront la plus grande partie du travail, j'en suis certaine. » Sherise tenait Todd par le coude, affichant un air plus désespéré. « Rol aidera. Tout ira bien. »

« N'importe quoi », murmura Todd.

J'aurais tellement voulu attraper le petit morveux et l'emmener derrière les granges d'entreposage. Nous nous battrions à mort tous les deux ou je jetterais la lumière sur ce qui l'embêtait — mais nous n'avions juste pas le temps.

« Nous avons besoin d'un couple de slithers pour pouvoir voyager rapidement, dit Jazz à travers des dents serrées. Un gros pour Bren et moi, et un plus petit pour Acaw. »

Le regard de Todd aurait pu allumer un feu lorsqu'il leva les yeux. « Non. Vous ne les conduirez pas au massacre juste pour sauver un peu de temps et d'effort. »

« Regarde, connard, ressaisis-toi. » Je pointai ma main bandée vers son visage. « Je suis le roi et Jazz est la reine, et nous avons besoin des lézards. » Après le regard piteux que me lança Sherise, j'ajoutai. « S'il te plaît. »

« Non ! » Todd lança à terre son pot de graines sanglantes. Les cailles se jetèrent sur elles, grondant et battant des ailes. On aurait dit que Todd allait faire de même.

Sherise empoigna nerveusement sa pierre de lune. « Attends ! S'il te plaît, Todd ? »

Mon frère sembla se figer au beau milieu de son mouvement. L'expression sur son visage se fit plus calme — il avait toujours l'air boudeur et maussade, mais paraissait beaucoup plus détendu. Il lança un regard cinglant à Sherise, puis laissa échapper un soupir. Helden soupira aussi, et je vis que sa main était posée sur son collier. Les yeux de Jazz, qui semblait perplexe et un peu nerveuse — allaient d'Helden à Sherise.

« Bien, d'accord. » Todd introduisit ses doigts propres dans sa bouche et émit deux sifflements distincts. Le premier était long et assorti de deux répétitions, et l'autre, court avec trois répétitions. Lorsqu'il eut terminé, il ajouta : « Si elles sont blessées, je réclamerai le sang pour le sang, et je ne ferai preuve d'aucune indulgence à ton endroit à cause de cette mauvaise main. Tu comprends ? »

Ce fut mon tour de dire : « N'importe quoi. »

Les trois filles baissèrent les yeux et hochèrent la tête en même temps que la terre grondait légèrement et tremblait. Leurs pas tonitruants indiquaient que nos coursiers arrivaient, pas trop tôt à mon goût.

Todd ne daigna même pas dire au revoir ou bonne chance ou rien d'autre. Il ne fit que partir d'un air digne avec sa bande de cailles cannibales marchant immédiatement sur ses pas. Sherise me donna un rapide baiser sur la joue, ce qui lui mérita un regard foudroyant de la part de Jazz. Mais Sherise donna alors une brève étreinte à Jazz et se précipita derrière Todd.

« Je crois que je vais voir ce que je peux faire », offrit Helden. Elle releva le capuchon de sa robe noire et partit avec grâce dans leur direction. Pour une humaine, elle avait vraiment l'air d'une furie lorsque son visage était dissimulé.

« Je ne suis pas certain que ce soit une bonne idée », dis-je, la regardant s'éloigner alors que Rol et Acaw se dirigeaient tout droit vers nous – accompagnés d'un énorme slither bleu et d'un spécimen plus petit de couleur dorée.

Jazz se frottait les tempes comme si elle avait déjà mal à la tête. « Ceci non plus, mais parfois nos choix sont vraiment suants. Je veux dire, chiants. Diable. Ai-je dit ça ? J'ai *vraiment* perdu la tête. »

N'importe quoi me vint à l'esprit, mais je n'étais pas assez stupide pour le dire.

Au lieu de cela, j'utilisai mon énergie pour donner à Acaw tous les ordres appropriés, afin que l'Erlking ne puisse ni le frire ni l'emprisonner dans une prison d'elfling après notre nouvelle incursion dans son royaume. Je n'avais définitivement pas hâte de rencontrer ce type de nouveau.

chapitre quinze

JAZZ

« C'est plus froid. Et c'est plus sombre. » Debout à l'intérieur du Chemin avec Acaw, j'étais agitée de frissons et gardais les bras serrés contre ma poitrine. J'étais fatiguée d'avoir dû démonter et remonter les murs du magasin général pour permettre aux harpies et aux slithers d'accéder au point de contact de L.O.S.T. Jusqu'ici, nous avions fait passer Garth et le petit slither doré à travers l'ouverture que nous avions créée, et Bren était occupé à pousser sur le postérieur du gros slither pour le faire traverser. Garth l'aidait en tirant sur le cou de la créature, demeurant vigilant en cas où il y aurait une soudaine giclée de flammes.

« Cela sent mauvais, aussi ! », hurlais-je à Bren.

« Ce sont probablement nos invités », répondit-il en criant lui aussi alors que la créature bleue pénétrait lentement dans la bande qui traversait le temps.

C'était exact, la harpie empestait, et les deux slithers sentaient la saleté et les excréments de leur repaire. Mais il y avait autre chose. Quelque chose d'anormal dans l'énergie du Chemin. Les murs argentés brillants que j'avais vus lors de mon retour de la mort s'étaient décolorés et étaient maintenant d'une couleur pâteuse désagréable, et je jure que je voyais de sombres formes à peine visibles voltiger autour de nous. Lorsque je me retournai pour tenter de les distinguer, elles s'évanouirent comme si elles n'avaient jamais été là.

Était-ce ma peur des Ombres ?

J'en doute fort.

Le malaise dans le regard d'Acaw confirma mes peurs.

« Le Chemin a… changé », convint-il, comme s'il entendait mes craintes.

« Mais ce n'est pas comme au moment de l'invasion de Nire. »

« Non, admit l'elfling. Cependant, les stratégies de Nire vous ont touchée de bien plus près que nous tous. Nous étions protégés contre ses pires effets. »

Me rappelant l'attaque contre Shadowbridge, la façon dont Acaw et son frère-corbeau avaient presque donné leur vie pour préserver la mienne, je ne pouvais accepter cette situation. Pourtant, argumenter avec un elfling était aussi utile que d'argumenter avec un sorcier issu de la famille de Bren.

Le slither bleu finit par pénétrer dans le Chemin, et Bren et moi refermâmes l'ouverture derrière nous.

Bren suait et respirait fort, et je pouvais voir un peu de sang sur sa main bandée. Il se redressa et lança un regard furieux à Acaw. « Avez-vous songé à la manière dont nous arriverons à faire entrer la brute dans les Royaumes sacrés ? Jamais nous ne réussirons à la faire passer par ce petit trou. »

En guise de réponse, Acaw ne fit que tourner le dos et s'engager sur le Chemin, les charmes sur sa canne ajoutant un peu de musique au bourdonnement intermittent de l'énergie magique.

« Pourquoi te parle-t-il à toi et non à moi ? », demanda Bren en rouspétant comme nous guidions le plus petit slither, laissant Garth conduire la plus grosse bête.

« Parce que c'est un elfling mâle. »

« Donc, si tu avais embauché une servante elfling il y a longtemps, nos communications auraient été meilleures qu'avec toi ? »

« Bien sûr. Juste avant de t'empoisonner, de t'envelopper et de t'abandonner dans une cave pour servir de nourriture à ses petits. »

Silence. Et puis : « Tu me fais marcher. »

Je ne lui répondis pas, mais ne pus m'empêcher de rire. Dans le silence croissant sur le Chemin, ce bruit semblait étrange. On aurait dit que, plus nous avancions, plus cela s'aggravait.

« Quelque chose *ne va pas* avec cet endroit », murmura Bren. Sa main tomba automatiquement sur son épée, mais il fit une grimace lorsque le bandage rencontra la poignée. « Aussitôt que nous en aurons terminé avec cette mission de sauvetage, j'emmènerai Todd pour évaluer la situation. Peut-être a-t-il besoin de restauration. »

La simple pensée de l'ampleur du prochain problème à résoudre, avant même que nous ayons réglé le gâchis actuel – voilà qui était assez pour me réduire au silence jusqu'à la fin de notre marche vers l'entrée des Royaumes sacrés.

Lorsque Acaw cogna sa canne contre le Chemin, deux barrières à charnières apparurent, bien plus hautes que le plus gros slither, et deux fois plus larges.

« Pourquoi ai-je dû m'introduire par un trou de hobbit la première fois ? », râla Bren.

« La porte était aussi grande que nécessaire », accorda Acaw alors qu'il utilisait sa canne pour ouvrir les barrières.

Bren grogna. « Nécessaire pour qui ? Un gnome ? J'ai pensé que le trou était aussi petit pour empêcher l'Erlking de passer par l'ouverture. »

Acaw accueillit cette affirmation par un soupir pendant qu'il escortait la harpie à travers les portes. J'attrapai la corde attachée au plus petit slither et tirai sur elle. « Bren, l'Erlking est polymorphe. Il peut prendre la forme d'un cafard et entrer par une craque de verrou s'il choisit de le faire. »

« Ouais, ouais, ouais. » Bren tira le slither bleu à travers les portes, qui se refermèrent derrière nous. « Je le savais. »

« Après que les oldeFolkes ont réussi à stopper sa tuerie d'êtres humains et à l'emmurer dans ce royaume, ils ont activé des sortilèges pour le garder ici. Tous les êtres magiques ont été sommés de l'éviter sauf en cas d'extrême nécessité – et de ne jamais emmener un hôte qui serait vulnérable à la ruse du bâtard. » Le petit slither finit par coopérer, et je ne pouvais en dire autant du fardeau de Bren. « Les sorciers sont immunisés, de même que les oldeFolkes et les bêtes magiques naturelles comme les slithers et les harpies – ce n'est donc pas un problème pour nous. »

Bren me tendit la main pour m'aider à enfourcher notre slither, mais il me jeta un regard bizarre. « Je suis un demi-sang, souviens-toi. Est-ce un problème ? »

« Ne t'inquiète pas. » Je pris sa main, puis lui donnai un baiser sur la joue. « Ton sang est fort, qu'il soit demi ou pas, et nous sommes ensemble. Notre magie suffira pour le vaincre s'il ose nous défier. »

Quelques heures plus tard, le soleil avait réchauffé mes joues, et je me sentais ravivée par l'air frais. Si c'était possible, les Royaumes sacrés étaient encore plus merveilleux que dans mes souvenirs de mon premier voyage.

La harpie émit une série de sons et de claquements que j'avais déjà entendus.

« Volez plus rapidement. » Avec son calme habituel, Acaw avait traduit les instructions de Garth, même si nous volions au-dessus du sol à un rythme foudroyant.

« Quel emmerdeur ! », murmura Bren à mon oreille. Il était assis derrière moi, les bras enroulés autour de ma taille, me tenant serrée, me rappelant le moment où nous avions volé ensemble pour la première fois sur un balai. Notre slither s'appelait Firestorm, et le dragon d'Acaw se nommait Ironblood.

À l'aide de nos pouvoirs magiques conjugués, nous avions formé un bouclier aérodynamique pour faire dévier le froid et l'assaut du vent, et pour faciliter nos communications. Malgré nos efforts, nous fûmes l'objet de l'insatisfaction constante de Garth relative au temps qu'il nous avait fallu pour quitter L.O.S.T. et à la lenteur du vol des slithers.

Nous fîmes tous preuve de patience. Après tout, si la sécurité de nos enfants avait été en jeu, nous aurions tous été aussi pressés que lui.

« Alors, qu'en est-il à propos de Sherise et d'Helden ? » La question de Bren semblait fortuite, mais je savais qu'il y avait réfléchi comme moi.

« Je ne suis pas certaine, admis-je. Tout ce dont je suis sûre, c'est qu'elles sont toutes les deux héritières de très anciennes et très puissantes lignées de sorciers, dotées de dons uniques. Sherise est l'héritière des Ash, une famille reconnue pour ses dons de prophétie et la clarté de sa vision. Helden est l'héritière des Hartzell, une fameuse lignée reconnue pour la grâce dont elle fait preuve dans les conflits, l'un des rares groupes de sorciers bienvenus dans presque tous les clans et presque toutes les tribus, qu'ils soient anciens ou modernes. »

Bren se blottit un peu plus contre moi, ce qui me fit sourire. « Elles semblent savoir comment s'y prendre avec Todd. Je crois qu'il en a plein les bras avec ces deux-là. »

« Je crois que ce sont Helden et Sherise qui en ont plein les bras. Ton frère a besoin qu'on s'occupe de lui, Bren. »

Il laissa échapper un soupir, qui fit chaud contre mon oreille. « Je sais. Après le sauvetage, après le Chemin, lui et moi avons besoin d'un bon moment entre gars. Je crois qu'il est encore vraiment perturbé au sujet de Maman. De Nire. Tu sais. »

« A-t-il toujours été aussi difficile ?

« Non — bien, un peu. Plutôt fougueux, impulsif, grande gueule. Et tout le reste. »

Je penchai ma tête contre l'épaule de Bren. « Tu es la preuve vivante que les garçons comme Todd peuvent grandir et devenir roi. »

Il toussa, et je me demandai si le compliment l'avait embarrassé. Je me serais attendue à une remarque brillante à propos de son incroyable prouesse, mais son silence était assez touchant.

« Donc, revenons à ces deux filles – penses-tu qu'il s'agisse d'une coïncidence que deux sorcières mini-reines d'à peu près le même âge se manifestent dans L.O.S.T. à peu près en même temps. »

« Déesse, Bren. Prenons un problème à la fois. Tu deviens aussi obsessif que moi. »

« Hé, cette remarque me ressemble. » Il me donna un baiser sur la tempe.

« Finalement, la réponse, c'est non. Je ne pense pas qu'il s'agisse d'un hasard, mais je ne suis pas plus capable d'en comprendre la signification. »

« J'ai le cœur brisé. Tu ne sais *vraiment* pas tout. »

« Tais-toi. »

La harpie émit ses petits bruits, un peu différemment cette fois-ci.

« Vous êtes des humains ennuyeux », traduisit doucement Acaw.

Cette nuit-là, après notre souper, la harpie se retira pour dormir avec les slithers, disant qu'elle se sentait plus à l'aise avec des bêtes qui lui ressemblaient davantage. Pendant un court moment, je me sentis désolée pour Garth et pour toutes les créatures qui n'étaient ni humaines ni vraiment animales. C'est à peine si je parvenais à saisir à quel point la vie devait être compliquée pour elles. Lorsqu'il se mit à ronfler, j'oubliai une bonne partie de cette pitié, me demandant plutôt comment je réussirais à m'endormir.

Acaw, qui avait accepté le troisième quart de vigie, n'était pas non plus exactement silencieux. Il expirait et inspirait, et à chaque exhalation, son frère-corbeau émettait des gargouillements d'oiseau bizarres au point où je voulais me frapper la tête contre un mur à cause du bruit.

Mais je me détendis plutôt dans les bras de Bren. Les étoiles scintillaient à travers la voûte des arbres, et le clair de lune baignait tout d'une lueur argentée. Nous étions assis devant un petit feu de camp qui craquait, sifflait et grésillait. Je regardais les flammes ondoyantes devant nous, presque hypnotisée par leur danse magique. Malgré le ronflement des bêtes à proximité, la nuit et tout ce qui l'entourait étaient empreints de romantisme comme je me pelotonnais dans l'étreinte de Bren. J'étais de retour aux côtés de mon champion, de mon amour, et c'était vraiment l'unique moment où nous nous retrouvions seuls.

« Où vivent-elles, de toute façon ? Les harpies. » Bren parla à voix basse, de façon à ne réveiller personne, tout en faisait un geste de la tête en direction d'un Garth ronflant, que seul le ronflement des slithers pouvait surpasser.

« Les harpies vivent n'importe où », murmurai-je, me pressant contre Bren alors qu'il resserrait son étreinte sur mon épaule. « Elles forment une horde close, habituellement dans le plus vieux des anciens Sanctuaires. Avec le temps, leur nombre s'est considérablement réduit. Leurs grottes et leurs terrains de chasse ont été détruits – et elles ne sont pas particulièrement populaires même parmi les oldeFolkes. De fait, la plupart d'entre elles vivent ici. Dans les Royaumes sacrés. C'est le meilleur endroit pour elles. »

« Alors, quand nous sauverons leurs petits, Garth et les siens peuvent simplement... s'en aller ? Trouver leur propre chemin de retour ? »

« Oui. »

Bren se détendit quelque peu. « Il existe au moins une chose de facile. »

« Silence. Tu tourmentes la Déesse. »

Il me serra plus fort. « J'imagine que je ne devrais pas mentionner qu'il est bizarre que nous n'ayons pas croisé l'Erlking ? »

« Arrête ça ! » Je lui donnai un coup de coude.

« Je suis sérieux. » Il mordit le haut de mon oreille.

Je frissonnai en même temps que je lui flanquai un autre coup de coude, plus ferme cette fois. « Moi aussi ! »

« Vous *êtes* des humains ennuyeux », dit Acaw d'une voix endormie, puis il se retourna et se couvrit la tête ainsi que celle de son frère-corbeau avec sa couverture.

Bren se pencha vers le feu et regarda l'elfling. « Était-ce une traduction ? »

« Euh, non », murmurai-je en tentant de réprimer un fou rire.

Reposant ma tête contre son épaule, je soupirai. « Je ne peux croire que nous retournons à Talamadden. »

Avais-je prononcé ces paroles à voix haute ?

Bren se raidit. « Je ne peux croire que je te permets d'y retourner. Je ne t'abandonnerai pas, Jazz. Cette fois, si tu y restes coincée, tu seras aussi prise avec moi à tes côtés. »

Je relevai ma tête pour le gratifier d'un sourire, mais je retins mon souffle lorsque je vis l'expression dans ses yeux bruns chaleureux. Son regard était si intense, si plein de désir, et quelque chose de plus, que j'en eus le souffle coupé.

« J'espère... » Sa voix s'estompa un moment, mais l'intensité de son regard ne fléchit pas. « J'aimerais qu'on ait un peu plus de temps ensemble. Seulement toi et moi. Seuls. »

« Pourquoi pas maintenant ? murmurai-je. Nous sommes seuls. »

Les yeux de Bren se portèrent sur les slithers ronflants, Garth, et Acaw, puis revinrent vers moi. « Ce n'est pas la même chose. » Il secoua la tête, et ses cheveux soyeux frôlèrent ma joue. « Nous nous engageons encore une fois dans le danger… le havre de la mort et Dieu sait ce qui nous attend. Je voudrais que tu sois à la maison. En sécurité. Avec moi. »

Je levai le bras et enveloppai de ma main l'une de ses joues, et la barbe de plusieurs jours chatouilla ma paume. « Où que nous soyons, quoi qu'il arrive, je me sentirai toujours en sécurité avec toi. »

Je l'attirai vers moi et ses lèvres prirent doucement les miennes. Ce baiser – ce baiser ne ressemblait à aucun baiser que nous avions échangé auparavant. Une sensation de fourmillement emplit le creux de mon estomac, et mes mains tremblèrent alors que je les enroulais autour du cou de Bren. Il goûtait le gâteau au miel qu'il avait mangé après le souper, et son odeur mâle et le décor extérieur m'encerclaient.

Quelque chose me frappa alors, complètement et totalement… Bren n'était plus le garçon que j'avais kidnappé et que j'avais emmené sur le Chemin. Il n'était plus impulsif ou irresponsable, ou tous les qualificatifs dont je l'avais abreuvé quand j'étais fâchée contre lui. Il était un vrai et grand Roi des sorciers. Il était maintenant un homme.

Et qui étais-je ?

J'avais survécu à la mort, je m'étais libérée de tant d'obsessions et j'étais revenue embrasser la vie. Durant mon périple, j'étais devenue – quoi ? Une vraie reine ? Une femme ?

Cette pensée s'insinua étrangement en moi, terrifiante et excitante, fausse et vraie, tout à la fois.

Lorsque Bren se dégagea de notre baiser, je sentis la résonance entre nous. À l'expression dans ses yeux magnifiques, je sus qu'il l'avait lui aussi ressentie. Avec tout ce que nous avions traversé ensemble, ce moment exceptionnel éclipsait tout le reste.

D'une certaine manière, tout venait juste de changer.

« Jazz... » Il hésita, et sa gorge remua comme il déglutit. « Je sais que nous sommes encore jeunes. Mais nous ne sommes pas trop jeunes pour être roi et reine. » Bren leva son bras du côté de sa bonne main et frôla ma joue avec ses jointures. « Je veux dire être *vraiment* roi et reine. »

Mon cœur battit si fort que ma poitrine me faisait mal. Je déglutis moi aussi. « Qu'est-ce que tu essaies de me dire au juste ? »

Je le demandai, même si je savais, je le savais avec tous mes sens. Il me semblait tellement important de l'entendre de sa bouche, à voix haute.

Il caressa encore une fois ma joue et me servit l'un de ses sourires en coin qui exaltait les palpitations dans mon ventre. « Tu sais ce que je suis en train de dire, Jazz. » Il frôla doucement ses lèvres sur les miennes puis murmura : « Quand nous aurons terminé cette mission, quand tout reviendra à la normale... » Il fit une autre pause, et me sourit doucement. « Aussi normal que ce peut être pour le Roi et la Reine des sorciers. »

« Alors quoi ? »

« Je veux que tu sois ma vraie reine, Jazz. » Son regard se fit plus profond pendant que ses lèvres erraient sur les miennes. « Je veux que tu m'épouses. »

Je jure que mon cœur fit deux ou trois bonds. Il l'avait dit, il l'avait vraiment dit. Je serrai mes bras autour de son cou et enfouis mon visage dans sa tunique. La senteur de cuir de sa chemise mêlée à l'odeur de fumée du feu fit picoter mes yeux. Non, la sensation provenait des larmes qui inondaient mes yeux. À ce moment, j'étais tellement confuse. Je voulais de tout mon cœur dire *Oui !* mais ma tête disait *Non.* J'avais à peine dix-sept ans et Bren n'était maintenant âgé que de dix-huit ans. Nous étions trop jeunes, nous avions trop de périples devant nous.

Mais pourquoi ne pourrions-nous pas les traverser ensemble, liés l'un à l'autre jusqu'à la fin des temps ?

Parce que, cette fois-ci, il est possible que tu ne reviennes pas de Talamadden, Jasmina Corey. Il est possible que tu ne survives pas à un second voyage dans la vallée de la mort. Et Bren… Peu importe comment… il fallait qu'il vive.

« Oh, Déesse », dis-je à voix haute, sans le vouloir, et cette fois une larme roula sur ma joue.

« Qu'est-ce qui ne va pas ? » Il repoussa mes cheveux derrière mon oreille. « Tu m'aimes, n'est-ce pas ? »

Même si je voulais garder mon visage caché dans sa chemise, je m'obligeai à me libérer de son étreinte et à m'écarter de lui. Je voulais me cramponner à lui pour toujours, mais c'était impossible. Pas maintenant. Pas encore. Peut-être jamais.

« Hé ! » Bren leva le bras et essuya l'unique larme avec son pouce. Ses yeux bruns cherchèrent les miens, et je vis à la fois l'amour et la confusion dans son regard. « Tu ne m'aimes pas ? »

« De tout mon cœur. » Je posai sa main saine sur ma poitrine de manière à ce qu'il puisse sentir les battements de mon cœur sous ses doigts. « Mais trop de choses nous attendent pour que nous puissions prendre une telle décision. Attendons d'être de retour dans L.O.S.T. et que tout le monde soit de nouveau en sécurité. Ensuite nous parlerons… de permanence. De mariage. »

Pendant un long moment, il demeura silencieux, puis il hocha lentement la tête. « Très bien. » Il glissa sa main de l'endroit où elle reposait sur mon cœur battant, la remontant jusqu'à mes longs cheveux et y enroulant ses doigts, puis il m'attira à nouveau vers lui. « Mais, quand nous reviendrons, sache bien que je n'accepterai pas un non en guise de réponse. »

La fraîcheur de la forêt m'enveloppait et je me blottis contre la poitrine de Bren. Nous étions toujours assis près du feu, et les flammes attiraient mon regard comme une force irrésistible. Chaleur dans le froid, lumière dans l'obscurité. Je finis par fermer les yeux.

Je ne voulais pas dormir, je voulais demeurer éveillée aussi longtemps que Bren, mais…

Helden et Sherise étaient assises dans la clairière où j'avais procédé à l'entraînement de Sherise. Elles paraissaient fatiguées, décomposées – les cheveux dépeignés, les vêtements de travers, comme si elles avaient travaillé fort. Il y avait des ombres tout autour d'elles, incluant une protubérance assez volumineuse sur le sol. Je tentai de me concentrer sur la saillie, mais je ne pouvais l'identifier.

« Elle a dit qu'elle pouvait avoir du pouvoir », dit Sherise en soulevant sa pierre de lune.

Helden releva sa chaîne, laissant son propre bijou de famille se balancer d'avant en arrière. C'était une pierre d'étoile ancienne, j'en étais certaine. « Grelda a dit la même chose. Que si j'apprenais la bonne manière de regarder, comment voir à travers elle et me concentrer, je serais plus forte. »

« Magnifier le don ! Oui, c'est ça. » Sherise prit la pierre de lune entre ses mains. Lorsqu'elle leva les yeux vers Helden, ceux-ci brillaient d'une intensité saisissante. Elle semblait plus que puissante. Presque terrifiante. « Nous devons l'essayer. »

La clairière se remplit de gloussements et de sifflements. Certaines des formes sombres remuèrent, et je me rendis compte qu'il s'agissait de furies. Six ou sept au moins. Mais où étaient les esprits des furies ?

La masse sur le sol se déplaça, et l'une des furies siffla, étalant des doigts noueux devant elle et murmurant une incantation de contrainte.

Cela sembla pousser Helden à agir. Elle tint délicatement sa propre pierre et la regarda, fronçant les sourcils d'une manière sinistre, inquiétante. Elle ressemblait beaucoup à une furie. Très menaçante.

Sherise fit de même.

Les deux pierres s'embrasèrent, projetant une lumière à travers l'obscurité pendant que les filles tournèrent leurs regards surnaturels et perçants vers la masse.

Celle-ci hurla et se débattit pour se libérer de ses liens pendant que les furies décuplaient les contraintes. Je me rendis compte avec un indicible effroi de la nature de ces liens. Des esprits de furie à l'allure de serpent, se cramponnant fermement, essayant d'étouffer la vie de leur capture. Un humain. Un garçon.

Grande Déesse.

C'était Todd !

Je m'éveillai en haletant.

« Qu'est-ce qu'il y a ? » Bren m'attira encore plus près. « Tu trembles. »

« Un rêve. » Je toussai. Oui, c'était un rêve. Un cauchemar. Évidemment, j'étais tombée endormie dans les bras de Bren, me sentant en sécurité, et aimée, et plus heureuse que jamais auparavant. Le feu brûlait maintenant faiblement, et Bren était trop gentleman pour me réveiller en recourant à notre pouvoir magique conjugué pour le raviver.

À la façon dont il m'agrippait avec son bras, et aux légers mouvements qu'il faisait, même à ceux de sa poitrine qui se soulevait et s'affaissait, je compris qu'il n'était pas tombé endormi comme moi. Certes, le temps de vigie approchait pour Acaw et son frère-corbeau.

« Alors ? » Bren me donna un baiser sur le dessus de la tête. « Qu'as-tu vu ? »

« C'était Todd. » Je me redressai et m'écartai de lui, examinant son magnifique visage dans la lumière du feu de camp. « J'ai rêvé à Sherise, à Helden, et à des furies qui l'avaient fait prisonnier. »

Bren fronça les sourcils. « Pourquoi, parce qu'il a fait une sottise ? »

Je hochai la tête. « Je — dans le rêve, les filles — je crois qu'elles utilisaient leurs pierres pour lui faire du mal. »

« Merde ! » Bren se leva d'un bond, le regard sauvage.

Je me levai aussi, totalement à court de mots.

À cette seconde, un faible et superbe chant commença à filtrer à travers la forêt dans un rythme hypnotisant.

« Oh, merde », murmura Bren comme je décrivais un cercle, cherchant la source du son.

Mon cœur battit un peu plus fort. Je clignai des yeux pour éliminer toute trace de sommeil et j'écoutai intensément l'étrange chant qui prenait de l'ampleur, nous entourant tel un serpent s'enroulant autour de sa proie.

À peine un mètre plus loin, Bren frissonna comme s'il était pris d'un grand et soudain refroidissement. « Les filles de l'Erlking. » Il attrapa le manche de son épée avec sa main droite, puis retira lentement l'arme de sa gaine. Le métal frotta contre le cuir, émettant un son fort à mes oreilles et presque rude comparé à la merveilleuse, mais certainement mortelle chanson.

« Les enchanteresses », murmurai-je en m'approchant de lui. Le bout de mes doigts crépita comme notre pouvoir circulait entre nous, et son épée luit d'un léger argent. « Il est préférable d'être fin prêt avec des êtres comme elles. »

« Sans mentionner leur bâtard de père. » Bren frissonna encore et martela le sol de ses pieds comme pour se réchauffer. Je pointai le feu mourant, fit appel à notre pouvoir conjugué, et les flammes jaillirent hautes et vives.

Le chant était plus fort maintenant, la musique à la fois sinistre et menaçante. Pourquoi la harpie ne s'était-elle pas réveillée ? Même les slithers et l'elfling dormaient. Ou bien n'avais-je pas aperçu un soubresaut sous les couvertures ? Ah, oui, mon bon et fidèle serviteur feignait simplement de dormir, pour surprendre l'enchanteresse si c'était nécessaire.

Bren frissonnait tellement que sa main se tinta de bleu contre le manche de son épée, et je pouvais voir qu'il lui était difficile de maintenir la poigne sur son arme. Pourquoi avait-il si froid ? De sa main blessée, il se frotta l'arrière d'une oreille et grimaça à cause de la douleur réveillée dans sa main.

Le chant était maintenant si fort que les oreilles me faisaient mal. Je n'étais moi-même pas entièrement immunisée contre le pouvoir de leur chant. Je devais lutter pour maintenir mes sens aiguisés.

Maintenant, la musique provenait de toutes les directions, nous encerclant.

J'envoyai à Bren une bouffée de chaleur à l'aide de notre pouvoir magique, et il sursauta. « Merci. » Il semblait moins frigorifié maintenant comme il levait son épée et se retournait lentement pour regarder les arbres en bordure de notre petite clairière. Je me retournai aussi, mon dos contre le sien, notre magie circulant entre nous, prête à être utilisée dès le moment où nous en aurions besoin.

Des formes spectrales apparurent dans les arbres, vacillantes, comme si elles étaient faites de clair de lune. Un instant plus tard, quatre – non, six – superbes femmes émergèrent du couvert des arbres. Leurs formes se raffermirent et s'éclaircirent à mesure qu'elles s'approchaient de nous. Je sentais leur haine et leur désir de nous voir morts. Sauf une – la blonde qui regardait Bren avec une expression séductrice. Immédiatement, je sus que c'était l'enchanteresse qui avait touché l'essence de Bren, et je serrai les poings pour m'empêcher de lui lancer un sortilège ou de la renverser sur le sol.

« N'approchez pas », ordonna Bren aux enchanteresses, son épée luisant d'une soudaine lueur argentée. Les femmes hésitèrent, et leur chant s'atténua comme elles se protégeaient les yeux et laissaient échapper de faibles gémissements. « Que voulez-vous ? Où est votre père, l'Erlking ? »

Une enchanteresse aux cheveux rouges osa avancer d'un pas. Immédiatement, je sentis qu'il s'agissait de l'aînée des sœurs, leur porte-parole. « Notre très puissant et noble père vous envoie un message. »

« Noble, mon cul », murmura Bren. Puis il dit plus fort : « Que veut votre père ? »

La rouquine siffla et ses yeux brillèrent d'un vert malveillant. Les autres sœurs s'approchèrent, leurs yeux tout aussi brillants, leurs robes presque transparentes tourbillonnant dans une brise soudaine, et leurs formes éthérées se raffermissant à mesure qu'elles approchaient.

J'attrapai les doigts bandés de Bren et le sentis frémir de douleur. Je tressaillis aussi, mais me concentrai sur notre pouvoir pendant que je levais ma main et criais : « Arrêtez ! »

Rien ne se passa. La rousse rit simplement, montrant des incisives bien acérées.

« Ça ne fonctionne pas sur elle », marmonna Bren. Il leva son épée et une lumière brillante argentée inonda notre petite clairière. Les enchanteresses gémirent et reculèrent, protégeant leurs yeux. « Mais pour une raison ou une autre, ça fonctionne avec mon épée. »

L'enchanteresse aux cheveux rouges siffla encore une fois. « Notre père vous a envoyé un mot, garnement. »

« Procédez. » La prise de Bren sur son épée ne flancha pas. « Livrez le message et allez-vous-en d'ici. »

« Si vous faites cette chose non naturelle, si vous entrez dans Talamadden pour essayer de reprendre les enfants des harpies, dit-elle dans une voix qui glissait à travers la nuit comme le serpent le plus menaçant, l'Erlking vous le fera payer. »

« J'ai tellement peur », murmura Bren, alors que j'étais la seule à l'entendre. D'une voix plus forte, il dit : « Quoi qu'il en soit. Maintenant, partez avant que je ne me serve de vous pour envoyer mon propre message. »

Son épée vibra de nos pouvoirs réunis, et l'air autour de nous s'illumina comme en plein midi.

Les enchanteresses émirent des gémissements retentissants et furieux. Se lançant toutes griffes sorties dans le ciel, elles se fondirent dans la forêt, s'évanouissant comme une nappe de brouillard dans le vent.

chapitre seize

BREN

Nous ne parlâmes pas de Todd.

Nous ne parlâmes pas de L.O.S.T., ou des risques, ou des filles de l'Erlking.

Nous ne fîmes que lever le camp, enfourcher nos montures, et voler à un train d'enfer, ce qui ne me dérangeait nullement. Je n'arrivais pas à croire que nous nous déplacions aussi rapidement. Le voyage qui aurait auparavant pris plusieurs jours serait tellement plus court cette fois-ci. Bien. Je voulais que tout cela se termine le plus rapidement possible.

Jazz semblait comprendre à quel point je me sentais misérable. Acaw, son frère-corbeau et Garth ne posèrent pas non plus de questions stupides.

Les paroles des enchanteresses résonnaient de plus en plus fort dans mes oreilles chaque minute, chaque nouvelle heure qui s'écoulait. Elles étaient encore fraîches dans ma mémoire au moment où nous atteignions le sommet, atterrissions et débarquions pour nous retrouver devant la barrière entre les mondes.

Le royaume des vivants… et le royaume des morts.

*Zut ! Todd. Était-ce un cauchemar ou une vision ? Si mon petit frère avait des problèmes, pourquoi n'étais-*je *pas au courant ? Sommes-nous maintenant tellement éloignés que c'est Jazz qui a eu la vision, et moi que dalle ?*

J'étais déchiré en deux de voler ainsi loin de lui alors que, plus que tout, je voulais faire demi-tour et repartir vers la maison.

Frère, fils, ami de cœur, roi – beaucoup de mon temps était englouti dans mes efforts pour tout régler. Comment pouvais-je faire tout ce que je devais faire ? Être partout où il fallait que je sois, et assumer les responsabilités qui étaient de mon ressort ? Cela ne semblait pas possible.

Se concentrer. Une chose à la fois…

Nous étions venus pour aider les harpies. Nous devions rapidement terminer notre mission, puis retourner à la maison et arriver à comprendre ce qui se passait là-bas.

Et parlant des harpies, l'Erlking, que projetait-il de faire de toute façon ? La dernière fois, il avait tenté de me tuer d'une poussée. Cette fois-ci, pourtant... il me semblait simplement bizarre que nous ne l'ayons pas vu. Je continuais à regarder de gauche à droite, m'attendant à apercevoir ou à sentir quelque chose — mais je ne sentais rien. Finalement, je recentrai mes esprits et revins à nos affaires.

Les slithers atterrirent doucement dans la clairière maintenant sombre, dont j'avais gardé le souvenir de mon premier voyage, et la barrière était certes toujours là.

Jazz et moi abandonnâmes nos montures et nous approchâmes d'elle au pas de course, respirant fort tous les deux, comme si nous avions couru tout le long du chemin. Acaw et la harpie suivaient au pas de gymnastique.

Pendant un long moment, nous examinâmes le monolithe noir, la porte menant à un endroit où les vivants n'étaient jamais censés pouvoir entrer et que la plupart des morts ne pouvaient quitter. Nous ne le touchâmes pas, nous contenant de le contempler. Cette fois, le soleil ne brillait pas, ne nous apportait pas au moins un peu de chaleur réconfortante dans le froid de la neige sous nos pieds. Le clair de lune jetait une lueur sinistre sur la porte, et chaque bruit me faisait presque sursauter. Le hululement d'un hibou. La course précipitée d'une souris à travers les broussailles. Et un bruit qui ressemblait à quelque chose serpentant entre les branches... Je ne voulais même pas m'imaginer ce que ce pourrait être.

Les slithers s'ébrouèrent et piaffèrent, et Garth émit un grognement impatient. Près de nous, Acaw et son frère-corbeau demeuraient silencieux.

Todd. Que se passait-il ? Je projetai mes pensées comme si mon frère pouvait m'entendre. *Je m'inquiète à ton sujet. Tiens bon. Je m'occupe de cette affaire, puis je reviendrai pour t'aider. Tout ce dont tu as besoin, d'accord ? Je le promets.*

Je ne pouvais croire que j'étais en train d'essayer de parler à mon frère dans ma tête. Ou d'essayer d'ouvrir l'entrée vers Talamadden pour sauver une bande de grosses harpies puantes. Et je ne pouvais toujours pas croire que j'avais demandé à Jazz de m'épouser. Mais je me sentais bien à cette idée. Cela me semblait une bonne décision.

Concentre-toi, concentre-toi, concentre-toi…

Jazz frissonna près de moi. Lorsque je posai mon bras autour d'elle et que je serrai les doigts qui me restaient sur son épaule, je me rendis compte que ma main ne faisait plus vraiment mal — beaucoup moins. La magie et les herbes des guérisseuses, et Jazz qui soignait mes doigts avec sa magie tous les soirs, tout cela avait accéléré la guérison de ma peau et les croûtes avaient presque disparu. Je me demandai si la douleur que je ressentais encore dans ma main n'était pas simplement la douleur de la perte.

Ouais, peut-être n'avais-je plus tous mes doigts, mais j'avais toujours mon pouvoir magique — aussi longtemps que j'étais avec Jazz ; j'avais toujours mon instinct de me battre — aussi longtemps que je portais attention ; et j'avais appris à garder la tête froide et calme — la plupart du temps. Dans mon équipe de baseball, j'étais un batteur ambidextre, je pourrais donc certainement apprendre à être un homme d'épée tout aussi ambidextre.

Le tremblement de Jazz s'intensifia, et, lorsque je la regardai, elle mordait sa lèvre inférieure. « Les Ombres », murmura-t-elle, puis elle hocha la tête. La peur sur son regard se transforma en une expression résolue. « *Non,* je ne laisserai pas ma peur les attirer vers moi. Je ne les craindrai plus jamais. »

« Hé », je pris son menton dans ma main, l'obligeant à me regarder. « Tu n'es pas obligée de traverser. Tu peux demeurer ici et attendre. De toute façon, je serai plus heureux de savoir que tu es en sécurité. »

Elle fronça les sourcils et me donna un coup de coude. « Comme si tu pouvais y arriver sans moi. »

Je ramenai mes mains contre mon cœur. « Vous me blessez, Madame. »

Jazz roula ses yeux et me repoussa. « Tu as regardé trop d'anciens films sur les humains. Ou lu trop d'anciens manuscrits. »

Je fis un clin d'œil, même si j'avais une peur bleue.

Nous tournâmes tous les deux notre attention vers le mur. Jazz inspira bruyamment et je posai ma main sur la gaine de mon épée. Je me sentais mal à l'aise avec le fourreau sur le côté opposé de ma hanche, mais peut-être qu'un jour je m'y habituerai. Ouais, j'y arriverai bien un jour. J'espérais seulement que ce serait *bientôt.*

Les slithers levèrent la tête et s'ébrouèrent de nouveau, un peu plus fort cette fois. Garth battit des ailes et émit un cri interloqué. Le frère-corbeau d'Acaw poussa un cri rauque, mais l'elfling déclara simplement de sa voix détachée : « L'aube grandit dans le royaume des morts alors que minuit approche de ce côté du passage – comme c'est le cas de nombreux dangers. Si vous ne trouvez pas un moyen de franchir la barrière immédiatement, je crains que nous n'en ayons plus l'occasion. »

Jazz et moi nous regardâmes, et c'est alors que le chant commença.

« Zut ! », dîmes-nous à l'unisson.

« Les étranges sœurs », murmurai-je.

Le chant était plus fort cette fois-ci, plus intense. Je m'obligeai à me concentrer et tentai de bloquer les sons de mon esprit comme j'avais appris à le faire avec les klatchKeepers. Mais c'était plus difficile, tellement plus difficile. Ma tête tournait et le froid s'insinua dans mon corps jusqu'à ce que mes dents se mettent à claquer. Jazz m'envoya un flot d'énergie pour me réchauffer, et je me redressai, attendant que l'étrange formation musicale surgisse de manière insolite.

Ce fut à cette seconde même que tout devint dingue.

Des formes indistinctes se ruèrent sur nous de chaque direction, si rapidement que j'eus à peine le temps de lever mon épée et de le charger d'un éclair de pouvoir. Des cris déchiraient l'air, et je vis les enchanteresses dans la lueur argentée de l'épée. Cette fois, la lumière les fit à peine tressaillir. Elle semblait plutôt les attirer, les guidant directement vers nous.

Et cette fois les femmes brandissaient des dagues.

Des étincelles grésillèrent sur le bout des doigts de Jazz, et je la sentis puiser dans notre pouvoir conjugué comme elle lançait une rafale d'énergie pure à une enchanteresse fonçant sur elle. L'enchanteresse poussa un cri perçant, tomba sur le côté et déboula la pente enneigée.

Au même moment, la rousse se précipita sur moi, ses minuscules crocs luisant au clair de lune, ses cheveux flamboyant dans la lumière argentée de mon épée. Bon Dieu, je ne voulais pas blesser une femme, mais elle ne cherchait qu'à me tuer.

Au lieu de lui couper la tête avec mon arme, j'agrippai fermement la poignée et frappai le plat de l'épée contre son épaule. Mes dents s'entrechoquèrent sous l'impact. L'épée glissa brusquement dans ma main non dominante, tombant presque sur le sol.

La rousse cria, tomba sur les genoux et se remit sur ses pieds en un clin d'œil. Merde, que cette gonzesse pouvait se déplacer rapidement ! J'eus à peine le temps de relever mon épée pour la faire reculer d'un pas. À chaque assaut, à chaque parade, j'étais certain que j'allais échapper l'épée et me faire arracher la tête d'un coup de dents. Littéralement.

Même avec mon attention fixée sur la femme à crocs, j'étais conscient de la présence de Jazz, les doigts flamboyants, en train de lutter contre une enchanteresse ou deux, alors que les slithers et la harpie étaient aussi l'objet d'une attaque. Acaw et son frère-corbeau exécutaient leur célèbre chassé latéral sauté de kung-fu, éloignant de moi et de Jazz d'autres enchanteresses.

Elles étaient si nombreuses ! Ou était-ce simplement parce qu'elles se déplaçaient tellement vite qu'elles semblaient être partout à la fois ?

Comment pouvais-je les vaincre ? L'épée semblait m'arracher le poignet.

La rousse fonça à nouveau vers moi, le visage tordu de rage, ses dents et sa dague orientées directement sur mon cou. Cette fois, lorsque j'essayai de la bloquer avec mon épée, elle esquiva le coup et se jeta contre ma poitrine comme une lionne. Femme ou non, je me préparai à lui asséner un coup de poing sur la mâchoire.

Avant même que j'aie pu l'atteindre, quelque chose l'arracha à moi comme si elle pesait une plume.

« Éloigne-toi de lui, chienne ! » Jazz tenait la fille rousse par les cheveux. Ses yeux dorés brillant de fureur, Jazz décocha un coup preste dans le ventre de l'enchanteresse, puis lança une boule de feu sur ses boucles rousses.

Voilà ma petite amie !

La rousse cria et roula dans la neige, tentant d'éteindre le feu, alors que les autres enchanteresses continuaient leur attaque. L'air se remplit de l'odeur de cheveux roussis, du sang et de la bataille. Je pouvais le goûter sur ma langue — je pouvais entendre son rugissement dans mes oreilles.

Les slithers battirent leurs ailes massives, projetant au moins deux enchanteresses en bas de la colline, faisant presque culbuter Acaw dans leur sillage. L'elfling eut à peine le temps de baisser la tête, tout en refoulant une autre des femmes malfaisantes.

Garth poussait des cris stridents, essayant de griffer l'enchanteresse qui m'avait transmis ce flux de guérison et d'énergie après mon combat avec l'Erlking. Pendant une seconde, je me sentis désolé pour elle. Après tout, elle m'avait guéri et m'avait même donné quelque chose de plus. Mais quand je la vis fendre sa dague en travers de la main de la harpie, je sentis mes cheveux se hérisser sur mon crâne. J'étais vraiment furieux. Le bâtard avait peut-être pris mes doigts, mais il l'avait fait pour ses enfants, et il était devenu l'un des nôtres pendant ce long voyage.

L'épée en main, je courus vers lui et trébuchai sur une enchanteresse gisant par terre. Lorsque j'atteignis Garth, je m'arc-boutai et assénai un puissant coup de côté à celle qui avait frappé la harpie. Elle fut projetée dans une congère, mais elle parvint à se relever. Après qu'elle se fut lentement remise sur ses pieds, son regard glacial me saisit jusque dans mes entrailles.

« Tu vas le regretter », dit la blonde, juste avant de s'effacer et de s'évanouir dans les arbres.

Je me préparai pour une autre attaque, mais, quand je regardai autour, je ne vis aucune enchanteresse. Il n'y avait qu'un morceau de tissu scintillant déchiré, des mèches de cheveux chatoyants, et du sang noir argenté et brillant dans la neige sous le clair de lune. J'étais incapable de dire si c'était leur sang ou le nôtre, ou les deux.

Ma respiration était difficile et rapide alors que j'évaluais les dommages au sein de notre petite troupe. Acaw et son frère-corbeau prenaient déjà soin des slithers, les calmant et appliquant un baume sur leurs ailes. Je jure que l'elfling avait tout dans son sac à dos, incluant une trousse complète de premiers soins magiques. Je sentis l'odeur du souci et de la consoude, et celle décongestionnante de l'huile de melaleuca qu'il utilisait pour soigner les blessures des slithers.

Je tournai la tête et j'eus une envie forte et ridicule de rire, et en même temps je sentis en moi une bouffée de fierté lorsque je vis Jazz. Ses genoux pliés en position de combat, une dague dans chaque main, évidemment arrachée à une enchanteresse ou deux. Ses longs cheveux noirs auréolaient sauvagement son visage ; ses yeux dorés brillaient. Les dagues prêtes à frapper, elle ressemblait à une guerrière qui pouvait donner un coup au derrière de quelque enchanteresse — exactement comme elle venait de le faire.

Un cri feutré m'arracha à mes pensées, et je me tournai pour voir Garth qui tenait sa main à forme humaine contre sa poitrine plumée. Il saignait abondamment, la douleur et la détresse tordaient ses affreux traits – et quelque chose d'autre aussi l'animait. *De la gratitude,* pensai-je. Il m'était reconnaissant.

« Jazz », lançai-je, ayant besoin de son énergie curatrice pour la joindre à la mienne afin que nous puissions aider la harpie géante.

La femme aux cheveux sauvages et aux yeux dorés brillants s'effondra sur ses genoux et laissa tomber les dagues à côté d'elle. Elle se détendit immédiatement. « Il est blessé. »

« J'ai besoin de ton aide », dis-je, et, ne faisant qu'un, nous tendîmes le bras vers la main de Garth. Il vagit et la pressa encore plus près contre sa poitrine.

« Nous allons vous aider, vous guérir. » La voix de Jazz se faisait douce, rassurante. « Laissez-moi voir. »

La main de Garth tremblait comme il la tendait, et je me sentis étourdi à la vue de tout ce sang. Tout comme moi, la harpie avait perdu des doigts dans une attaque, mais elle en avait eu trois d'amputer avec la dague, alors que je n'en avais perdu que deux.

« *Seulement* deux », murmurai-je.

Pendant que nous nous servions de notre magie pour sceller les blessures et arrêter le flot de sang, je portais une attention intense à tout ce qui se passait autour de nous, et j'étais prêt à n'importe quelle chienne d'attaque qui pouvait survenir de nulle part.

Le frère-corbeau d'Acaw demeurait au guet, alors qu'Acaw finissait d'administrer des soins aux slithers blessés.

Apparemment, nous avions gagné cette ronde, mais je n'attendrais pas qu'elles se montrent encore une fois, ou leur sans doute très furieux père. Lorsque l'Erlking verrait ses filles battues, brûlées, meurtries et aux cheveux arrachés, il voudra certes faire payer cher cet outrage.

Après avoir fait de notre mieux pour soigner tout le monde, Jazz et moi nous tînmes de nouveau devant le monolithe. L'air frais s'infiltrait par chaque ouverture de mes vêtements, et Jazz frissonnait à côté de moi. « Allons-y », dit-elle.

Nous prîmes rapidement des chandelles dans les sacoches des slithers — de grosses cette fois. Nous les plaçâmes plus loin de la porte noire afin d'inclure aussi Garth dans le cercle. Les slithers, Acaw et son frère-corbeau demeuraient derrière. Montrant leur déplaisir d'être abandonnés, les slithers s'ébrouèrent et piaffèrent. Ils firent fondre la neige d'une rafale de flammes, et me brûlèrent presque le postérieur dans l'opération.

Jazz prit la canne d'Acaw et creusa sur la neige piétinée un cercle assez large pour nous entourer tous. Elle prononça cette incantation à voix haute :

Ferme ce cercle, nous en prions la Déesse
Garde-nous en sécurité et montre-nous le chemin.
Bénis notre tâche et guide nos mains.
Aide-nous à traverser entre les royaumes.

Je croisai mentalement les doigts. Nous étions venus ici pour une bonne cause. Une cause juste et vraie. Certainement que l'univers nous éclairerait pendant une seconde, et nous aiderait un peu.

Jazz pointa son doigt en direction de chaque chandelle, et les mèches s'embrasèrent. Lorsqu'elle eut terminé, elle vint vers moi et agrippa ma bonne main. Levant nos bras ensemble, nous tournâmes nos visages vers la lune et Jazz chanta lentement :

Bénis-nous de ta miséricorde, aide-nous à traverser
Aide-nous à réparer ce mal, à conjurer cette perte.
Aide-nous à apporter l'équilibre, à donner son dû à la vie.
Ouvre cette porte et guide-nous pour la traverser.

La chaleur m'envahit et j'eus l'impression d'être plongé dans le plus fort courant de l'océan, comme si nous étions attirés vers les profondeurs, ou à travers cette porte noire. Notre pouvoir magique circula entre nous, l'argent et l'or étincelèrent telle une aura scintillante. La lune s'embrasa au-dessus de nous, d'un blanc éclatant, plus brillante que le soleil.

La Déesse écoutait-elle ?

Quelque chose écoutait.

Davantage de lumière, davantage de pouvoir. S'élevant. S'élevant comme des vagues, comme des marées, comme une force contre laquelle nous étions incapables de résister.

Nous attirâmes le pouvoir de la Déesse, et je le sentis plus fort dans mon corps que lorsque j'avais invoqué le soleil. Plus tangible, comme si je pouvais l'attraper et haler la lune directement vers moi — ou courir vers elle et envelopper mes bras autour de sa chaleur.

En même temps, nous baissâmes nos yeux et nos bras, et regardâmes la porte. Depuis l'intérieur du cercle derrière nous, Garth émit un long et lent souffle. Les slithers, Acaw et son frère-corbeau demeurèrent complètement silencieux.

Mon cœur battit alors que j'examinais la noirceur de la pierre, essayant de voir quelque indice de son ouverture.

Rien ne se produisit.

Je serrai les dents et nos pouvoirs fusionnèrent, devenant de plus en plus incandescents jusqu'à ce qu'ils incluent tout le cercle de protection que nous avions établi.

C'est cela. Ouvrons la barrière. Accomplissons ce que nous sommes venus faire.

La lune flamboyait sur la surface aplatie, paraissant plus vaste, plus profonde.

Lentement, tellement lentement, la surface du monolithe noir sembla se transformer sous cette lune.

Le globe argenté brillant s'estompa, mais le noir revint.

Et il bougea.

À travers lui, je pouvais voir le sommet d'une montagne. À la limite de la forêt, comme celle derrière nous, se dressaient des arbres élancés et dégarnis.

Et puis je les vis. Je pouvais presque entendre leurs cris — les bébés harpies.

Derrière nous, Garth émit un hurlement excité, suivi par ce qui semblait être un appel rassurant.

Les plus petites harpies répondirent par un bavardage hystérique.

Je respirai profondément et entendis Jazz qui inspirait à côté de moi. Ensemble, nous plaçâmes nos paumes contre l'entrée noire, nous nous penchâmes et nous mîmes à culbuter vers l'avant.

Jazz s'abandonna dans un cri comme nous pénétrâmes dans l'obscurité. Je cherchai à empoigner sa main, tentai de l'atteindre, mais elle était trop loin.

Noir, tellement noir. Les Ombres filaient autour de nous, froides et sombres. Je voulus leur donner de grands coups avec mon épée, mais elle était encore dans ma gaine, et mes bras étaient trop pesants pour que je puisse les bouger. Derrière moi, je sentis que Garth était tout près de la barrière. Acaw criait après lui. Les slithers lançaient des éclairs de feu, de sorte que le passage clignotait et étincelait.

Je pouvais vaguement apercevoir la silhouette de Jazz, je crus l'entendre hurler, ordonnant aux Ombres de partir. Mon cœur battit, et je luttai pour déplacer ma main vers la poignée de mon épée. Je ne voulais pas perdre à nouveau Jazz aux mains des Ombres !

L'instant suivant, une demi-lumière grise et l'air frais frappèrent mon visage, et je heurtai violemment le sol dur. Une pierre s'enfonça dans la cicatrice rouverte sur ma joue. La douleur rayonna à travers mes mains sans doigts et mon visage. Je tentai de me lever avec difficulté lorsque quelque chose me frappa par derrière, me clouant au sol et chassant d'un coup tout l'air de mes poumons. La canne d'Acaw roula tout près, les charmes s'entrechoquant. Des bras s'enroulèrent autour de moi, et je me rendis compte qu'il s'agissait de Jazz.

Ma première idée fut : *Merci Déesse, je ne suis pas un oiseau.*

Ma seconde pensée fut : *Si Jazz est atterrie sur moi, alors Garth nous transformera en une crêpe géante.*

« Attention ! » De toutes mes forces, je me mis sur mes pieds, les bras de Jazz toujours enroulés autour de mon cou, ses jambes agrippées à ma taille. Je bondis sur mes pieds et plongeai vers l'avant, comme si je me catapultais sur le marbre, nous éloignant le plus possible de l'entrée. Ma bouche et mes yeux étaient remplis de poussière, les pierres m'écorchant partout où j'avais la peau nue.

Un énorme *boom* résonna juste à quelques centimètres de nous et Garth émit un cri de douleur. Jazz et moi nous dégageâmes et nous hissâmes sur nos pieds, évitant de peu sa glissade. Je crachai de la poussière et nettoyai mes yeux comme je levais le regard. Alors, je les vis.

Au-dessus de nous, dans la lumière grandissante, d'énormes silhouettes indistinctes hurlèrent et foncèrent directement sur nous.

Jazz prit sa position royale de guerrière. Le bout de ses doigts grésilla alors que je tirais d'un coup sec mon épée de sa gaine. La lumière dorée et argentée de nos pouvoirs conjugués arracha les cris des silhouettes, et Garth poussa un hurlement dans son langage confus.

« Oups », dîmes Jazz et moi en même temps. Je baissai mon épée, et sa lueur ainsi que celle du bout des doigts de Jazz s'estompèrent. Les silhouettes sombres n'étaient pas des Ombres. C'étaient les petites harpies.

Comme les énormes « bébés » atterrissaient l'un après l'autre autour de Garth, Jazz et moi nous mîmes à l'abri dans une petite alcôve qui ressemblait à un autel naturel. De notre lieu d'observation, nous regardâmes la réunion dans l'étrange soirée naissante de Talamadden.

Les plus petites monstruosités rétractèrent leurs serres et roucoulèrent et se ruèrent l'une contre l'autre, essayant de s'approcher le plus près possible de Garth. Avec son incroyable envergure, il enveloppa presque tous les bébés dans son étreinte. Son visage paraissait des plus humains maintenant, très paternel, alors qu'il parlait sur un ton qui se voulait sans doute doux et rassurant. Cela ressemblait plus à des bips-bips et à des grincements.

Essuyant la poussière de ma bouche avec le dos de ma main, je baissai les yeux vers Jazz. Des larmes sillonnaient son visage maculé. « C'est si beau. » Sa voix était rauque comme elle clignait des yeux pour chasser de nouvelles larmes qui perlaient. « Ils sont de nouveau réunis. »

J'enveloppai mon bras autour de son épaule et elle se pencha vers moi. Je dus admettre que j'étais aussi un peu bouleversée de voir tous ces horribles bébés réconfortés par cette énorme vieille harpie. Ils retourneraient à la maison, où ils étaient censés être. Je m'en assurerais.

Je me penchai et frottai mes lèvres poussiéreuses sur celles de Jazz, et elle me sourit. « Je t'aime », dit-elle, et mon cœur fit un tonneau.

Un sourire fendit mon visage. « Je t'aime aussi. Maintenant, laisse-moi trouver le moyen de ramener nos fesses dans le royaume des vivants. »

« Le temps n'est pas synchronisé des deux côtés, nous devrons peut-être attendre jusqu'à minuit… », commença Jazz, puis elle se raidit. Son regard terrifié se riva sur quelque chose derrière moi. Au même moment, je me rendis compte que les harpies étaient saisies d'un silence de mort. Garth rassembla les bébés sous ses énormes ailes, et il regarda dans la même direction que Jazz.

Avec le plus petit cri, Jazz toucha cet emplacement sur son bras — l'endroit où elle avait reçu la blessure fatale des Ombres.

Je tournai sur moi-même, épée en main — seulement pour voir la plus grosse Ombre que je n'avais jamais vue dans mon règne comme roi des sorciers. Quelque chose remua en moi, un instinct, une pensée que je semblais partager avec Jazz.

C'est elle. C'est elle.

C'était l'Ombre qui m'avait auparavant enlevé Jazz. C'était l'Ombre qui avait tué ma petite amie.

Derrière la répugnante, odieuse bâtarde, une armée d'autres Ombres voilèrent le ciel nocturne naissant.

chapitre dix-sept

JAZZ

Je ne respirais plus.

Je ne sentais rien, sauf la douleur dans mon bras. L'ancienne douleur. Cette ultime et dernière douleur.

Je ne pensais à rien, sauf à la vérité.

C'est elle…

L'obscurité tombait trop rapidement, même dans le royaume des morts. Mais il ne s'agissait pas d'obscurité, n'est-ce pas ? Les Ombres étaient venues réclamer leur dû.

Bren s'approcha de moi, l'épée sortie. Comme si une grande distance nous séparait, je le sentis faire appel à nos pouvoirs magiques conjugués. L'argent tourbillonna dans l'air stagnant et immobile – mais aucun or ne se déplaça pour s'y fondre. J'étais morte à l'intérieur. J'étais dépourvue de magie.

« Jazz ? », murmura Bren alors que l'Ombre meurtrière s'avançait. Lentement. Un pas. Un autre pas. Plus près. Pour me prendre.

Je ne pouvais me concentrer sur rien, sauf sur ma mort imminente.

« Jazz ! » Bren semblait crier. Était-il toujours à mes côtés ? J'étais incapable de le dire. La nuit était si sombre.

Misérable, froide, vide…

Je tombai à genoux.

L'Ombre continuait à avancer, sauf qu'elle semblait irréelle. Rien ne semblait réel.

Quelque chose me frôla en passant devant moi. Une épée levée dans l'obscurité.

Si tu la touches, je te coupe en deux.

Les mots firent écho comme s'ils traversaient un abîme. Mon cerveau pouvait à peine en saisir la signification, mais le portrait commença progressivement à avoir du sens.

Bren, se tenant entre moi et l'Ombre qui m'avait tuée.

Bren, faisant face à une armée d'Ombres sans pouvoir magique, son épée dans sa main secondaire.

Il était prêt à mourir pour moi. Dans quelques secondes, il *mourrait* pour moi.

Lève-toi, Jasmina.

Cette fois, les mots se détachèrent lentement de mon passé.

« Lève-toi, murmurai-je, prenant appui contre le sol froid. Lève-toi. »

La seconde fois que je prononçai ces mots, une autre voix se joignit à la mienne.

Un brillant oiseau bleu se posa près de Bren. Les plumes miroitèrent comme ses ailes s'abaissaient, captant le clair de lune de Talamadden même à travers les Ombres surgissantes. Une lumière semblait irradier autour de l'oiseau — mais je me rendis compte qu'il s'agissait de l'épée de Bren, flamboyant et reprenant lentement vie.

Hurlant, souhaitant m'enfuir, je bondis plutôt vers l'avant et joignis mes mains à celles de Bren. L'argent se jumela avec l'or, frappant la lame comme un éclair. Soudain, il sembla que tout Talamadden prenait feu. Des flammes argentées dorées étincelèrent et dansèrent autour de nous. Dans le ciel, la lune répondit en s'embrasant, aiguillant le feu magique pour former un cercle autour de nous qui s'étirait au loin jusqu'à la Glorieuse. Les plus jeunes harpies couinèrent, mais Garth les calma, les réduisant au silence d'un magistral gloussement.

À l'extérieur de la barrière de lumières, les Ombres hurlèrent de frustration — toutes sauf la plus grosse. Celle-ci avançait de côté comme un crabe, plus près, plus près, jusqu'à ce que les vrilles argentées dorées à proximité mordent dans l'obscurité dont elle était constituée.

Sa gueule s'ouvrit.

Au lieu de l'habituelle discordance des sons des Ombres, émergèrent des mots à la résonance très humaine.

« Surprise, chienne, dit-elle d'une voix rauque. Crois-tu réellement que tout ceci puisse avoir un quelconque effet ? »

Malgré la chaleur à l'intérieur du cercle de feu lunaire, un frisson courut le long de ma colonne. Cette voix me semblait bien trop familière.

Bren la reconnut aussi.

« Alderon », grogna-t-il.

« Il n'est pas réel, dit tranquillement le paon Egidus, mon guide spirituel revenu à mes côtés. C'est une véritable Ombre, mais Alderon s'en sert pour diffuser ses pensées. »

L'Ombre — ou la voix qui parlait à travers elle — rit. « Donc, tu prends les conseils d'oiseaux pompeux maintenant, petit frère. Comme c'est pathétique. As-tu parlé à Mère récemment ? Oh, c'est vrai. Tu ne peux pas. Tu l'as blessée, tu l'as chassée, tu l'as envoyée dans une contrée sauvage temporelle dénuée de toute vie. Quelle sorte de fils es-tu ? »

Dans la lumière de l'épée, l'expression sévère de Bren ne changea jamais. Je sentis un élan de fierté, de compassion et d'amour. La lumière de la lame que nous tenions ensemble devint plus brillante, repoussant la douleur des paroles de la créature.

« Tu ne t'inquiètes pas à propos de Mère ? Ça se comprend. Mais peut-être t'inquiètes-tu de Todd. Tu t'inquiètes de lui, n'est-ce pas Bren ? »

La respiration de Bren se fit plus rapide. Inspire, expire, inspire, expire – je pouvais voir qu'il combattait.

« Tu l'as abandonné, n'est-ce pas ? Bien, je ne laisserai pas Todd en plan comme tu l'as fait. Je le traiterai comme le roi qu'il est. » L'Ombre rit, mais continua à voleter à l'extérieur des flammes qui jaillissaient dans les airs chaque fois qu'elle s'approchait du cercle. « Il sera bien plus heureux avec moi, et bien plus apprécié. »

Une perle d'humidité brilla dans le coin de l'œil de Bren, mais il demeura immobile.

« Traitement de silence. » Cette fois, l'Ombre fit un bruit comme un homme crachant sur le sol. « Je peux constater que tu as fréquenté la chienne trop longtemps. »

Encore une fois, Bren ne répondit pas. Moi non plus d'ailleurs. Les mots ne pouvaient nous faire un réel dommage dans un cercle nourri par l'amour, par la Déesse elle-même. Ils pouvaient seulement nous inquiéter, blesser nos sentiments, ce qui était déjà assez mauvais en soi.

« Peu importe. » Le ton d'Alderon devint plus sarcastique. « J'ai absorbé le plus possible du pouvoir de

Mère que j'ai pu — et laisse-moi te dire, c'est déjà pas mal. Les Ombres sont plus qu'heureuses de me suivre, et cette horde, bien, c'est moins que la moitié de ma force réelle. »

Les yeux de Bren se rétrécirent. Et les miens aussi. À travers la connexion de l'épée, probablement à travers la connexion de l'expérience elle-même, nous pensions tous les deux la même chose. Si ce n'était pas l'ensemble des Ombres d'Alderon, alors où étaient les autres ?

« Du calme, intercéda tranquillement Egidus. Ne le laissez pas briser votre résolution. »

« Veux-tu savoir où j'ai envoyé le reste ? Où je suis maintenant ? » L'Ombre plongea et replongea dans les flammes du cercle, évitant soigneusement la lumière dansante. En cette seconde de révélation, j'aurais pu jurer que l'horrible chose avait quelque chose des traits de fouine d'Alderon.

« Allez, siffla l'Ombre. Certainement que tu es curieux. »

Bren et moi resserrâmes notre poigne sur le manche de l'épée. Nous nous regardâmes, sa réalité douloureuse rencontrant la mienne. Nous connaissions la réponse avant qu'Alderon ne parle à travers les répugnantes lèvres de son sous-fifre.

L.O.S.T.

Alderon et les Ombres étaient en train d'attaquer L.O.S.T.

« Il se trouve que Todd est une prise intéressante, dit l'Ombre sur un ton de conversation. Et en ce qui concerne cet humain chétif que tu appelles Père, bien, j'ai pitié de toi pour ce morceau d'héritage. »

Le son des dents grinçantes de Bren me fit me crisper à l'intérieur, comme le fit la raillerie suivante de l'Ombre.

« Et ta mère — comme elle pleure. Elle se rappelle ses jours de captivité par Nire. Revenir dans une telle prison serait un enfer personnel pour elle. »

D'autres noms et d'autres visages s'infiltrèrent dans mes pensées, nul doute que ceux-ci traversèrent aussi l'esprit de Bren pour revenir vers moi. Comment cette horreur pouvait-elle se produire à nouveau ? Je ne pouvais le supporter. Pas une seconde fois.

Il nous fallait retourner maintenant. Plus vite que maintenant. Mais comment ? L'ampleur de ma frustration était telle que ma gorge se serra.

« Vous ne pouvez tenir ce cercle toute la nuit. » La voix doucereuse d'Alderon me fit l'effet d'une huile froide coulant dans mon cou. « Ne vous sentez-vous pas déjà faiblir ? »

« La Déesse ne faiblit jamais », répliqua Egidus, assez fort pour que Bren et moi baissions les yeux sur lui. « Hors d'ici, à son commandement. »

La grosse Ombre répondit d'un sourire méprisant.

Dans la lumière de l'épée, l'expression de Bren se fit l'écho de mes pensées.

Ce n'est jamais une idée brillante de rire de la Déesse.

Egidus déploya sa queue, émettant un petit bruit sec suivi d'un bruissement audible.

« Soyez prêts », ordonna-t-il – à moi ? À Bren ? Aux harpies ?

Ce n'était pas important.

Mon guide-paon spirituel doubla sa taille. Il la tripla. Il s'éleva au-dessus du feu lunaire, pénétrant dans les flammes, *devenant* les flammes.

Des filaments brillants dorés et argentés se répandirent dans toutes les directions, entrelacés dans un bleu chatoyant.

Notre petit coin du royaume des morts devint si lumineux que j'aurais souhaité disposer de lunettes de soleil.

Les Ombres crièrent de douleur et de rage. L'air tourbillonna avec les odieuses choses, hurlant et gémissant. Tout d'un coup, je sentis le cercle protecteur céder quelque peu.

Des douzaines d'Ombres tombèrent mortes et s'évanouirent dans l'explosion d'énergie.

Celles qui restaient se ruèrent sur nous de plus belle.

En une fraction de seconde, Bren et moi pensâmes à nous séparer et à combattre avec l'épée et la dague. Puis je vis dans ses yeux la résolution de demeurer fusionné à moi. Si nous mourions, nous mourions ensemble.

Ne faisant qu'un, nous levâmes l'épée et la balançâmes telle une crosse.

Les Ombres explosèrent à son contact.

D'autres attaquèrent — et d'autres tombèrent.

Durant l'anéantissement des Ombres, je pouvais voir les étoiles avec l'affaiblissement de la lumière surpuissante de la Déesse.

Bren et moi bougeâmes comme les danseurs d'un ancien ballet, exécutant des plongeons et des balancements, nous regardant l'un l'autre, laissant l'épée trouver ses propres cibles. Il n'en resta qu'une poignée — puis deux ou trois — puis seulement une — la pire de toutes.

À la vue de la chose qui avançait en vacillant, Bren se détacha de moi. Avant que je ne puisse protester, il me poussa vers l'arrière. Puis il leva l'épée dans sa main non dominante, même si sa lumière magique commençait à faiblir.

Ressentant un moment de faiblesse, l'Ombre rugit et chargea, mais Bren maintint fermement sa position.

« J'ai attendu longtemps pour ça, bâtard ! »

Comme l'Ombre se jetait vers l'avant, Bren pivota et abattit l'épée plus fort que je ne le croyais possible. L'obscurité se déchira en deux, du haut vers le bas.

Avec le plus faible des bruits secs, l'Ombre meurtrière se désintégra.

Bren laissa tomber l'épée et chancela jusqu'à ce qu'il retrouve son équilibre.

« Merde, que ça m'a fait du bien. » Il rit. « Ça m'a *vraiment* fait du bien ! »

Je bondis sur mes pieds, à moitié mue par l'envie de le gifler à mort pour le risque qu'il avait pris, mais, au lieu de cela, je lançai mes bras autour de lui. Il riait encore, haletant et riant, et puis il me tenait si fort que je pouvais à peine respirer.

Derrière nous, près de la Glorieuse, je pouvais voir Garth, qui berçait les bébés harpies, les yeux fermés. La grosse bête avait été prête à mourir dans cette position, tenant les enfants de sa race aussi près d'elle que possible. Je comprenais totalement ses sentiments.

Revenu à sa taille normale, Egidus arriva en voletant doucement à côté de nous. Il atterrit en tanguant sa tête vers l'avant, puis ébouriffa et replaça ses plumes. Elles brillaient toujours d'un bleu surnaturel dans le clair de lune étincelant.

Je calmai Bren en lui donnant un baiser sur sa joue, puis je relâchai ma prise sur tout sauf sa main. Lorsque je baissai les yeux sur l'oiseau, il nous regardait fixement, ses yeux noirs reflétant ce qui ressemblait à un millier d'étoiles.

« Jasmina, dit-il avec sérieux. J'ai peut-être jugé hâtivement votre jeune homme. »

À son crédit, Bren garda la bouche fermée.

« Merci. » Je souris à mon guide spirituel. « Pour cela, et pour m'avoir aidée une fois de plus. »

« Maintenant comme pour toujours, j'ai été chargé de vous protéger et de vous aider. De vous enseigner et de vous aimer. » Il pencha bizarrement la tête. « Allez maintenant, occupez-vous des harpies. Envoyez-les rapidement à travers la Glorieuse, étant donné que nous n'avons pas beaucoup de temps. »

Sur le champ, Bren et moi entreprîmes de nous diriger vers eux, mais Egidus dit : « Pas vous, garçon. Restez où vous êtes. J'ai besoin de vous parler. »

Bren haussa les épaules. « Certainement. Je vous dois sans doute au moins cela pour le numéro de transformation d'un oiseau-lumière-géant. C'était quoi finalement ? »

Comme je m'approchais de Garth, un rideau de silence sembla tomber entre leur conversation et mes oreilles. Je pouvais à peine les voir. Bizarre. Mais je ne pouvais m'étendre sur le sujet.

Les harpies, les grosses et les moins grosses, étaient plus que consentantes à m'obéir. À mon ordre, les plus petites formèrent une chaîne en se donnant le bras. J'arrimai un bout et Garth prit l'autre.

Je comptai, et la harpie géante plongea dans la Glorieuse en tirant ses enfants derrière elle. Je m'accrochai au dernier bébé, m'assurant que la chaîne entière suivait dans son sillage. Cela prit quelques moments, et bien des repositionnements et finalement des poussées et des tractions, mais je les fis traverser, tout comme Egidus me l'avait enseigné.

Comme pour protester, alors que la dernière harpie s'évanouissait dans le passage, la pierre devint un peu laiteuse. Par la position de la lune, j'estimai qu'il devait être minuit de ce côté-ci de la barrière entre la vie et la mort. Bren et moi avions intérêt à partir au plus tôt. Je soupçonnais que ce serait mauvais pour nous — peut-être même fatal — d'avoir à attendre une autre journée entière pour effectuer la traversée.

Lorsque je me retournai pour l'appeler, il se tenait déjà juste derrière moi, avec une légère expression de mécontentement sur son visage. « Cet oiseau est emmerdant. En quelque sorte. »

« Hum, oui, je me rappelle. Qu'a-t-il dit ? »

« Pas mal de choses sur la nécessité de te protéger ou le risque de faire face à des choses pires que les harpies et les furies. » Bren haussa les épaules. « Le reste — bien, c'était privé. »

« Bren... »

« Il souhaite te parler maintenant, singea Bren, imitant à la perfection le ton hautain de l'oiseau. Vas-y. Nous n'avons pas toute la journée. »

Je ne pus m'empêcher de rire. « D'accord, d'accord. Attends ici. Je reviens tout de suite. »

Songeant à l'incessante course de la lune au-dessus de nos têtes, je me retournai vers le paon et m'agenouillai près de lui.

Pendant quelques secondes, il ne dit rien. Il ne fit que me regarder, les étoiles brillant toujours comme des larmes dans les perles noires de ses yeux. Lorsqu'il prit la parole, il n'eut aucune attitude d'arrogance, aucun ton de réprimande ou de condescendance.

« Vous avez fait du bon travail, Jasmina. Peu auraient pu maîtriser la peur de revenir ici, de venir si près de la mort, même de réaliser la noble tâche que vous avez accomplie, vous et Bren. »

« Merci. Nous n'aurions pu le réussir sans toi. »

« Vous vous trompez sur ce point. » Il semblait à la fois fier et triste. « L'aide que j'ai donnée, je l'ai puisée dans la force que vous avez apportée, la force que vous et Bren exerciez ensemble. La Déesse ne pouvait que bénir un tel effort. » Les étoiles dans ses yeux semblèrent se multiplier alors qu'il tanguait la tête, puis il se détourna, soupira et ramena son regard. « Vous n'avez plus besoin de moi. »

« C'est faux ! » Je me penchai jusqu'à être nez à bec avec lui. « Que ferai-je si je perds mon chemin encore une fois ? »

« Les ressources pour retrouver votre véritable voie, votre destination – et votre destin – sont à l'intérieur de vous. » Il donna un coup de bec sur mon nez, presque comme un baiser d'oiseau.

J'ouvris la bouche pour protester, mais il me coupa avec un bruissement des splendides plumes de sa queue. « Avez-vous remis mon message à votre mère ? »

« Oh ! » Je plaquai ma main contre ma bouche, puis je la baissai. « Dans la commotion – je suis tellement désolée, Egidus, j'ai oublié. »

« Rappelez-vous-en cette fois-ci, dit-il avec sérieux. Pour moi. S'il vous plaît. »

« Je le promets. L'amour ne se trompe jamais — je le lui dirai. »

Il balança sa gracieuse tête. « C'est ça. Ce serait bien que vous vous souveniez de cela pour vous-même. »

« Je le ferai. » Je lui servis mon meilleur sourire même si j'avais terriblement envie de pleurer. Impulsivement, j'attrapai l'oiseau et le serrai contre moi. Il ne résista pas. En fait, il frotta ma joue avec sa couronne de plumes.

« Allez maintenant, murmura-t-il. Avant que le passage ne se referme. »

Je le laissai aller, faisant courir mes doigts sur ses plumes soyeuses. « Est-ce que je te reverrai ? »

La nuit jouait quelques tours à ma vision, mais j'étais certaine que le paon m'avait fait un clin d'œil. « C'est sûr, quand le temps viendra. Au revoir, Jasmina Corey. »

Aussi ridicule que cela puisse sembler, malgré qu'il fut un temps où j'aurais voulu le faire cuire, je me mis véritablement à pleurer comme il prenait son envol. « Au revoir, Egidus ! »

J'agitai ma main, et continuai à l'agiter, jusqu'au moment où sa silhouette se fut évanouie dans la nuit éclairée par la lune de Talamadden.

Heureusement, Bren choisit de ne pas me taquiner au sujet de mes pleurs lorsque je le rejoignis à la Glorieuse. Je pouvais dire qu'il voulait connaître le sujet de notre conversation, autant que je voulais savoir ce qui avait mécontenté Bren dans les propos d'Egidus. Ces sujets conviendraient à un autre moment. Nous avions des préoccupations pressantes devant nous.

Nous localisâmes la canne d'Acaw et la tînmes entre nous, nos mains soudées ensemble autour de l'ancien bois magique. Ensemble, nous adressâmes un rapide mot de remerciement à la Déesse, et sautâmes dans le passage sans la moindre hésitation.

Au lieu des horribles Ombres et des peurs que j'avais affrontées auparavant, je ne sentis qu'un léger tressaillement dans mon ventre. Bren relâcha ma main, prenant la canne avec lui, mais je pouvais encore le voir, flou, presque une image double, alors que nous glissions à travers l'obscurité froide, de retour au royaume des vivants.

Avec le son du vent soufflant par rafales, Bren glissa à l'extérieur devant moi. Je le suivis de près, mais le monde me paraissait étrange alors que j'émergeais dans la première lueur de l'aurore. Le sol couvert de neige des Royaumes sacrés s'étendait sous moi, mais il me semblait trop éloigné.

Avais-je atterri en plein ciel ?

Je battis des ailes.

Des ailes ? Des ailes ?

Lorsque je baissai les yeux sur mon corps, je vis des plumes d'un rouge doré et des serres. Mais... attendez. C'était mon enveloppe corporelle étendue sur le sol dans la neige. Acaw se tenait au-dessus de moi en faisant des incantations, la canne à la main. De l'autre côté de l'elfling, gisait Bren.

« Hé ! fille-phénix », cria une voix près de moi.

Je portai mon attention brusquement vers la droite, seulement pour voir la forme de Bren changé en faucon planant au-dessus de moi dans les airs.

« Qu'est-ce que tu disais quand nous avons fait cela auparavant ? demanda-t-il, sur un ton vraiment trop calme. Au sujet de l'essence *ba* séparée du *ka* ?

chapitre dix-huit

BREN

« Merde ! » Le phénix avait brûlé quelques-unes des plumes de ma queue par la force de sa réponse. La fumée m'aurait fait éternuer si je n'avais pas été un oiseau. « Nous n'avons pas de temps pour ça. Allez. »

Jazz-phénix replia ses ailes et plongea vers le sol.

« Hé ! » Je repliai mes propres ailes et criai après elle. « Ralentis ! Fais attention ! »

Elle n'écoutait pas, mais je cherchai à la rattraper à toute vitesse. Nous nous trouvions à quelque six mètres de distance. Puis trois. Je la rejoignis à environ deux mètres et demi du sol, et cherchai à m'agripper à sa poitrine rouge brillant pour atténuer sa chute et éviter qu'elle ne se blesse.

Mes griffes ne la touchèrent pas. Elles passèrent plutôt à travers elle.

Je passai moi-même directement à travers elle !

Ce fut un choc total, vertigineux, comme une électrocution par un fil électrique, en plein dans le cerveau.

Nous hurlâmes tous les deux, à la manière d'un oiseau, comme nous effectuions le reste du chemin en plongée directement dans nos enveloppes corporelles.

J'ouvris brusquement les yeux – mes yeux humains. Je fis bouger chacun de mes huit doigts, mes orteils, mes bras et mes jambes, juste pour confirmer que j'étais redevenu un homme et que je n'étais plus un oiseau. De la peau, pas de plumes. *Voilà qui est réussi.*

Par la position du soleil, je pouvais dire que le jour était plus avancé. Lorsque je m'assis, j'aperçus Jazz perchée sur un roc près d'Acaw et son frère-corbeau, et les slithers marchant d'un pas lourd derrière eux. On aurait dit que les bêtes faisaient les cent pas.

Je fis une rapide vérification visuelle, juste pour m'assurer que j'avais des jambes et des bras au lieu de plumes, puis je me mis debout. Je chancelai un peu, et retrouvai mon équilibre.

Jazz pointa son index vers moi. Une lumière dorée mêlée d'un peu d'argent brillant jaillit avec un craquement, rajustant mes vêtements et mes cheveux.

Elle sourit.

« Attends une minute. » Je commençai à m'avancer vers elle, puis m'arrêtai. « Tu es trop loin. »

Un autre éclair de sortilège nettoya la neige de mon postérieur et le sécha par la même occasion. Le roussissant quelque peu.

« Sorcière ! » Je réagis avec un éclair de mon pouvoir magique, manquai mon coup et éjectai Acaw du roc où il se trouvait droit dans la neige.

« Oups. Désolé. » Je serrai le poing et ramenai mon coude le long de mon flanc dans un rapide mouvement de victoire. « Mais, ouuuiiii ! Mon pouvoir magique. »

« Et il semble être plus fort », grogna Acaw alors qu'il se levait en s'aidant de sa canne.

Je regardai autour. Rien à part des slithers, un elfling et un frère-corbeau avec de sérieux problèmes d'attitude, et une sorcière qui venait juste de me brûler le derrière. Et les odeurs — la neige, l'air frais et le pin. « Où sont les harpies ? »

« Elles sont parties », ronchonna l'elfling, mais paraissant un peu soulagé.

Jazz se leva et tendit sa main. « Viens-t'en. Je crois que j'ai trouvé un sortilège pour nous faire aller plus vite. Nous devons nous dépêcher, juste au cas où Alderon aurait dit la vérité à propos des Ombres et de L.O.S.T. — juste au cas où il y aurait une quelconque vérité dans mon cauchemar. »

Tout cela me revint à la mémoire en un horrible flot d'images, et c'était tout ce que cela me prenait. Je courus vers Jazz et Acaw, et nous montâmes sur les slithers.

Comme s'ils sentaient notre peur, notre besoin de retourner à la maison, et qu'ils répondaient à leur propre besoin de s'assurer du bien-être de Todd, les grands lézards s'ébrouèrent, puis prirent leur envol comme s'ils avaient été propulsés par des canons magiques.

Jazz et moi nous protégeâmes contre le vent, puis recourûmes à son sortilège d'activation de notre cadence. Elle montait le petit slither doré d'Acaw, pendant que je m'affairais sur notre gros coursier bleu.

Cela fonctionna – toute une griserie. En dessous de nous, les Royaumes sacrés se transformèrent en un brouillard. Si l'Erlking et ses filles voulaient engager un combat, ils auraient besoin de branches flambantes superchargées pour nous attraper – ou quelque chose du genre. Nous filions à une telle allure.

La magie ne semblait pas trop importante ni trop épuisante non plus. C'était bizarre, mais je sentais toujours une touche de l'énergie de Jazz en moi. Je me demandai si elle ressentait la même chose, mais, comme d'habitude, il ne semblait pas y avoir de temps pour que nous en parlions. Nos vies ne nous laissaient pas beaucoup de temps pour… bien… pour nous.

La frustration et l'inquiétude me contractèrent la poitrine, et les slithers commencèrent à ralentir.

Jazz s'appuya contre moi, posant sa tête sur mon épaule.

« Concentre-toi », murmura-t-elle, aussi efficace que n'importe quel médicament.

J'enveloppai mes bras autour d'elle, et je fis exactement ce qu'elle disait.

Nous volâmes sans nous arrêter. Nous volâmes sans dormir. Acaw et les slithers semblaient en comprendre la nécessité, être d'accord pour continuer notre chemin jusqu'à ce que nous tombions tous.

Le temps perdit sa signification. Les heures se transformèrent en une journée, peut-être plus. Mes jambes étaient douloureuses. Ma gorge était sèche comme le désert. Et notre vol se poursuivait. J'avais l'impression que nous flambions à travers le ciel, sur une grosse branche en feu arrachée à un chêne vivant.

Il y avait seulement le bouclier et le sortilège, le ciel, le vent et les ailes. Et quelque part, à ce qui nous semblait être une éternité de nous, nos familles, nos amis, notre peuple.

L.O.S.T.

« Déesse, aide-nous », dit Jazz, pendant que les slithers épuisés viraient sur l'aile pour effectuer un atterrissage au bout de la section la plus éclairée des

Royaumes sacrés. Pourtant, d'une certaine manière, le paysage brillant semblait ombré, pas si réconfortant ni ensoleillé. Les nains peinaient sans entrain et les fées ne bourdonnaient pas parmi les fleurs.

Je me forçai de me concentrer sur notre but. Nous avions atteint l'entrée du Chemin – mais je pouvais immédiatement deviner à quel point les choses avaient dégénéré.

Les murs extérieurs étaient d'un gris sombre, sans vie, et sans leur vibrant bourdonnement.

Ceci ressemblait beaucoup plus au Chemin que j'avais traversé avec Jazz la première fois, ce qui me paraissait être un siècle.

Jazz émit un faible cri et s'affaissa sur le sol en s'étreignant. « Comment cela peut-il être possible ? Nire s'est sauvée ! »

« C'est Alderon. » Je me laissai tomber près d'elle. « Tu l'as entendu là-bas à Talamadden. Il a hérité de certains des pouvoirs de Maman – et il a obtenu l'appui des Ombres. »

« Effectivement. » Acaw arriva à côté de nous, frappant le sol avec sa canne. « Ce sera un passage difficile. J'ai communiqué avec les slithers et ils ont accepté à contrecœur de demeurer ici jusqu'à ce que nous puissions venir les chercher. »

« Todd ne sera pas content », dis-je sans réfléchir, puis je fus saisi d'une envie de crier et de frapper quelque chose. Todd. Mon frère. Serait-il même dans L.O.S.T. à notre retour ? Et s'il y était, trouverais-je mon petit frère ou plutôt un quelconque cadavre étranglé par les furies ?

Jazz agrippa ma main, me ramenant à la réalité, à notre prochaine étape.

Acaw se livra à sa tâche, tapotant le côté des murs pollués du Chemin. La porte ronde, dont je me rappelais dans le passé, apparut. Un trou d'hobbit, mais... c'était comme si de la mousse vivante noire recouvrait toute la chose. Je n'y aurais pas touché pour tout l'or au monde, mais quel choix me restait-il ?

Serrant les dents pour lutter contre la sensation dégoûtante, visqueuse du truc, je saisis le portail et l'ouvris.

De l'ouverture jaillit un nuage noir de pourriture qui me souleva le cœur.

Les slithers trépignaient et piaffaient derrière nous, et de quelque part, je crus entendre des fées qui hurlaient et le bruit de pas de nains qui s'enfuyaient prestement.

« Vite ! » Acaw plongea dans l'obscurité artificielle.

Jazz gémit, mais elle suivit, se jetant la tête la première.

« Todd, voilà pour toi. » Je sautai derrière elle.

Il me semblait que mes entrailles étaient demeurées dans les Royaumes sacrés, à l'instar de la moitié de ma tête. Je ne pouvais rien voir. Je ne pouvais rien sentir sauf la peur, la mort et la terre trop acide. Toussant, je chancelai, mais fus incapable de reprendre mon équilibre sur le sol mouvant jusqu'à ce que des mains empoignent mes épaules.

Jazz.

« Tire ton épée, Bren ! »

Je n'hésitai pas.

Elle semblait encore lourde et étrangère dans ma main droite, mais je la tirai de son fourreau et la tins élevée, envoyant un éclat de magie à travers l'acier bien façonné. La lumière jaillit.

Les Ombres sifflèrent et reculèrent, volant à l'intérieur et à l'extérieur des murs du Chemin.

Jazz, pâle comme un fantôme et tremblant si fort que j'ignorais comment elle pouvait tenir debout, referma d'un coup le portail. Acaw donna un coup de son bâton, le faisant disparaître.

Nous nous tournâmes tous les trois comme un seul corps. Acaw se servit de sa canne pour se défendre, envoyant des impulsions d'énergie à toutes les Ombres qui se rapprochaient de trop près. De ses deux paumes, les doigts ouverts, Jazz fit fuser une lumière dorée éclatante. Je pris la tête de la file, brandissant ma flamboyante épée argentée d'un côté et de l'autre.

Saisis de haut-le-cœur et titubant, nous fîmes de lents progrès, poussant les limites de la lumière argentée de ma lame. Tombant plus que marchant, refusant de succomber à la folie autour de nous, nous nous dirigeâmes vers la maison.

Au moment où nous atteignîmes l'entrée de L.O.S.T., je me sentais comme si je m'étais creusé un chemin à travers la base d'une énorme montagne. Mes épaules brûlaient. La cicatrice sur mon visage s'était rouverte. Le sang coulait sur ma joue. Ma main saignait aussi, ma guérison semblant régresser. Tellement de douleur. L'agonie. Le feu.

« Jazz ! » Je me mordis les lèvres pour étouffer le cri, mais elle m'entendit.

Hurlant, décochant sa magie contre les Ombres-doigts qui lui cinglaient les chevilles, elle plongea devant moi, et enfonça ses mains dans le mur du Chemin.

Une fissure s'ouvrit – ou plutôt elle craqua.

Elle fut immédiatement attirée à travers elle, et je sentis aussi la traction. Je m'efforçai de retenir les Ombres jusqu'au moment où Acaw fut passé devant moi. Alors qu'il se glissait à travers la fissure, l'elfling étendit son bras vers l'arrière et accrocha sa petite – mais très forte – main derrière mon genou.

D'un grand coup sec, il me tira brusquement à travers l'ouverture.

Je fus propulsé, volant plutôt que tombant, et mon ventre atterrit sur le plancher du magasin général. J'échappai mon épée qui voltigea dans les airs. J'aspirai de l'air dans mes poumons aplatis, espérant avoir assez de souffle pour crier.

Il faisait tout aussi sombre dans le magasin qu'à l'intérieur du Chemin. Ce n'était pas bon signe.

« On referme, haleta Jazz derrière moi. On referme maintenant. »

La lumière dorée flamba, et je sus que Jazz scellait la fissure qu'elle avait ouverte pour nous permettre de rentrer à la maison.

Acaw m'aida à me remettre debout et me tendit mon épée. Je ne la rengainai pas.

Jazz trébucha vers moi, s'écroulant dans l'étreinte de mon bras.

« Je ne veux pas le faire », murmura-t-elle.

« Moi non plus. » Je lui donnai un baiser sur le dessus de la tête, m'accordant deux secondes pour profiter de la sensation de notre étreinte, de l'odeur de ses cheveux. Quoi qu'il arrive, au moins, j'aurai vécu assez longtemps pour lui exprimer mes sentiments à son égard. Elle était ma petite amie, ma reine.

Et j'étais roi. C'était le temps d'accomplir mon travail.

Je me redressai du mieux que je pus, je donnai à Jazz un autre baiser, puis j'envoyai un sortilège à travers mon épée pour illuminer le magasin— qui avait encore une fois été détruit, par… quelque chose. Et pas simplement détruit. Cet endroit n'était en grande partie que de la poussière, des ongles, et du verre répandus entre de gros trous brûlés dans le plancher.

Acaw émit un toussotement de consternation.

J'élevai la lame un peu plus haut comme Jazz se détachait de mon étreinte et attrapait le poignet de ma main blessée. « Allons-y. »

Nous marchâmes vers l'avant, regardant droit vers la porte.

À l'extérieur, à travers les trous où il y aurait dû y avoir du verre, je vis des éclats non naturels de lumière noire, mêlés à des étincelles d'argent et des éclairs dorés de pouvoir.

J'atteignis la porte le premier, l'ouvris d'un coup sec et entrai dans la folie, l'épée levée. Un pas. Deux. Je n'en fis pas un troisième.

Une force s'abattit sur moi. Mes muscles semblèrent pris de convulsions et se désintégrer, tout comme mes os. La main de Jazz fut arrachée de la mienne. Je laissai tomber l'épée, plongeant dans l'obscurité alors que j'étais soulevé du sol.

Qu'est-ce qui m'avait saisi ? Qu'est-ce qui me tirait brutalement dans les airs ?

Je ne pouvais rien voir. Je ne pouvais même pas lutter contre la force.

Des douleurs aiguës, brûlantes, élancèrent dans ma poitrine. Je baissai les yeux. La lumière jaillissait de trous, juste autour de mon cœur. Les rayons fusionnèrent, formant ce qui ressemblait à un oiseau.

Un faucon ?

Mes expériences avec Talamadden fusèrent dans mes pensées.

Ba et *ka*.

Quelque magie maléfique cherchait à dissocier mon esprit et mon corps physique !

Réfléchissant rapidement, réfléchissant à la manière de Jazz, je me concentrai. Avec la moindre parcelle de ma volonté, j'enveloppai ma magie autour de l'esprit-faucon argenté. Mes lèvres et ma voix reprirent vie alors que je touchais le spectre scintillant.

« Non ! Je ne suis pas prêt à mourir ! »

En un éclair, je réalisai ce que Jazz aurait fait. Prestement, je murmurai des sortilèges de contrainte et de protection, tous ceux dont je pouvais me rappeler, unissant mon esprit et moi-même dans cet espace, dans ce moment unique.

Mais j'étais incapable d'attirer la lumière vers moi, je ne pouvais la ramener dans les trous autour de mon cœur.

Nous nous tînmes simplement là, suspendus au-dessus du monde, apparemment hors de lui, nous regardant l'un l'autre avec de grands yeux désespérés.

chapitre dix-neuf

JAZZ

Bren s'était volatilisé avant que je n'aie la chance de réagir. Il avait été emporté par le plus odieux nuage de magie noire que je n'avais jamais vu. Les Ombres volèrent vers lui et encerclèrent le nuage, façonnant ce qui ressemblait à une tornade solide et vibrante au-dessus du magasin général.

Acaw laissa tomber sa canne et s'éloigna de moi en chancelant, entaillant Ombre après Ombre, pendant que son frère-corbeau s'envolait en faisant de même. Il y en avait tant. Trop. L'elfling tomba en quelques secondes, couvert par l'obscurité vorace.

Avec un cri de rage et de chagrin, je me lançai vers l'épée de Bren et l'arrachai du sol. Les Ombres se rapprochèrent pour m'avaler. Des dents glaciales claquaient bruyamment près de mes oreilles, de mes yeux.

Je levai l'épée et criai : « Cessez ! », de ma voix la plus impérieuse.

Il ne se passa rien. Quelque chose ligotait mon pouvoir ! Ou au moins le repoussait, me neutralisant juste assez pour ruiner mes intentions.

D'en haut descendit un groupe hideux de cris stridents, différents des autres bruits.

Les Ombres cessèrent momentanément d'attaquer, lançant de sombres couinements.

Du ciel, d'énormes formes ailées plongèrent dans la bataille. J'étais incapable de les voir, mais je savais qui elles étaient.

Les harpies.

Les bêtes étaient venues payer leur dette.

Je me tournai brusquement pour me joindre au combat — et je me retrouvai face à face avec Alderon, un mètre à peine nous séparant, de même que l'épée de Bren.

« Bienvenue à la maison. » Il sourit de son vilain sourire, et ces yeux bleus électriques horripilants lancèrent des éclairs tout aussi vilains. Comme c'était le cas lorsqu'il exerçait ses fonctions à Shadowbridge, il était crasseux et huileux dans sa tunique brune et ses culottes.

« Tu aimes ce que nous avons fait de l'endroit ? » Il désigna d'un geste la ville que j'avais si amoureusement construite, l'espoir que je m'étais donné alors que tous les autres espoirs avaient échoué.

L.O.S.T. n'était plus qu'un amas de poutres et de décombres fumants. Les Ombres me masquaient la vue, s'élançant de haut en bas, harcelant les sorciers qui essayaient de résister. Des proéminences foncées gisaient dans chaque direction.

Tellement de morts !

J'étais incapable de ramasser mes esprits, mais je gardai l'épée de Bren entre Alderon et moi.

Quand j'appelai un groupe de furies tout près, Alderon rit.

« Ne sois pas stupide. Elles sont de mon côté. Quelque chose qui concerne le sacrifice de leur clan pour combattre les harpies, puis la remise en liberté de leurs meurtriers. »

Ça, je ne pouvais le prendre. Les furies, parties pour servir les Ombres. Comment pouvions-nous combattre Alderon, les Ombres, et les furies en même temps ? Que faire si tous les oldeFolkes s'étaient enfuis ?

Nous n'aurions plus jamais de paix.

Il était probable que les sorciers humains — et, avec le temps, les humains eux-mêmes — ne survivraient pas.

Concentre-toi, me dis-je, tout comme je l'aurais dit à Bren.

Bren.

« Qu'as-tu fait de Bren ? », criai-je à Alderon.

« Qu'en penses-tu ? » Il fit un signe de tête vers la tornade, qui prenait du volume, s'enflant dans notre direction. « Je l'ai tué. »

Une douleur me darda la poitrine, provoquant des larmes instantanées. « Je ne te crois pas, bâtard de menteur. S'il est mort, montre-moi le corps ! »

« En temps et lieu. » Alderon leva sa propre épée. Elle éclata d'un blanc argenté aveuglant, mêlée sur le tranchant de la lame avec le mauve bien trop familier de Nire. « D'abord, je vais te découper le cœur. Ça me servira à concocter quelques potions. »

À ces mots, il fonça sur moi.

Je croisai son mouvement descendant d'un mouvement ascendant à deux mains de mon cru, y mettant tout ce que Rol m'avait enseigné depuis mon enfance.

L'éclair mauve crépita autour du feu doré. Mes dents claquèrent. Mes deux bras étaient engourdis. Je titubai de même qu'Alderon. Comme il faisait demi-tour pour me faire face, il parut un peu surpris.

« Tu n'as jamais valu grand-chose avec une épée », grommela-t-il, levant de nouveau sa lame.

« Les choses changent. » Je levai l'épée de Bren.

Nous tournâmes l'un l'autre en cercle, accordant nos pas, marchant lentement, à l'affût de toute faiblesse de position ou de stratégie. J'essayai de penser comme Bren, de voir la situation à travers ses yeux perçants.

Alderon était plus grand, mais j'étais plus rapide.

Il était plus fort, mais j'étais plus intelligente.

Il était fou et maléfique. J'étais déterminée et furieuse.

Des étincelles mauves fusèrent de son épée.

Des étincelles dorées jaillirent de la mienne.

Elles se croisèrent l'une l'autre et s'annulèrent dans un éclat qui tomba en cendres puis dans le néant.

« Ne pense pas que tu me combattras avec de la magie, dis-je pour le provoquer. Tu es certainement plus avisé. »

Alderon grogna et bondit vers moi. Impulsif. Déséquilibré.

Je le parai facilement, le retournant, lui arrachant presque des mains sa lame souillée.

Voilà ma petite amie, imaginai-je entendre Bren. *Botte-lui le derrière.*

N'avais-je jamais eu peur d'Alderon ? Des Ombres ? J'étais incapable de me souvenir. Je ne pouvais me souvenir d'une seule chose qui m'ait jamais effrayée.

Alderon me surprit avec une feinte rapide, entamant mon bras avec sa lame, là où les Ombres m'avaient attaquée auparavant.

Jurant, je reculai en pivotant, mais le dommage était fait. La blessure s'était rouverte et saignait abondamment, et je sentis le froid des poisons des Ombres s'infiltrer dans ma peau. La lame d'Alderon était aussi mortelle que n'importe quelle vipère — peut-être encore plus.

Je murmurai un sortilège, faisant de mon mieux pour arrêter le dommage et ralentir son progrès. Je mourrais de nouveau, mais j'étais en paix avec cette idée. *Déjà vu, déjà fait,* comme aurait dit Bren. La mort ne m'effrayait plus. Aussi, j'avais la satisfaction de savoir que j'emmènerai ce bâtard avec moi.

La sueur perla sur mon front. J'avais mal au creux de mon estomac. Je sentais que mes membres s'affaiblissaient très rapidement.

« Aimes-tu la sensation de la tombe, chienne ? » Alderon fit une feinte, puis recula, riant devant mon hésitation. Pourtant, je gardai mes yeux sur lui, surveillant ses stratégies, ses tactiques. Bren occupait mon esprit et mon cœur plus que je ne le croyais.

« C'est froid, non ? » Alderon fit une autre feinte.

Je le fauchai durement d'un coup vers le bas, le coupant de l'épaule à la taille.

Il jura et bondit vers l'arrière. Une coulée de sang suintait à l'extérieur, tachant de rouge la crasse brune de sa tunique.

« Très froid », approuvai-je. Mes dents claquèrent. « Tu le sauras bien assez vite. »

Pointant mon épée, j'envoyai une pluie d'énergie dans la blessure que j'avais ouverte. Il para l'attaque avec une volée d'étincelles pourpres, mais un peu de mon or réussit à traverser. Je vis l'or le frapper, je vis Alderon se pencher et se tordre à cause de la douleur maléfique et de la faiblesse instantanée. Mon énergie était aussi empoisonnée pour lui que l'était la sienne pour moi.

Il rugit et se rua sur moi, semblant se déplacer au ralenti. Je pouvais le voir dans son visage, dans ces yeux bleus odieux, méchants. Son arrogance lui interdisait de croire que je pouvais gagner ce combat. Il ne pouvait comprendre que je ne céderais pas à son attaque.

Il leva son arme mauve redoutable. Il avait l'intention de m'arracher la tête dans un puissant élan.

Je simplifiai mon approche.

Avec mon propre rugissement, je me servis de toute ma force pour enfoncer la lame de Bren en plein dans le ventre vulnérable d'Alderon. En même temps, je projetai la force de ma magie dans l'acier.

Un feu d'or se propagea vers le haut, et encore, et encore, puis vers l'extérieur, irradiant de lumière le corps d'Alderon de l'intérieur vers l'extérieur.

Des étincelles sortirent de ses yeux, de ses oreilles, de sa bouche ouverte.

Sa propre énergie s'échappa dans un jaillissement, tel un nuage blanc et mauve de chauves-souris enragées, tourbillonnant autour de nous. De la poignée de mon épée jusqu'au bout de sa lame toujours levée, elle craqueta et étincela, voltigeant entre nous. Je sentis un froid-plus-que-froid plongé dans mon essence même. La chose me foudroya le cœur, essayant de déchirer la vie, le battement, la force qui m'avait fait ce que j'étais.

Au lieu de combattre, d'être effrayée, je l'attirai, juste comme j'avais attiré Alderon dans sa charge fatale. Sa magie ne pouvait me blesser. Elle ne pouvait rien m'arracher. J'en étais aussi certaine que je connaissais mon propre nom.

« Je suis Jasmina Corey, reine des sorciers ! » J'enfonçai mon épée plus profondément, transperçant complètement la vermine qui avait pensé prendre quelque chose de moi qu'il ne pourrait jamais comprendre. « C'est ma magie. Mon cœur. Ma maison ! Au nom de la Déesse, au nom de la vérité et de l'amour, je te bannis ! »

L'enveloppe qu'avait été Alderon vola en éclats comme une image dans un miroir enfumé, fusant de ma lame en tous sens.

Son épée, étincelant toujours de mauve, chuta vers ma tête.

Je l'attrapai facilement de ma main libre et la tins dans les airs en même temps que ma propre épée.

Le feu doré consuma les restes d'Alderon, puis reflua vers moi à travers l'acier des deux épées. De la pointe au manche, du manche à mes mains, puis le tout à travers moi, triomphant de l'obscurité, refoulant le coup meurtrier final d'Alderon.

Mes cheveux se soulevèrent de mes épaules comme je lançais un cri de victoire. La lumière sembla bouillonner de chaque cellule de mon corps, le mauve, le blanc, l'argent et le doré, alors que mon cri résonna dans tout le Sanctuaire.

Je sentis un lien se forger en moi alors que j'absorbais les mauvaises intentions d'Alderon et les réduisais à néant.

Les Ombres se séparèrent et tombèrent du ciel. Le soleil brilla dans un ciel soudainement clair et sans nuages.

La tornade au-dessus du magasin général se fissura puis s'ouvrit en deux, révélant Bren, couvert de flèches d'ombres, mais vivant, emprisonné dans une lutte pour empêcher sa force vitale de l'abandonner.

J'envoyai mon énergie tourbillonnante vers lui, le ramenant lentement sur le sol en même temps que je luttais pour sa vie.

Les flèches des Ombres fusèrent hors de son corps comme si j'avais tiré quelque corde d'un puissant arc. En quelques secondes, sa forme argentée de faucon reflua dans les trous de sa poitrine, qui se refermèrent avant que ses pieds ne touchent le sol.

Partout dans L.O.S.T., les feux s'éteignirent. D'une certaine façon, je pouvais les voir tous. Je pouvais tout voir.

Les sorciers luttaient pour se relever alors que les poisons des Ombres s'écoulèrent de leurs blessures. Ma mère. Le père de Bren. Rol. Acaw. Les harpies, les furies, les Keepers, les elflings, les modernes.

Ma propre blessure se nettoya et se guérit d'elle-même, emportant avec elle ce froid terrible.

Comme ma conscience réintégrait mon propre esprit, je me rendis compte que de nombreuses Ombres n'étaient pas mortes. Elles avaient pris des formes plus humaines, et avançaient malaisément vers moi, les genoux pliés, la tête baissée, se rassemblant devant moi comme une mer pathétique d'encre et de misère. La signification était claire.

Nire était défaite. Alderon mort. J'étais maintenant leur chef.

J'étais devenue la Reine des Ombres.

« Levez-vous », criai-je.

Les Ombres m'obéirent.

Des étincelles provenant de mes épées s'abattirent sur elles telle une pluie enflammée.

Les créatures gémirent et hurlèrent, prenant feu et brûlant, et brûlant, l'obscurité flambant et se consumant jusqu'à ce que…

Jusqu'à ce qu'elles redeviennent des êtres de chair et de sang.

Des centaines et des centaines de sorciers nus et frissonnants se tenaient devant moi, humains comme oldeFolkes. Je vis toutes les races magiques que je connaissais, et certaines qui n'avaient été que des légendes depuis des siècles.

Comme un seul être, ils s'agenouillèrent de nouveau, comme firent les survivants de la bataille de L.O.S.T.

« Bren ? », appelai-je, d'une voix si forte que toutes les bêtes et tous les sorciers se couvrirent les oreilles.

De derrière moi, j'entendis un rire. Puis : « Merde, bébé. Peux-tu baisser le volume d'un cran ? »

Je me retournai.

Bren, au moins, n'était pas nu.

Il marchait vers moi, lentement. Un peu prudemment.

« J'ai tué ton frère Alderon », dis-je, la voix encore anormalement forte, mais s'atténuant. Mes cheveux s'apaisèrent aussi, retombant autour de mon visage et de mes épaules, malgré que des étincelles jaillissaient encore çà et là dans un arc-en-ciel de couleurs.

Bren leva les deux mains. « Je n'ai pas de problème avec ça. Vraiment. »

Il s'arrêta à environ un mètre de moi. Ouvrit grand les bras.

Sans hésitation, je laissai tomber mes épées et courus vers l'étreinte invitante de Bren.

chapitre vingt

BREN

Je ne me souvenais pas d'avoir perdu connaissance, mais, quand je m'éveillai dans la cabane des guérisseuses, je sus que c'était le cas.

Jurant, je me redressai. Mon père était là au pied de mon lit. Sa joue gauche arborait une énorme ecchymose, mais autrement il semblait bien se porter.

« Jazz ? », dis-je d'une voix rauque.

« Elle va bien. » Braquant son pouce vers l'ouest par rapport à nous, il ajouta : « Elle est dans la pièce voisine et elle dort. Vous étiez tellement épuisés que vous êtes tombés là sur place — les enfants, vous devez vraiment avoir effectué un voyage aller-retour en enfer. »

« Quelque chose comme ça. » Je pris le verre d'eau qu'il m'offrait et le bus d'une traite. La fraîcheur du liquide ingurgité m'éclaircit quelque peu l'esprit. Je passai rapidement mon corps en revue et, à mon soulagement, tout était intact — les bras, les jambes, les orteils, les oreilles, les doigts — bien, presque tout. Ouais. Cette fois-ci, je n'avais laissé aucune partie de mon anatomie au combat.

« Combien de temps ai-je été parti ? »

« Trois jours. » Papa prit le verre d'eau et le remplit à partir d'une cruche tout près. Je clignai des yeux parce qu'il le fit sans toucher au pichet.

Il vit ma bouche ouverte lorsqu'il se retourna et haussa les épaules. « Peu importe ce qui est arrivé à la fin ici, tout cela a libéré le petit soupçon de magie en moi. La petite parcelle de magie que possède tout être vivant dans L.O.S.T. Savais-tu que les arbres sont mécontents quand on cueille une pomme sans le demander ? »

Je pris le verre d'eau et essayai de ne pas y penser. Mais Papa continua. « Quand on touche à l'herbe, on se sent bien, et l'eau — c'est maintenant tellement rafraîchissant. Ne penses-tu pas que l'eau renferme une force vivante ? »

Je faillis dégurgiter la gorgée que je venais de prendre, mais je m'arrangeai pour ne pas mourir étouffé.

« Oh, désolé. » Papa sourit. « C'est seulement si nouveau et si merveilleux. Sauf les poissons. Ils sont carrément irrespectueux, sans mentionner les corbeaux et les geais bleus. »

Il avait dû s'apercevoir que je voulais de nouveau sombrer dans l'inconscience et y demeurer pour toujours, car il ajouta : « Mais ne t'inquiète pas. Cela semble s'estomper, sauf pour les humains et les oldeFolkes. Je pense qu'en fin de compte nous conserverons peut-être le — ah — cadeau. »

« Que se passe-t-il avec Rol ? Dame Corey ? » Je reposai le verre de... ce qu'on pouvait nommer une eau vivante magique et balançai mes jambes par-dessus le bout du lit.

« Tout le monde va bien, Bren. Nous en avons perdu quelques-uns, mais les guérisseuses font un étonnant travail avec ceux qui restent. »

« Todd », murmurai-je, incapable d'éviter le sujet plus longtemps, mais réticent à le demander.

À ces mots, les épaules de Papa s'affaissèrent.

La terreur envahit ma poitrine, et je me levai trop rapidement. Mes genoux fléchirent, mais Papa m'attrapa par le bras.

« Il est parti, fils. Non — attends. » Il redoubla sa poigne pour éviter que je ne m'arrache de ses bras. « Je ne veux pas dire mort. Je veux dire parti. De fait, il ne se trouve pas dans L.O.S.T. Ni dans aucun Sanctuaire.

Je pris quelques secondes pour traiter l'information pendant que Papa me libérait. Il hocha la tête, et les étincelles disparurent quelque peu de ses yeux.

« Nous avons fait une recherche approfondie, même si Rol n'a pas encore abandonné, il est en train de fouiner avec les harpies dans différents Sanctuaires, convaincus qu'ils trouveront quelque chose. Acaw est retourné vers les Royaumes sacrés pour ramener les slithers et voir si ces, hum, êtres savent quelque chose. Jusqu'ici, on n'a pas retrouvé de trace. Excepté... »

Il s'interrompit et regarda le plancher.

« Papa. » Ma mâchoire me faisait mal à force de serrer les dents. « Dis-le-moi maintenant. Tu sais que je le découvrirai de toute façon. »

Papa soupira et examina ses ongles. « C'est seulement que Sherise et Helden et ces furies que Helden fréquente – celles qui n'ont pas fait défection – elles racontent une étrange histoire. Je veux que toi et Jazz les entendiez, pour avoir votre avis. »

« Sherise et Helden ? » Le souvenir du cauchemar de Jazz sur le chemin de retour de Talamadden éclipsa toutes mes autres pensées.

Elle avait rêvé que Todd était prisonnier. Que Sherise, Helden et les furies l'avaient piégé pour quelque raison.

« Emmène-moi à Jazz », dis-je à Papa. Puis, me rappelant que j'étais à la fois roi et fils, j'ajoutai : « S'il te plaît. »

Quelques heures plus tard, vers la fin de l'après-midi, je m'assis sur un banc dans la clairière préférée de Jazz, attendant avec mon bras fermement posé autour de l'épaule de Jazz. Toute la matinée, elle m'avait répété de modérer mes humeurs, entre ses baisers et ses manifestations de bonheur de me retrouver sain et sauf. Nous nous étions rendus dans la forêt à l'extérieur d'une ancienne section d'oldeTowne parce que la principale ville était trop bruyante avec toutes ces personnes-Ombres s'activant dans la fabrication de vêtements, et les sortilèges, la construction et la réparation — sans compter l'inépuisable bavardage de tous les animaux.

Qui savait que les chiens pouvaient rire autant ? Et les chats. Peu importe. Ils n'étaient qu'un paquet de morveux royaux avec des accents britanniques. C'était si bizarre. Au moins ici dans la forêt, nous n'avions affaire qu'aux plantes qui murmuraient et aux oiseaux qui jacassaient. J'étais absolument incapable de comprendre les plantes et les arbres. Ils parlaient un langage de martien-fougère, pour ce que j'en savais. Jazz ne les comprenait pas plus. Quant au reste des animaux sauvages, ils pensaient que nous sentions mauvais et se tenaient loin de nous — ou c'est du moins ce que nous avaient raconté les bugbears avant de se diriger vers le zoo de Todd.

Le zoo de Todd.

Mon ventre se serra encore une fois.

Dame Corey et un groupe d'oldeFolkes s'en étaient occupés. Apparemment, Todd avait laissé l'état des lieux se dégrader depuis un bon moment. Un certain nombre de slithers étaient à moitié affamés, et les oiseaux carnivores mangeaient des choses qu'ils n'auraient pas dû — comme se manger entre eux.

« Tu dois leur donner une chance, Bren. Sherise et Helden ont peut-être eu de bonnes raisons pour agir comme elles l'ont fait. » La voix de Jazz était rassurante. Si merveilleuse et relaxante que j'avais envie de l'embrasser chaque fois que je l'entendais, peu importe ce qui allait mal autour de nous.

Il pouvait s'agir d'une amélioration depuis son moment de magie totalement débridée, comme c'était le cas pour l'eau. Peu importe. Je voulais que la situation perdure.

« Je sais, grognai-je. J'essaierai. Mais j'aurais dû être ici. »

Elle tapota ma jambe, m'envoyant un éclat doré de bien-être directement au cœur.

Ma petite amie possédait de nombreuses nouvelles habiletés que nous n'avions même pas commencé à explorer, des trucs que nous supposions qu'elle avait absorbés d'Alderon, ce qui incluait des vestiges de Nire, et qu'elle avait transmutés dans sa propre énergie forte et positive. Il était impossible de savoir si cela durerait, ou si je serais toujours capable de partager tout cela simplement en la touchant comme auparavant lorsque notre magie était conjuguée. Nous n'avions qu'à en suivre l'évolution avec le temps, tout comme nous devions déterminer ce que nous ferions avec les personnes-Ombres nouvellement restaurées. Elles arrivaient en masse et sans interruption depuis le Chemin, d'autres Sanctuaires, de lieux dont nous ignorions totalement l'existence. Elles n'avaient pas non plus besoin de notre aide pour accéder au Chemin. Elles pouvaient ouvrir et fermer les entrées aux Sanctuaires, et elles étaient capables d'escorter d'autres sorciers, juste comme Jazz et moi. Cela soulageait beaucoup la pression sur nos épaules, mais pourtant. Je savais que cela pourrait finir par être un problème. Un sérieux problème.

Les arbres commencèrent à murmurer de leurs voix basses de martiens, et je relevai brusquement la tête.

Dame Corey et Papa entrèrent dans la clairière. Derrière eux, il y avait Helden, Sherise et un petit clan des furies qui nous étaient supposément demeurés loyales dans la bataille de L.O.S.T.

Les deux filles étaient rivées l'une à l'autre, évidemment nerveuses, comme elles s'approchaient et s'assoyaient sur le banc en face de nous. Les furies se groupèrent derrière elles, leurs esprits de furie aux aguets et se balançant, gardant leurs yeux perçants de serpent braqués sur Jazz et moi. Dame Corey s'assit près d'Helden, tandis que Papa s'assit près de Sherise.

« Je suis heureuse que vous soyez revenus chez vous sains et saufs », dit Helden à Jazz.

Sherise fit de même avec de grands yeux tristes. Comme elle semblait trop intimidée pour parler, Helden amorça le dialogue.

« Je sais que la reine Jasmina a eu une vision de ce qui est arrivé en votre absence — de notre capture de Todd McAllister. »

Mon bon poignet se serra, et je hochai la tête. « Vous nous devez quelques explications. Pourquoi vous en êtes-vous pris ainsi à mon petit frère ? »

Une furie posa sa main sur l'épaule d'Helden et siffla, mais Helden ne fit que tapoter les doigts noueux et dit quelque chose en allemand qui paraissait rempli de douceur. Pour une ravisseuse potentielle.

Sherise leva la main et agrippa sa pierre de lune tout en gigotant. « Juste après votre retour du royaume des morts la première fois, Todd… *a changé.* Il a commencé à agir de façon si bizarre, si différente et tout à fait barbare — il ne parlait même pas comme lui-même. Je me suis finalement rendu compte que même les animaux étaient nerveux avec lui, tout comme moi, et c'est alors que j'ai su que nous avions un énorme problème sur les bras. Donc, nous avons essayé de voir dans son cœur en nous servant de nos pierres. »

Elle prit une respiration pour se recentrer comme le faisait Jazz quand elle était vraiment bouleversée. « Il a senti notre intrusion et nous a attaquées, et les furies ont dû nous aider pour l'immobiliser, et nous avons découvert — bien… » Elle parvint à croiser mon regard. « Ce n'était pas Todd. »

« Quoi ? » Jazz semblait aussi confuse que moi.

Sherise regarda Helden, qui empoigna son pendentif bleu. Une pierre d'étoile, comme Jazz l'avait auparavant désignée.

« Montre-leur », pressa la furie derrière elle d'une voix pas très amicale.

Dame Corey fit un signe de tête, et mon père prit une profonde respiration.

Les deux filles posèrent une main sur leurs pierres et nouèrent leurs autres doigts ensemble. Elles soupirèrent toutes les deux, comme si elles se détendaient, ou tombaient dans une sorte de méditation. Dame Corey garda une main réconfortante sur le genou de Sherise, pendant que la furie préférée d'Helden émettait des sifflements bizarres qui passaient probablement pour de l'encouragement chez ceux de leur race.

Les pierres commencèrent à briller.

Petit à petit, sur le sol entre nos bancs, une image vacillante se forma. Cela me rappelait les mauvais films que nous avions l'habitude de regarder à l'école, mais je pouvais immédiatement dire qui en était la vedette.

Mon frère. Il n'y avait pas d'erreur.

Il ressemblait à une combinaison d'Alderon et de Nire, la ressemblance plus forte que jamais. Et il paraissait totalement furieux comme il se débattait contre ce qui faisait office de liens. J'en avais la chair de poule. Les esprits de furie. C'était eux qui l'emprisonnaient complètement dans un nœud.

Tout mon corps se raidit. Je voulus me lever et catapulter de toutes mes forces les filles et les furies dans quelque autre Sanctuaire, mais la voix de Dame Corey coupa court à ma colère. « Continuez à regarder. »

Je m'exécutai. Je ne le voulais pas, mais je le fis.

Et Todd commença à se transformer.

Au début, ce fut lent mais net, comme si le fait de combattre les esprits de furie épuisait quelque énergie magique qui lui permettait de garder sa forme.

Jazz agrippa ma main. Ses doigts creusèrent dans ma paume à mesure que Todd se transformait graduellement en ce qui paraissait être un enfant hargneux couvert de longs cheveux mêlés.

Des cheveux *rouges*.

L'image se débattit violemment, tourna ses petits yeux méchants dans ma direction, et émit un rire dément que je connaissais trop bien. Puis elle mugit, lança un éclair de lumière d'un noir rougeâtre et s'évanouit, renversant les furies et laissant les esprits de furie inertes sur le sol.

« Enfant de chienne. » Je me levai, tirant Jazz sur ses pieds avec moi. « C'était l'Erlking ! »

Le bâtard était venu à L.O.S.T. et s'était métamorphosé en mon frère. Mais quand ? Et qu'était-il arrivé au véritable Todd ?

L'image tremblota et disparut comme un film d'époque se cassant en deux. Helden et Sherise libérèrent l'image, puis s'affaissèrent comme des fleurs ayant été privées d'eau. Les furies s'agenouillèrent et leur donnèrent des fioles d'un liquide bleu et vert auquel je n'aurais pas touché pour tout l'or du monde, mais Dame Corey les aida toutes les deux à boire le truc.

Comme elles se ranimaient, le chef des furies tourna son visage ridé et contracté dans notre direction. « Quelqu'un a libéré ce monstre haineux des Royaumes sacrés. »

Cela ressemblait plus à une accusation qu'à une affirmation.

Jazz réagit avec un flamboiement de lumière dorée en travers de ses épaules. « Écoutez, craqua-t-elle. Si vous prétendez que Bren ou moi aurions fait quelque chose de semblable… »

Je pris son coude, très heureux qu'aucun de nous n'ait porté d'épée. J'avais repris la mienne, et elle avait gardé celle qu'elle avait gagnée de son combat contre Alderon, mais, suivant le conseil de mon père, nous les avions laissées sous la bonne garde des guérisseuses.

« Arrête », dis-je assez fort et assez fermement pour capter son attention.

Elle se secoua pour se libérer de ma poigne et se retourna, les yeux brillants. « Je ne les laisserai pas nous accuser. »

« Mais c'est peut-être la vérité. » Je l'attrapai par les épaules avant qu'elle ne se mette à crier et à répandre des sortilèges. « Rappelle-toi ce que j'ai demandé, à propos de mon demi-sang qui pouvait être un problème ? Bien, évidemment ce l'était. C'est ce que je craignais. »

Elle me regarda bouche bée. De même que la furie.

« J'ignore comment il a pu se servir de moi, mais… oh, attends. Oui, je le sais, peut-être. » Je jetai un coup d'œil à la furie, puis à Dame Corey. « Jazz a dit que l'Erlking pouvait se transformer en quelque chose d'aussi petit qu'un cafard s'il le voulait. »

Elles hochèrent la tête. De même que Jazz.

Je la relâchai et relevai machinalement ma main pour me frotter derrière l'oreille. L'endroit qui m'avait si cruellement démangé la première fois que j'avais quitté les Royaumes sacrés. « Que dirais-tu d'une puce ? »

À cette déclaration, Jazz se rassit lourdement sur le banc, manifestement horrifiée.

Dame Corey pâlit, et l'affreuse bouche de la furie se tordit et prit une expression encore plus hideuse.

C'était toute la réponse dont j'avais besoin.

L'Erlking avait tiré profit de la faiblesse de mon sang à moitié magique pour sortir de sa prison, et je lui avais servi de monture comme une vulgaire mule. Puis il s'était métamorphosé en mon frère jusqu'à ce que Sherise et Helden le capturent et le forcent à reprendre sa forme normale. Ce qui me ramena à mes premières questions.

« Quand ? Et qu'est-il arrivé au vrai Todd ? »

Le silence enveloppa la clairière, sauf pour les arbres qui murmuraient encore entre eux.

Je voulus crier à la forêt de se taire, mais Helden se tourna la tête de côté, comme si elle cherchait à écouter.

Après quelques secondes, elle dit : « Les pins me disent que l'Erlking est venu durant l'attaque des harpies. Et ils disent que vous devriez faire plus attention et éviter d'abîmer leurs branches. Vous êtes maladroit. »

Jazz me donna un coup sur le postérieur avant que je ne puisse riposter. « Pouvez-vous en apprendre davantage sur ce qui est arrivé à Todd et à l'Erlking ? demanda-t-elle. Les arbres — n'importe laquelle des plantes ? Les animaux ? »

Sherise parut abasourdie et frustrée, comme si elles avaient dû y avoir pensé plus tôt, mais Helden ne fit que hocher la tête.

Je ne doutai pas d'elle. Si la gonzesse pouvait s'attirer l'amour et le respect des furies, d'après moi, elle pouvait faire n'importe quoi.

« Ça peut prendre un certain temps, dit Helden en se levant. Si Sherise m'aide et les sœurs de mon clan ? »

Sherise se leva immédiatement. À ma grande surprise, les furies donnèrent rapidement leur assentiment et rassemblèrent leurs esprits dans une étroite étreinte.

« Je sais que vous pourriez être tenté de partir à la recherche de votre frère et d'interroger la flore et la faune, me dit Helden en même temps qu'elle relevait son capuchon noir. Mais s'il vous plaît, retenez-vous. Vous êtes étonnamment habile à mettre les plantes en colère. »

« Hum, d'accord, si vous le dites. » J'enfonçai mes mains dans mes poches de pantalons. Bon Dieu, mais l'attente était presque intolérable. Quoi qu'il advienne, il y avait mon petit frère là-bas, quelque part, et il avait besoin de mon aide.

« Nous nous reverrons au coucher de soleil, cria Helden alors qu'elle et son équipe, qui-ne-risquaient-pas-d'irriter-les-plantes, se déployaient et partaient. Sherise et moi viendrons à la maison de Dame Corey. »

Je serrai les dents. D'accord, donc j'avais appris à répondre, non à réagir. J'avais appris à planifier et non à me propulser tête baissée dans n'importe quel bourbier. J'avais appris à écouter et à faire des compromis.

Mais ceci. C'était difficile. Il était question de mon petit frère.

Jazz se tourna vers sa mère. « Nous avons encore une maison ? »

Dame Corey acquiesça d'un signe de tête alors que nous nous mettions en route vers le village principal.

« Est-elle toujours, euh, jaune ? », demanda Jazz d'un ton de voix qui disait qu'elle aurait voulu le contraire.

Même si j'avais le cœur gros, je dus me mordre les lèvres pour m'empêcher de m'étrangler de rire et de me retrouver changé en quelque chose de désagréable.

Nous passâmes la journée à aider à la restauration — nettoyage, réparation, construction, reconstruction —, et à la capture de quelques-uns des fugueurs carnivores de Todd. Les harpies étaient demeurées pour prêter un bon coup de main odorant, et, vers la fin de l'après-midi, Rol et Accaw étaient revenus de leur voyage.

Comme le crépuscule approchait, Jazz et moi nous nous assîmes avec Papa, sa mère, Rol et Acaw, buvant du thé et de la limonade sur le porche de Dame Corey, qui était maintenant jaune, lui aussi, après les réparations. Le mur, le toit, les volets — le tout au complet — étaient jaunes. Jazz murmura quelque chose à propos de lunettes soleil, mais je lui rappelai qu'elle était chanceuse. Après tout, ça aurait pu être mauve. Mon commentaire la réduisit au silence.

Un chat passa par là, nous jetant un regard hautain, et miaula au lieu de dire quelque chose de grossier en argot britannique.

Continuant toujours à expérimenter son nouveau pouvoir, Papa pointa son doigt vers le pichet de limonade. Celui-ci leva de quelques centimètres avant que Papa ne sourie et le repose sur la table. « Nous avons survécu aux animaux. »

« Je crois que les changements chez les humains et les oldeFolkes sont permanents », dit Dame Corey pour la cinquième fois dans la dernière heure. Elle ne lui lança pas de regard irrité, mais je pouvais dire qu'elle en avait envie. Elle se retenait aussi probablement de lui dresser ses imbéciles de cheveux sur sa tête.

Rol s'éclaircit la gorge. « Espérons que c'est une bonne chose. »

Acaw et son frère-corbeau, toujours aussi sages, ne dirent rien du tout.

Une ombre de mouvement sur la route attira mon attention. Je me levai. Papa se leva aussi, ainsi que Jazz, alors qu'un groupe de furies s'approchaient avec Sherise, Helden — et une autre fille, beaucoup plus jeune, portant une robe de furie qui avait été ajustée à sa taille d'un coup de sortilège. La petite fille, qui semblait avoir environ huit ans, tenait la main de Sherise. Elle avait les grands yeux de l'une des personnes-Ombres nouvellement récupérées.

« Voici Kella, dit Helden pour nous la présenter. La Grainne des Grainne, gardienne de la pierre de soleil. »

Et comme pour le prouver, la petite fille sortit une chaîne d'argent pour nous montrer une pierre lisse jaune brillant. Lorsque je plissai les yeux pour mieux la voir, j'aurais pu jurer que je voyais des flammes qui dansaient à l'intérieur.

« Trois des anciennes familles initiées », commenta tout haut Dame Corey. Aux furies, elle dit : « Croyez-vous que les héritiers des neuf autres se présenteront ? »

« Je n'en doute aucunement », répondit l'une des furies d'une voix basse et râpeuse. L'esprit de furie enroulé autour de son bras siffla son assentiment.

« Garderez-vous Kella sous vos soins ? », demanda Jazz.

« Oui, répondit une autre furie. Sherise a aussi sa place auprès de nous. »

Surprise, je regardai la fille qui avait capté l'attention de mon petit frère. « Est-ce ce que tu souhaites ? »

« Pour le moment, dit-elle doucement. J'ai besoin d'apprendre certaines choses — et rapidement. »

« Les nouvelles sont mauvaises, offrit Helden en guise d'explication, mais pas si terribles. Nous croyons que Todd est vivant, Bren. Avant de perdre l'usage de la parole, les arbres nous ont dit que l'Erlking l'avait pris en otage presque au moment de votre retour de Talamadden avec Jasmina. »

« La première fois que vous êtes revenu, clarifia Sherise. L'Erlking avait l'intention de guetter votre venue ici et de vous assassiner, mais l'attaque des harpies a perturbé ses plans. Il a gardé la forme d'une personne en qui vous aviez confiance, attendant sa chance, mais vous et Jazz étiez presque toujours ensemble ou avec des bandes d'autres sorciers ou d'oldeFolkes. Après votre départ la seconde fois, nous l'avons attrapé, il n'a donc jamais eu sa chance. »

« Todd a été gardé lié et bâillonné dans un repaire de jour vacant de slithers. » Les yeux d'Helden brillèrent de nouvelles larmes comme elle s'adressait à Bren. « Votre frère a lutté si fort pour se libérer, se servant sans arrêt de magie et d'astuces, qu'il a obligé l'Erlking à concentrer ses énergies pour s'occuper de son captif. L'immonde créature disposait de peu de temps pour provoquer des troubles dans L.O.S.T. Les chênes ont dit que Todd était l'humain le plus brave qu'ils n'avaient jamais rencontré. » Elle hésita, essuyant une larme. « Les érables ont aussi remarqué que, contrairement à vous, Todd n'était pas maladroit avec les arbres, et ils auraient beaucoup espéré être capables de l'aider à s'échapper. »

« Les cornouillers nous ont expliqué que Todd savait ce qu'il faisait, qu'il avait combattu de cette manière dans un but précis, chuchota Sherise. Todd essayait de préserver notre sécurité en se tuant presque pour se libérer, retenant toute l'attention de l'Erlking. »

« Et maintenant ? » Papa paraissait tendu, malheureux.

Je le comprenais bien. J'aurais voulu le demander moi-même, mais aucun son ne parvenait à sortir de ma bouche.

« Lorsque l'Erlking s'est échappé cette nuit-là, il a quitté L.O.S.T. et a entraîné Todd avec lui dans une quête. » Helden soupira. « Les aubépines affirment que, grâce à la puissante magie de Todd, son dessein peut difficilement échouer. »

« Todd n'aiderait jamais ce bâtard. » Ces paroles surgirent avec une grande clarté, en une puissante vague de chaleur. Je croisai mes bras comme Jazz se levait et frottait mon épaule. « En ce qui concerne cette partie de l'histoire, les arbres ont tort. »

Sherise baissa les yeux sur ses pieds. « Il n'a pas à le faire volontairement. L'Erlking possède des moyens de le persuader. »

Même l'énergie puissante réconfortante de Jazz ne pouvait alors défaire le nœud dans mes entrailles. « Je suis pas mal certain de ne pas vouloir le savoir, mais après quoi courent-ils ? Qu'est-ce que l'Erlking essaie de trouver ? »

Les trois filles détournèrent leur regard de nous, même la plus petite. Ce sont les furies qui levèrent la tête pour répondre.

Un mot.

Un minuscule petit mot, sifflé par un chœur de voix anciennes.

Il pénétra mon esprit, avec une force corrosive à travers mes oreilles, remplissant mon cœur avec une pesanteur dont je ne pensais jamais pouvoir me libérer.

« *Nire…* »

épilogue

JAZZ

Les semaines après la bataille de L.O.S.T furent parmi les plus sombres que j'avais connues en dehors de ma mort et de mon emprisonnement à Talamadden. Je ne semblais plus exister aux yeux de Bren, tant il s'inquiétait pour son frère et s'insurgeait contre la réalité.

Nous n'avions aucun moyen de suivre la trace de l'Erlking, aucun moyen de découvrir comment l'odieux nain projetait de se rendre dans un Sanctuaire qui n'était plus connecté au Chemin. Les anciens manuscrits ne donnaient aucun indice, les oldeFolkes n'en avaient pas la moindre idée, et les filles formées par les furies étaient incapables de distinguer une quelconque piste, même en se servant de leurs puissantes pierres d'héritage. Acaw n'était plus lui-même. Je n'avais jamais vu l'elfling en manque de réponses, mais il n'avait pas plus d'idées que nous sur le sujet.

Ainsi, la douloureuse vérité : Bren et moi ne pouvions organiser un sauvetage pour sauver Todd de son destin, ni arrêter l'Erlking dans sa mission de libérer Nire. Nous n'avions aucun choix que d'attendre qu'ils se manifestent.

C'était le consensus parmi tous ceux qui avaient côtoyé de près ou de loin l'Erlking, les furies incluses. Il ne pourrait s'empêcher de jubiler s'il parvenait à ses fins. Il veillerait à torturer Bren avec son frère, puisque Bren avait eu le dessus sur lui une fois auparavant. C'était la seule manière qui lui permettrait de retrouver sa supériorité. Comme pour Nire, le Maître des Ombres était son billet de vengeance contre le reste d'entre nous, tous les sorciers, quelle que fut leur race ou leur force, qui l'avaient claustré dans les Royaumes sacrés.

Attendre que les êtres maléfiques viennent à lui — bien, évidemment, ce n'était pas du tout le style de Bren. Il passait ses journées seul, à faire les cent pas, à réfléchir, à lire des manuscrits, à poser des questions aux oldeFolkes, et à arpenter le Chemin et les Sanctuaires. Il voulait tellement trouver un indice, il avait tant besoin de trouver cet indice, plus rien ne semblait compter dans sa vie hormis cela.

Moi incluse.

Je comprenais. Je le comprenais réellement, et je n'étais pas en colère. Je me sentais juste... seule. Et perpétuellement tourmentée, comme Rol me le fit souvent remarquer durant nos interminables heures d'entraînement à l'épée. J'avais appris à maîtriser la lame qui avait un jour été celle d'Alderon, et, avant, celle de Nire. Elle obéissait à mes ordres physiques et magiques sans aucune résistance, et j'étais persuadée de pouvoir la brandir sans risquer de perte de contrôle.

Alors que la fin de l'automne cédait lentement la place à l'hiver, il arriva un moment où je commençai à me demander si Bren ressentait toujours quelque chose pour moi — pour n'importe qui. Mais autant j'étais incapable de trouver Todd alors j'ignorais où le chercher, autant Bren m'était inaccessible. Je devais le laisser venir à moi lorsqu'il serait prêt.

L'aspect positif des choses, avec la magie conjuguée et accrue de beaucoup d'habitants de L.O.S.T. — anciens et nouveaux —, la reconstruction s'opéra plus rapidement que je ne l'aurais cru possible. Quelques familles de harpies décidèrent d'élire domicile avec nous, et Garth et ses trois enfants prirent charge du zoo de Todd. Encore mieux, je n'eus pas à encourager les personnes-Ombres récupérées de s'entendre avec les autres, même avec des races qui auraient normalement déclaré la guerre à la simple vue d'ennemis ancestraux. Après avoir subi les attaques de Nire et passé à travers des années de torture en tant que créatures à demi vivantes, elles étaient toutes trop conscientes du prix de la haine.

Elles étaient aussi toutes trop conscientes de ce qui nous attendrait si… quand… l'Erlking et Todd réussiraient à libérer le Maître des Ombres.

À la fin de l'année, pendant les fêtes de Noël, je me tenais dans le grand hall de L.O.S.T., un ajout au magasin général durant la période des réparations. C'était un immense hall de banquet, avec de nombreux foyers et encore plus de tables et de sièges pour des centaines et des centaines de personnes. Il y avait même une section à ciel ouvert permettant à un immense cèdre ancien de continuer à croître. Helden avait choisi l'orientation et l'essence, et nous avions suivi ses instructions pour la construction de façon à honorer l'arbre à sa satisfaction.

Cette nuit-là, l'arbre avait été splendidement décoré, avec des chandelles de toutes les couleurs qui luisaient chaleureusement sur chaque branche. Le père de Bren et des douzaines d'enfants étaient affairés à couvrir sa parure de cordes et de chaînes interminables, que Helden, Sherise et Kella enveloppaient de sortilèges pour que la couleur et la forme changent tout le long de la nuit. Garth et les siens battaient des ailes sur toute la hauteur du cèdre, déployant les chaînes et disposant les chandelles selon les indications des enfants. Ma mère se préparait pour l'allumage des chandelles, et des cloches avaient été placées dans les moindres recoins pour assurer une sonnerie forte et puissante.

Comme je me tenais vers l'arrière du hall à aider au rangement après la fête – un travail des plus appropriés pour calmer mon humeur et mes nerfs –, je sentis Bren s'approcher, plus que je ne le vis.

Je me retournai pour le trouver debout contre le manteau de l'une des cheminées massives où les bûches de Noël crépitaient et brûlaient. Le renflement de ses muscles sous sa tunique noire révélait qu'il n'avait pas négligé son entraînement. Son bras droit paraissait maintenant de même taille et de même force que son bras gauche, et je savais qu'il avait probablement retrouvé la majeure partie de son habileté avec la lame. La barbe de plusieurs jours à laquelle j'étais tellement habituée embellissait son visage.

Il paraissait… plus vieux.

Plus sage ? Cela restait à vérifier.

Il leva les mains en guise de salutation, et je vis qu'il tenait des brins de houx dans sa poigne gauche, et une petite boîte reposait dans sa paume droite. La boîte était enveloppée de rouge et de vert brillant.

Rol, qui s'était assuré que je n'avais fait disparaître rien d'important, s'était éclipsé plus rapidement qu'un sorcier de sa stature avait le droit de faire. Acaw, qui avait installé son frère-corbeau sur des restes de nourriture et de friandises, s'évanouit tout aussi prestement.

Malgré la densité de la foule, nous étions soudainement fin seuls.

Bren ne disait toujours rien. Il vint vers moi lentement, s'arrêtant seulement à quelques centimètres. Puis il se tourna vers le feu et lança sa branche de houx desséchée dans les flammes.

« L'année est presque écoulée, et je dis adieu aux choses tristes que je ne peux contrôler. » Sa voix était tellement riche et profonde, si calme aussi. Ses yeux bruns, plongés dans la flamme, semblaient tout aussi riches et profonds. « Es-tu presque partie, toi aussi ? Parce que je ne veux pas te dire adieu. »

Je demeurai figée là comme une absolue abrutie, me sentant trop déséquilibrée pour parler.

« Bien. » Il soupira. « Au moins, tu ne m'as pas dit d'aller au diable. C'est quelque chose. »

Avant que je ne puisse retrouver ma voix, il s'agenouilla devant moi et m'offrit la boîte. « Voici pour que tu saches à quel point je t'aime et à quel point je pensais ce que j'ai dit quand nous étions dans les Royaumes sacrés. »

Mes mains commencèrent à trembler, ce qui me mit infiniment en colère. Bren devait avoir vu l'éclair de rage dans mes yeux parce qu'il recouvrit gentiment mes mains avec les siennes, avant que je ne puisse déchirer le papier. « Plus tard, murmura-t-il. Quand tu seras prête. Je veux que tu aies tout le temps dont tu as besoin pour réfléchir. La Déesse sait que j'ai pris mon temps dernièrement. »

Il se releva. Simulant le même flegme, mais projetant de sauter sur la boîte dès que son attention serait ailleurs, je glissai le petit paquet dans la poche de ma robe verte de Noël.

« Sais-tu combien tu es superbe ? » Il me sourit, son visage chaleureux et ouvert dans la lueur toujours dansante du feu.

« Je... j'aime ta tunique », finis-je par dire. D'accord, c'était pathétique, mais c'était tout ce que je pus trouver à ce moment.

Il sourit, puis il se pencha et m'embrassa.

La sensation de ses lèvres occulta la douleur de sa longue absence affective, au moins pendant ce moment si spécial. J'étais vaguement consciente du cercle géant de personnes portant des chandelles qui se formait autour du hall, nous emprisonnant à l'intérieur. Encore moins consciente des bénédictions, de la lumière des chandelles rouges et des chants. Bren m'étreignait si étroitement contre lui, et il m'embrassait encore et encore jusqu'à ce que les cloches de Noël commencent à sonner à toute volée, jusqu'à ce que le carillon se soit tu, jusqu'à ce que les cris de « Heureux Solstice ! » et « Joyeux Noël ! » s'élèvent autour de nous comme une interminable acclamation.

Lorsqu'il me laissa finalement reprendre mon souffle, je touchai la barbe rude de plusieurs jours qui couvrait son menton et dis : « Si ceci est le présage de notre prochaine année, je suis des plus heureuses. »

Son regard passa de la douceur à l'amusement, pour finalement devenir sérieux. « Considère que c'est un présage. Je suis heureux que tu ne m'aies pas botté le derrière, même si je le méritais. »

Dans les premières heures du matin, je m'assis dans le salon de la maison de ma mère avec une simple chandelle de Noël en guise d'éclairage. Me rappelant de respirer, je fis courir mes doigts sur le papier toujours intact du cadeau de Noël de Bren.

Mère était allée se coucher il y avait bien longtemps – seule – toujours distante avec le père de Bren, peu importe combien je l'avais encouragée à agir autrement.

Maintenant, ce n'est pas le temps, Jasmina…

Quand nous aurons retrouvé Todd…

Il a trop de choses en tête…

J'avais entendu chaque excuse, répétée encore et encore.

Juste à cette seconde, moi-même en proie à la nervosité à l'idée du contenu de la boîte, je ne la blâmai pas pour ses anxiétés et ses insécurités. Il était très frustrant de découvrir qu'il y avait encore *quelques* situations qui m'effrayaient à en devenir idiote.

Le papier se froissa comme je glissais mes doigts à l'intérieur et l'ouvrais pour trouver une petite boîte couverte de feutre.

Les mains de nouveau tremblantes, tout comme lorsque Bren me l'avait tendue, j'ouvris la boîte pour trouver un anneau brillant d'argent et d'or. Je sus immédiatement de quoi il s'agissait.

Un anneau de fiançailles.

Pendant un moment, je ne fis que le tenir, me demandant si je pouvais supporter de découvrir la promesse qu'il avait l'intention de rendre solennelle avec un tel cadeau, mes joues se couvraient alors de larmes.

Lorsque je retrouvai mes sens, je ramenai mon attention sur le bijou étincelant. Un travail d'entrelacs celtique exquis composait l'anneau extérieur – un entrelacement interminable, tissé de fils d'or et d'argent. Nos énergies, notre magie, mêlées en une parfaite œuvre d'art.

L'anneau intérieur, une bande lisse argentée, portait la simple promesse, gravée en lettres d'or.

Je serai toujours tien.

« Oh, Déesse. » Je me levai, jetant le papier d'emballage et la boîte sur le sol. Qu'il aille au diable !

Je glissai l'anneau dans le creux de ma main, et j'envoyai la boîte et le papier dans le néant d'un coup de sortilège.

Quand avait-il appris à faire exactement les bons choix avec mon cœur ? À dire exactement les bons mots ?

Il s'offrait à moi sans me demander la réciproque. Il disait qu'il voulait faire ses preuves aussi longtemps qu'il le faudrait, peu importe le prix.

Qu'il aille au diable !

Incapable de rien faire disparaître d'autre sans avoir à affronter ma mère à son lever, je fis les cent pas, tenant l'anneau serré entre mes doigts. Si je le mettais… comment pourrais-je accepter un tel vœu ?

Maintenant, ce n'est pas le temps, Jasmina…

Quand nous aurons retrouvé Todd…

Il a trop de choses en tête…

Les paroles de ma mère fulguraient dans mes pensées, alors que j'éteignais la chandelle et marchais dans l'obscurité vers ma chambre. Je dormirais sur ma décision. Après tout, c'était le seul bon choix.

Avec un claquement de mes doigts, j'éteignis les bougeoirs sur mon mur, et mes yeux tombèrent immédiatement sur le lit.

La merveilleuse plume bleue reposait là, comme si elle avait été placée oh-si-soigneusement par des mains gracieuses d'elfling.

La plume était si brillante, si longue et superbe — il n'y avait aucun doute que c'était la plume de la queue de mon guide spirituel, qu'il m'avait remise avant que je ne m'évade du royaume des morts. En même temps que le message, j'avais complètement oublié de la livrer à son destinataire.

Me sentant à l'extérieur de mon propre corps, je m'approchai de la plume, en saisis l'extrémité creuse et la soulevai aussi doucement que je pus.

Puis je me retournai et courus dans le couloir vers la chambre de ma mère, allumant d'un claquement les lumières sur mon chemin – allumant chaque lumière dans sa maison jaune, si jaune –, multipliant les lumières à chacun de mes pas. Lorsque j'entrai en trombe dans sa chambre et me jetai sur son lit, elle se redressa brusquement les yeux grands ouverts, serrant ses couvertures contre sa poitrine. Ses cheveux argenté et noir paraissaient rebelles et désordonnés, et sa chemise de nuit jaune était froissée sur toute la longueur de ses bras.

« Jasmina ! Est-ce que tu vas bien ? Qu'est-ce que ça veut dire – quelle est cette plume – qu'est-ce que tu fais ? »

« Il m'a dit de te le dire. » Je m'assis et posai la plume dans sa main. « Il me l'a dit, mais j'ai oublié. »

« Qui t'a dit quoi ? Es-tu tombée dans le vin de Noël ? »

« À Talamadden, j'avais un guide spirituel. Un paon. Son nom est Egidus, et il m'a dit de t'apporter cette plume et de te livrer un message. » Je repris mon souffle et lançai finalement ce que j'avais à dire. « Egidus m'a dit de te laisser savoir que l'amour ne se trompe jamais. »

« Egidus… ? » Ma mère cligna rapidement des yeux. Sa bouche remuait, mais elle semblait manquer de voix.

« Cette dernière fois, il a dit que je n'avais plus besoin de lui, mais de ne pas m'inquiéter parce que je le reverrais, et il m'a *rappelé* le message, mais j'ai oublié. Je suis si désolée, Mère. Egidus voulait que tu saches que l'amour ne se trompe jamais. »

J'allais lui parler de l'anneau de fiançailles de Bren quand je me rendis compte qu'elle tenait fermement la plume, et qu'elle riait et pleurait en même temps.

« Egidus, dit-elle, entre des sanglots et des éclats de rire. Un paon. » Elle rit encore plus.

« Mère ? » Je me penchai vers elle. « Est-ce que j'ai manqué quelque chose ? »

« Le royaume des morts, haleta-t-elle. Une énergie spirituelle – un oiseau – une véritable forme ! » Elle rit encore.

Je pensai à la manière dont Bren s'était transformé en un faucon, et comment j'avais vu brièvement mon esprit prendre la forme d'un phénix à notre retour à travers la Glorieuse. « Donc, dans la vie, Egidus était quelqu'un qui méritait d'être un paon de l'autre côté ! »

« Oui ! » Le cri de Mère était rempli de douleur et de joie entrelacées comme l'argent de Bren et mon or. « Jasmina. Mon adorable fille. Ne vois-tu pas ? Véritable forme, forme racine, nom racine. Egidus. À l'époque moderne, dans notre époque actuelle, le nom aurait été… »

« Giles. » Je l'interrompis, frappée de stupeur.

Egidus était la forme ancienne de Giles. Comme dans Giles Corey.

Mon père.

Nous nous regardâmes l'une l'autre, ma mère et moi, la plume étroitement serrée dans ses mains, dérivant entre nous comme le miracle qu'elle était. Un cadeau de la Déesse. Un cadeau de mon père !

Nous pleurâmes alors toutes les deux, et j'ouvris mon poing serré pour révéler la vision bienvenue de l'anneau de Bren, étincelant dans la lumière brillante, si brillante des chandelles.

Sans hésitation, je glissai l'anneau dans l'annulaire de ma main gauche. En un éclair, j'étais sur mes pieds, courant, courant hors de la maison jaune, hors du porche jaune, dans les rues à peine illuminées en cette première aurore de la nouvelle année.

Je courus tout le long dans L.O.S.T. sans m'arrêter, déterminée à retrouver l'homme que j'aimais – et ma mère courait presque aussi vite, se dirigeant vers son propre nouveau recommencement.

L'histoire se poursuit dans
Le cercle de la sorcière

Pour obtenir une copie
de notre catalogue,
communiquez avec :
AdA
1385, boul. Lionel-Boulet
Varennes, Québec
J3X 1P7
Téléc : (450) 929-0220
info@ada-inc.com
www.ada-inc.com
Pour l'Europe, voici les coordonnées :
France : D.G. Diffusion Tél. : 05.61.00.09.99
Belgique : D.G. Diffusion Tél. : 05.61.00.09.99
Suisse : Transat Tél. : 23.42.77.40